献给我们曾经的爱情

味盲

一少◎著

台海出版社

图书在版编目（CIP）数据

味盲 / 一少著 . -- 北京：台海出版社，2021. 6
ISBN 978-7-5168-3030-7

Ⅰ.①味… Ⅱ.①一… Ⅲ.①长篇小说－中国－当代
Ⅳ.① I247.5

中国版本图书馆 CIP 数据核字（2021）第 106980 号

味盲

著　　者：一　少

出版人：蔡　旭
封面设计：中尚图
责任编辑：姚红梅

出版发行：台海出版社
地　　址：北京市东城区景山东街 20 号　　邮政编码：100009
电　　话：010-64041652（发行，邮购）
传　　真：010-84045799（总编室）
网　　址：www.taimeng.org.cn/thcbs/default.htm
E-mail：thcbs@126.com

经　　销：全国各地新华书店
印　　刷：天津中印联印务有限公司
本书如有破损、缺页、装订错误，请与本社联系调换

开　　本：710 毫米×1000 毫米　　1/16
字　　数：224 千字　　　　印　　张：16.5
版　　次：2021 年 6 月第 1 版　　印　　次：2021 年 6 月第 1 次印刷
书　　号：ISBN 978-7-5168-3030-7
定　　价：58.00 元

第 一 章

休克、血浆、胃管、氧气管、导尿管、引流管、呼吸机、心电监护仪，所有这些陌生的词汇一下子都落在李西风的身上。他从未想过这些东西会与自己发生关系，也不容他去想。生活就是如此，跌宕起伏，猝不及防。

零点三十分左右。一辆出租车停在医院急诊部门廊，李西风摸索着裤子口袋，从里面掏出钱来给司机，凌云早已下车绕到右边拉开车门，扶着李西风。急诊室里一个年轻的值班医生简单问诊之后，给李西风测了血压，看了舌头与眼球，初步判断其为内脏出血，需要立即手术。凌云不禁问道："是什么内脏出血了？"医生回道："现在还不清楚，需要做个B超才能确诊。"说完带着他们去了二楼B超室。

不一会儿，B超显示：李西风腹腔大量出血，脾破裂。B超室的医生拿起桌上的内线电话，让手术室准备手术，并叫护工把手推车推到急诊外科。凌云听到这话，哇的一声哭了。这时的李西风还能自己走路，只是已经开始跟跄，像喝了半斤酒似的。凌云请医生帮忙扶着李西风下楼，然后自己去缴费。外科诊室门口手推车已经到位，李西风躺在手推车上被护工急速地推向手术室，他下意识地摸了摸口袋发现手机不在，于是便跟护工开口借一下手机，但被护工拒绝了。直到进了电梯，凌云才跟上来，把手机递给了他。

"我现在在医院，脾破裂，你半小时之内赶到手术室门口等我出来。"

"谁？什么？"路子文睡得迷迷糊糊地问道。

"我，风子。只有凌云一个人在，你赶快过来。还有……不要给我爸妈打电话，不能告诉他们。"李西风这时已经开始大喘气。

挂断电话后，李西风接着拨通了他叔叔的电话，说了同样的话。

到了三楼手术室门口，医生让护士抽血，却摸不到脉搏，第一次没能扎出血，然后换了个护士才完成，李西风的血压已经低到37—55mmHg，主刀医生说立即手术。仔细地问询、记录后，医生让凌云在手术同意书上签字，她胆怯地对着李西风说："等你叔叔来签吧。"

"等我叔叔？那我就完了！"李西风惊讶地盯着她，胸腔涌起一股凉意。

凌云看上去十分惶恐："我不敢签，真的不敢签。"

"我能自己签吗？"他问医生。医生点点头说可以，把笔递给他。

在护士把李西风推进手术室之前，他对凌云说："在门外等着我，我没事儿，开完刀就好了。听话，路子文一会儿就来，别怕，等着我。"

推车把李西风往手术室里推，只听见凌云在后面喊："西风，我在这等着你出来。"

李西风坐在手术台上后，护士说道："你试试能不能把衣服脱了。"他坐在手术台上手脚并用地把裤子脱了，接着开始脱上身的外套，发现已经没有力气弯曲手臂，尝试了两三回，最终放弃，"我没力气了，直接剪了吧。"护士拿把剪刀咔咔几下把衣服全部剪掉，让他躺下。这是他第一次近距离观察无影灯，以前只在电视上见过。

一个年轻的男医生走过来："一会儿要给你插尿管，你要配合。"

李西风点点头："医生，能问你几个问题吗？"

"你说。"

"请问脾是干吗用的？影响生育吗？我还没结婚呢！"

医生回道："脾，就像阑尾一样，不影响生活。"

"你不能骗我啊！"

医生又回道："不骗你。"

两个护士准备给他插尿管，李西风急了："是不是在肚子上开个洞，在外面吊个袋子那样的？我不插，我还没结婚呢，不能插。"他之所以有这种反应，是因为读小学的时候有一次在放学的路上，看见一个老头骑着自行车，在腰上吊着个袋子，袋子里面是黄色的尿液，他对那个画面记忆犹新，心生恐惧。男医生说："不是不是。过几天就拿掉，不影响你结婚。"

再次听到医生的确切回答后，李西风才开始不停地说："谢谢你们！谢谢你们！我没劲说话了，我没劲说话了……"然后，就晕了过去。

他开始做梦，无边无际的梦。跳跃、模糊、混乱、清晰……他梦到了北京，冬天的早晨，北方的冷对于一个南方人来讲是难以消化的。那种清冽的风撞到脸上，肉是疼的，不像江南的风扑到脸上的那种抚摸感。不过，有一点他比较喜欢，就是北京的冷是干燥的，虽然肉疼但它不往骨子里钻；而潮湿的江南，每一丝冷气都想着法儿嵌进骨头缝。还有一点就是北京室内有暖气，他很是羡慕，多次跟同事说要把暖气这个事业推广到南方，给江南人民带去福利。

六点，北方的天空还没大亮。他一边走一边看着晨曦的天际由乌转青，由青转灰，由灰泛白。他随众人一起坐上地铁，又随众人一起从地下钻出来，在出站口买好早点，拎着到公司，一天的工作就开始了。他的工作说简单也简单，就是给曲库里的歌曲填词、给将要发行的专辑写推广文案、给歌手的宣传写企划方案；说复杂那是真复杂，给歌曲填词真不是光有"灵感"就能行的，写个七八稿那也是常事。

即使做着自己喜欢的事，他还是选择离开了北京。不单单因为唱片业的萧条，还有一个重要的原因，那就是婚姻。身边的同事、朋友、同学、亲戚都在跟他说年龄不小了，应该找个人结婚，特别是那些隔壁邻居与远房亲戚，在他们的话中，总能听出一些弦外之音。相比，他父母受到的压力比他更大。然而，与一般家庭的父母不同，他父母并没有催促他结婚，可越是这样他心里越是难受，因为明白是父母不想给他压力。在这一点上，他在朋友面前说过，父母是最体谅他的人。

不过，体谅归体谅，事实总归摆在眼前，思来想去，他觉得人们说得也挺有道理。一来，他年龄的确大了，差不多该是结婚的年龄。还记得少年时的打算是30岁结婚，按此计划进行那是正好。二来，父母年纪越来越大，作为独生子女的家庭来说，孩子在身边是很有必要的一件事。

除此之外，还有路子文的一句话，一直在他脑子里盘旋，就像路子文的四方脸一样塞得他脑袋满满。路子文是这样说的："风子，你在外面就是认识再多的女人，她会跟你回这个鸟不拉屎、海水浑黄的三线小城吗？'盐海'不是'上海'，即使有女人愿意，你觉得地域性的差异将来她会跟你爸妈相处融洽吗？"

的确，路子文说的都是很现实的问题。虽说，社会已经发展，时代已经进步，但是生活习惯确实是没法改变的，很多事情地域性造成的差异还是很难去协调统一，这是可以预见的问题。所以，他很赞同路子文的这个观点。

他的空窗期已经四年有余。说起来，他自己都觉得不可思议。在女人这个课题上他总是比常人慢一拍。所谓上一次恋爱，其实是他的初恋，他的初恋比常人不是慢一拍，而是慢了好几拍。那一年，他24岁。

李西风再次醒来的时候，是疼醒的。他想睁开眼，努力了好几次没有成功。他感觉有人在自己的肚子上挖洞，挖一下拽一下，拽一下再挖一下，每挖一下他就抽搐一次。他想坐起来，使劲抬腿却动不了，再使劲抬胳膊、抬手，还是动不了，他感觉自己此时就像小时候看到的村里人杀的猪一样，猪的四条腿被左右分开绑着，然后锋利白晃的杀猪刀从脖子往下一刀拉开猪肚子，这样来回大概五六个回合。那种疼痛难以描述，他想叫，却只从喉咙深处发出闷闷的哼哼声，嘴里的牙正咬着一根粗大的管子，每次"挖拽"地抽搐，使得腹部起伏巨大，然后就有好多双手摁着。突然一股液体泼在腹部，那种清凉缓解了他的抽搐，一块抹布质地的物品擦干了流动的液体。随着这些所有的触觉传递到他的大脑，听觉也跟着苏醒，混沌地传来"好了好了"的声音，他在大脑里搜索、解析、分辨，得出此声音好像是那个跟他说插尿管的声音。当他嘴里的管子被拔出来后，他用尽所有的力气喊："疼死了，你们先打麻醉再开刀啊，疼死了！"同时，他的手腕用力地敲击发出声响。那个瞬间李西风失忆了，他认为手术还没开始，他的时空秒针还停留在那个医生跟他说配合插管的那一格上，他完全没有意识到自己的生命里缺失了两个半小时的思维空间，而医生则安慰道："没事儿，好了，给你用镇痛泵，一会儿就不疼了。"

大约四点一刻，李西风被推出手术室，全身僵硬，意识丧失，但隐约听见有个医生说从他腹腔里清理了3000毫升的血。没想到他的腹腔会失血这么多，因为来的时候他思维清晰还能走路，失血这么多竟然没有休克，真是奇迹，再迟半小时，估计他就没救了。后来路子文告诉他，中途护士去血库拿了四袋血浆。

手术室门口，有声音在叫李西风，他没有任何反应，那个医生也开始叫李西风。他努力让自己醒来，但就是醒不了，他想睡觉，感觉自己疲惫至极。在那个医生的不停"骚扰"下，他终于勉强睁开眼。凌云出现在他模糊的视线里，他看了看，又合上眼。然后努力地再次睁开，视神经把信号传递到大脑，又一次开始搜索、解析、分辨面前这个女人是谁。

大脑给了他迟钝且混沌的反馈，"凌云呢？"

"我在这呢，我在这呢。"

"路子文呢？"

接着路子文的四方脸就出现在他眼睛上方。他看见的第三个面孔是他叔叔，他吃力地瞥了一眼，眼皮彻底软了下去。但是嘴没停着，在推向病房的过程中，一直在胡言乱语，不知所云。

术后李西风处于半昏迷状态，醒来睡去。疼痛，难以描述的疼痛。镇痛泵都不管用，接近中午的时候，李西风才醒来，从喉咙深处发出嗯嗯的声响，凌云把耳朵伏到他嘴边才明白，他要小便。路子文和凌云就跟他说："你不用自己解，有尿管自动引流。"但他依然涨得难受，不停地从喉咙深处发出嗯嗯的声响，路子文这才去找医生。医生过来一看，把一个塑料卡口从尿管上取下来，尿液缓缓地流入袋中，顺便教了一下路子文和凌云。后来每次说起这事儿，他都说路子文想谋害他。

这是术后的第一关。

这一天，是4月23号，他还活着。

李西风在无休止的疼痛、盗汗、昏迷、梦魇中颠倒、反复。他努力让自己清醒，可大脑却不受他支配，无论是视觉、听觉、味觉、触觉，全部失灵。只是在混沌中一直做梦一直做梦。梦见遥远的、欢乐的、痛苦的、甜蜜的画面……他梦到一个女孩，一个工夫茶手势特别美的女孩，那个梦羞涩且清晰。清晰到他能记得那个女孩那一年19岁。

四年前，路子文还在济南工作，在电影院负责放映工作。李西风去北京出差回程时顺道去看他。路子文把他安排在郊区一个山清水秀的酒店，去酒店的路上两旁全是法桐，他们一路穿林而过，弯弯曲曲地还翻了两座小山坡，一直开到头就是三面环山的山窝。那里特别安静，是那种除了风声就是呼吸的安静，闭着眼睛好像可以分辨出是哪片树叶在动。

一进大堂，路子文很熟络地跟总台一个穿着黑色工装的姑娘打招呼。路子文给那个姑娘介绍了李西风，说这是他好朋友。那姑娘看了李西风一眼，害羞地在脸颊腾起一朵粉云，再看路子文的眼神，神秘、暧昧，且刻意掩藏着多重信息。路子文说，这是小苏，苏莉，酒店客房部的主管。

安排好房间，路子文便带着他去了市区的一家羊肉馆。

包厢里除了李西风，还有路子文的三四个同事。寒暄之后，李西风先喝了两碗羊汤，算是给胃一点安慰，他明白一会儿它要遭罪。中国地大物博，不同地区、不同民族都有自己喝酒的所谓规矩，到了山东，自然是按照齐鲁习俗。路子文的一个同事端起酒杯敬李西风，说："我先喝三个。"李西风不明白这"三个"是什么，又是个什么标准，只能跟着对方喝，那兄弟一个、两个、三个把一杯就给干了。李西风一看这阵势，心里明镜：今晚必完。仰头就把一杯干了。

这杯酒之后，李西风就不记得他吃了什么菜，喝了多少酒。只知道胃里全是水，哐哐地晃荡，像汪洋、像大海，风浪汹涌，跌宕起伏。怎么回的酒店，卫生间的那些羊杂碎是分几次吐的，他都无从知晓，唯一在他脑子里有模糊影像的是苏莉帮他开的酒店房间的门，而路子文一直架着他的胳膊。

路子文把李西风扔在左侧的床上，跟苏莉说："你找个人把卫生间清理一下，我先歇会儿，再动我也要吐了。"

"现在哪有人啊，都凌晨了。我来弄，弄好了你先洗个澡。你说你，你朋友不能喝还喝这么多，你们就是神经病。"苏莉捂着鼻子说。

路子文没搭腔，坐在那给自己点了根烟，抽了两口定了定神。除了窗外树叶的沙沙声就是自己的心跳声，咚咚地激烈跳动。苏莉冲干净卫生间便叫路子文去洗澡。说着拉开门准备走。路子文左手夹着烟，右手一把搂住苏莉的脖子，她一个趔趄就倒在了路子文的怀里，连续咳了两声："干什么？勒死我啦！"路子文在大酒之后哪还知道轻重，听到苏莉这么说，就把烟头扔到卫生间的马桶里，只听见哧的一声。双臂从身后抱着苏莉，右脚顺势踢向半开的房门，啪地关上。苏莉抓着路子文抱着她的手，轻声道："干吗？"

"你说干吗？把我一个人扔在这，就想走？"路子文的嘴贴着苏莉的耳朵，酒气喷在她的脸上……

李西风第二天醒来，已近中午。晕晕乎乎地冲了个澡，喝了两杯水，大脑才算开始运转。跟路子文在餐厅点了几道清淡的菜，路子文问："喝什么酒？"他摇摇头反问："还喝啊？"路子文便说："喝点啤的吧。"

两人各自倒满，喝了一口。路子文说："你现在酒量不行啊，怎么下降了？"

"不知道。可能今年各方面不太顺利，压力大。"李西风看着三楼落地窗外的树叶在秋天的阳光下闪烁，漫不经心地回道。他并没有打算告诉路子文父亲生病住院的事，因为他知道路子文根本帮不了他，他那点儿工资还不够他谈恋爱的。

实际上，李西风的父亲已经生病四五年了。刚刚生病那会儿，并不严重，在家吃药休养就好，而李西风当时还在学校读书，李西风与路子文就相识于学校。两人是同班同学，也是无话不谈的好朋友，都说爱情是个说不清又道不明的东西，其实友情同样神奇，两个毫无瓜葛的陌生人成了同学，在一帮同学中又彼此产生共鸣，拥有一致的价值观，继而成为朋友。

四五年当中李西风父亲的病情并没有因为服药而好转，反而精神状态越发变差。大大小小的医院跑了许多家，先是西药，然后中药，接着中西结合。急病乱投医产生的不良后果就是各种药把身体吃垮，本身的免疫力也逐步丧失，病情得不到缓解，反而身体状况越来越差，然后又服用新的药品，这几乎是个恶性循环……为了治病，家里欠了很多外债，能借的不能借的早已借过一遍。李西风刚刚踏上社会，人际脉络为零，他能开口的只有同学，可是他的同学有的正在上大学，有的当兵，有的也刚踏上社会，都不具备帮助他的能力。即使这样，他还是向关系略好的同学开了口，哪怕是借五百一千也好，东拼西凑，凑多少算多少。有一个韦姓同学在车床厂里做工人，接到李西风的电话，也不知道想了什么办法，凑了两千块，骑着自行车赶了80公里的路，送到李西风家里；还有一个马姓同学正在读大一，在大二开学前给李西风寄了六千。李西风问马同学哪来这么多钱，马同学说跟家里说大二的学费涨价多要了六千。面对这样的帮助，李西风当时在心里跟自己说："这辈子都要念着这些人的好。"

记得有一年的春节，应该是李西风踏上社会的第二年，母亲翻遍了家里所有的地方，只找到一百六十块钱。父亲对母亲说："去买二斤猪肉吧，不管怎么样都要过年。"母亲哭了，还不敢当着父亲与李西风的面哭，而是一个人躲在老灶台后面偷偷地哭，但李西风还是听到了母亲的呜咽声，那哭声，是压着声息的、嘶哑的、心酸的、无助的。他不知道该怎么安慰母亲，所以他没有靠近，只是泪水不由自主地滑落，如崩溃的堤坝，跑到屋后捂着自己的脸，眼泪和着北风把哽咽吞进去，灌进胸腔结成冰。母亲用20块钱买了二斤猪肉，在除夕的晚上祭了祖先，听着冬夜的星空轰隆不断的爆竹声，他们就算是过了春节。

李西风把酒全部灌进了喉咙："这酒不错。口感细腻、清爽，一点儿不刺嗓子。"

"不错吧？主要是水好，所以口感舒爽。"说着给李西风递了根烟。

"去北京干吗了？老头儿、老娘还好吗？"路子文一边点烟一边问。

"去签个歌词的版权协议，顺便看看有什么发展的机遇。"李西风吐了口烟又补了一句，"没前途。"

"老头儿身体怎么样，有没有好些？还有，不能让老娘太辛苦。"路子文追问道。

"还可以，还算平稳。老娘也挺好的。"

"那就好。风子，不管怎么样，父母身体健康就是我们的福分。要不然，你怎么安心在外面拼呢？"路子文猛抽了一口烟，熏着眼睛说。

李西风点点头。

"那你打算怎么办？不想在盐海了？"路子文继续问道。

"不知道，还没想好。不去北京的话，应该是苏州吧，以前隔壁班的同学严坤在那混得不错，我们一直保持联系，说让我过去一起做个营销策划公司，特赚钱。"李西风干了一杯，接着说，"所以这次先去北京探探路，两边比较一下，盐海那边是肯定没法干，一个月才1000不到的工资，够干吗的。"

"你自己想好了就行。"

"你和苏莉什么情况？打算结婚？"李西风端起杯子跟路子文碰了一下。

"我也没想好。"路子文略有沉思地说，"苏莉人挺好，特别善良。老家是泰安的。这两年一直挺照顾我，贴了我好多钱，她工资比我高。一开始就是工作上的接触，后来慢慢熟悉，起初没当真，但是，她很执着。对我越来越好，好到我都不知道怎么办。但我不敢给她任何承诺，她也从来不要承诺，不吵不闹。可是，她越是这样我越难受。"

李西风哈哈笑起来，指着路子文的脸说道："最后一句，鬼话。"

离开济南之后，李西风很快到了苏州。他决定跟严坤一起做营销策划，加入"佳点策划机构"。这是在他与严坤深谈之后做出的决定，他问严坤："我除了画画、作词，一点儿都不懂营销，更不知道什么叫作营销策划，你要我跟你一起做什么呢？"严坤给他的回答简洁明了："找你一起创业是看中你的人品，不懂专业没关系，我们一起学习，我会告诉你什么叫作策划。再说，你还有三年广告公司的从业经验呢。"他又问："广告行业的经验对营销策划有帮助吗？"严坤笑笑："有点关系，算是其中的一个分支，或者说其中一项。"最终让李西风敲定的原因是工资，严坤给他保底3000的月薪。他想，在此阶段先稳定下来比什么都重要。

三个月之后，他的经济状况略有好转，而更让他高兴的是，父亲的身体在一个扬州老中医的治疗下也逐渐康复。

一天，路子文的电话来了，他说他已辞职回家，正在装修房子准备结婚。李西风疑惑道："怎么这么突然？"路子文说："苏莉怀孕了。"

李西风从苏州赶回来参加了路子文的婚礼，并买了一套床上八件套作为结婚礼物，参加完婚礼便匆匆回到了苏州。

回苏州后，路子文几乎每周都给他打电话，一个核心话题就是：找不到合适的工作，快疯了。他便劝路子文去苏州一起工作，他们公司正好缺人。而路子文却犹豫不决，说苏莉怀着孕，想在家里照顾她。李西风便选择迂回战略，终于，路子文答应去江南先走一圈，权当是旅游，出去换换脑筋，换换思维。而李西风也答应绝不强迫路子文留下来工作。

李西风带着路子文走了一圈"苏锡常"地区，路子文的思想发生了根本性的转变，一来路子文并不愚钝，他已经意识到江南的经济发展的确很好，作为长三角的轻工业产业集群的先锋，信息化时代的前沿，自己可以学到很多苏北小城学不到的东西。且未来无论是企业潜力还是城市潜力都很巨大；二来有李西风与严坤两个朋友一起工作，无疑给了路子文一针强心剂。

一周之后，路子文回家打包好行李，驻扎苏州，与严坤、李西风合租在一处两室一厅的房子里。严坤单独住一间，李西风与路子文合住一间。

有了路子文的加入，严坤的公司又多了一股力量。虽然，路子文什么都不会，不过，就像严坤当初跟李西风说的那样："不会没关系，学呗。"所以，起初两三个月，路子文就跟着他们学习，很少说话。用眼睛看，用耳朵听，用脑子记。李西风之前学习的各类有关营销策划方面的专业书籍、视频、案例分析等资料，全部成了路子文需要消化的知识，渐渐地，他便在策划执行方面显示出优势。严坤则安排他负责执行。

要说路子文的运气一直比李西风好，那是不争的事实。路子文刚入职三个月，公司就接了一个新项目，对他们的团队来说，这绝对是个大案子。一家经营不善的茶馆通过公司网站找到了他们。当初在资金不足的情况下，严坤非要做一个门户网站，说这样可以让更多的人知道公司，更好地推广公司。可另一个合伙人光宇并不同意，为此两人僵持了好长一段时间。经过李西风两边做工作，光宇才算是勉强同意。现在看来严坤的决定是对的。合约签署那天，茶馆的老板就支付了40%的现金，总营销服务费用为18万。生活有时候需要一些仪式感，当晚他们就在租住的房子里庆祝了一番。他们扛了一箱啤酒，买了一堆卤菜，举起啤酒瓶的那一刻，他们觉得成功了。

第 二 章

凌云用沾湿的棉签，在李西风的嘴唇上来回轻擦，他的嘴唇已经连续蜕了好几层皮，医生告知，在未排气之前不能饮水，更何况他鼻腔还插着橡皮管子，只能用这种办法给他的嘴唇湿润湿润。看着眼前这个昏迷的人，凌云显得恍惚且不知所措，所有的思绪都凝成空洞，拼命往记忆深处拖拽。十几个小时之前他还是一个活蹦乱跳的人，怎么现在就成了这个样子？

也不知是做梦还是疼痛，李西风总是醒一下又昏迷过去，然后不停地出汗。凌云问医生为什么出这么多汗，医生回答道："手术后病人出现盗汗是正常的，身体虚脱。"凌云只好用温热的毛巾隔两个小时给他擦一遍身体，由于身上都是管子，也没办法给他换睡衣。

术后第二天，医生说他还没脱离危险，需要看护。

李西风依然半梦半醒，夜里有凌云与路子文一直陪床，随时观察他的状态。陆续有人来看望李西风，叔叔过来想跟他谈有关告不告诉父母的问题。看到李西风的样子，路子文说："还是等他清醒了再说吧，他既然在电话里提醒我，肯定是不想让父母看见他全身插着管子的样子。"

白天，苏莉替换凌云，让她回去休息。早晨主治医师查过房之后，一个戴金丝边眼镜的男医生过来给李西风换刀口上的药。李西风毫无声息地躺在那，像一具木乃伊。医生用镊子拿掉刀口上的纱布，然后夹起托盘里的碘伏棉球，在李西风的刀口上来回擦拭。这一擦，冰凉的液体渗入鲜红的肉体，一阵杀麻，把李西风从梦里拉了出来，然后又摁进水里，喉咙的橡胶管使他无法说话，逼得他像闷在水下一样哼哼。李西风后来这样说："有一种痛无法形容。"等刀口消完毒，李西风仅余的一点思维在想：终于换好药了。这时，医生用他戴着胶皮手套的双手，从刀口的第一排针孔使劲地从上到下挤了一遍。整个医院都听得见李西风像被杀的猪一样吼叫，眼见刀口里流出血水，病房这才安静下来……

晚上，凌云俯身给他擦身体的时候发现，他眼角有泪痕。

水天堂茶馆的卡座通道上，董珊正端着一套竹制的工夫茶具，在一个卡座旁停下来，面向客人鞠了个躬："先生您好！打扰一下，这是您点的铁观音，下面由我为各位服务。"说完把茶具摆在宽阔的木桌上，桌子两旁坐着四位客人。她端坐着，一手压着面前的茶巾，一手提起炉子上已经沸腾的铸铁水壶给紫砂茶壶注水。左手盖上壶盖，在茶巾上擦了手指，右手继续往壶盖上浇注；放下铸铁水壶，用顾长的拇指与中指夹着紫砂壶的圆把，食指轻抵着壶盖，在空中形成一道悠扬的弧线，沸水挨个烫暖了公道杯、品茗杯、闻香杯；茶则从茶罐里提出铁观音，在四位客人眼前走了一圈，左手遮着壶口把铁观音放进去，两手迅速且柔美地擦了下茶巾；再一次提起水壶给紫砂壶注水，还不忘微笑着说："各位先生请看贵妃沐浴。"茶盖旋转之间刮去浮沫，往壶盖上浇注，而后提着茶壶，壶嘴朝着自己的方向往两只小沙弥的茶宠上浇注，神情专注、眼底恬静；洗茶之后，两手又迅速且柔美地擦了下茶巾，沸水再次入壶，提壶，茶水缓缓滑进公道杯，空中的手势弧线依然柔和得让人心醉；拿起公道杯口的漉网搁在茶盘，捏着公道杯的细把分别往闻香杯中倒茶，接着说道："各位先生请看关公巡城。"手腕柔和地来回几番，在闻香杯上方滴落最后几滴茶水，眼角温和地看了一眼其中一直跟随她手势的先生，嘴角上扬："先生请看韩信点兵。"两手依然迅速且柔美地擦了下茶巾，夹起茶杯扣在闻香杯上，手腕熟练地上下翻飞，倒扣在品茗杯上的闻香杯落在左手的茶托，双手奉上。这一回，她选择回盯着那个目光跟随自己手势的客人。李西风愣神地说了声："谢谢。"

按照严坤的意思：团队进驻之后，首先是找出生意不好的症结，挖掘茶馆的问题根源，诊断是第一位。李西风把苏州市里的几家茶馆挨个走了一遍，不单单是为了挖人，更多的是调查同业市场，掌握第一手的数据。根据团队的初步调研，先着手解决新案子茶馆的员工培训问题，按照进度表两条线同时进行，一边整合一边推进。

新案子是一家正在经营中的茶馆，只是茶馆的主人因为赌债才转让。把它盘下来的新主人经营了两三个月之后发现生意惨不忍睹，跟原主人告知的业绩情况完全不一样，这才想起找外援，找智囊团，找专业的团队来介入，经过朋友的推荐，谈了几家公司都不太顺利，不是那几家公司实力差，而是他们在具体的服务费付款方式与佣金结算方式上产生了分歧。新主人是做实业出身，手里还有两家不大不小的外贸加工厂，长期泡在进料、工时、利润这条线上，跟形形色色的客户打交道，早已形成自己的一套生意经。换到新接手的茶馆，惯性的思维全部落在成本核算方面，而忽略了运营本身残酷的市场竞争。他的大堂经理就在网络上发现了佳点策划机构的门户网站，初步沟通之后，严坤与李西风熬了两个通宵拿出一份比较落地的提案，经过两轮深入地沟通，达成合作意向。在李西风看来，之所以能顺利签约并不是因为甲方有多么认可这份提案，而是他们在佣金和结算方式上打动了对方。严坤在分析客户心理这一点上比较到位，他预测到前几家公司没谈拢的几个方面：营销策划独到的亮点、整合所需的营销费用、执行团队的专业程度、服务费的总价与佣金的结算方式，无非就是这几个方面，经过团队的头脑风暴之后，严坤筛选出的就是服务费这一项。结果一枪命中，运气站在了他们这一边。

茶馆是一座两层古色古香的江南风格的楼宇，楼前是一排被草坪覆盖的停车位，门头上挂着雕刻的木质门匾，上书四个鎏金大字："泰来茶馆。"落款处的雕刻模糊，也看不出书写人的名号，书法大家毕竟不多，估计也就是个书法业余爱好者。

要想进门，必须拾级而上横在门前的石拱桥。进门后迎面就是总吧台，背后是办公室，右侧是上客区。沿着落地窗是两排宽敞的卡座，北侧是两排私密的包厢，大大小小七八个。从总吧台边上的过道往后穿过一道防火门，是通往厨房的通道。

后面是个宽阔的回字形院落，中间的天井是假山流水，水中游弋的是绚丽多彩的鱼，跃出水面的是娉婷的荷花。围绕着天井是一圈木质房梁的回廊，外侧为青砖质地，靠近水池的天井都隔着落地玻璃，阳光可以直射进来。回廊每一面都被分隔成两个超大的开放式包厢，坐在纯棉质地的沙发上，看着水中嬉戏的鱼群，一壶香气缥缈的茶，身边再坐一位心仪的姑娘，三言两语趁着阳光铺满的时刻，美得晕眩。

挨着总吧台的左侧是铸铁的楼梯，扶手则是质地坚硬的榉木，转角处的木质已被磨出肉色。上到二楼的第一块区域是二十平方米左右的展示区，墙上挂着的是一米直径的圆形木雕"双龙戏珠"，木雕下面的条桌上坐着一尊欢颜的弥勒佛，香炉里飘出的檀香沁人肺腑，咫尺天地。进驻茶馆之后，这里是李西风经常流连的位置，他喜欢站在落地窗前，点根烟，看着外面的车水马龙，感受夕阳下人们的烟火气息。二楼是个回字形结构的布局，包厢位置与一楼大致相仿，都挂着"云峰、紫竹、祁门"之类的木牌，最里面的那间"云峰"就是他们营销团队的临时办公室。

内部调查与外部调查花了他们半个多月时间，李西风负责市场调查与挖掘人才；路子文从甲方那里搬回来十几摞茶馆的流水账单，进行详细的数据统计；严坤统管全局、全面统筹；老总光宇专门对接茶馆老板，联络感情，协调沟通。四个人分工明确。经过路子文详尽的计算，茶馆六个月的业绩数据终于摆在桌面上，路子文深吸了一口烟，鼻孔喷出青色的烟气，眼窝发灰，眼皮无神，上下嘴皮子还算灵活，"业绩数据就是这个情况，跟之前他们说的每天平均营业额还是有一大截误差。"

"也就是说你得出的日均营业额在3000左右，跟他们说的要相差一两千；而且近三个月还在不断下滑，按道理周末两个晚上的营业额应该是上升的，实际上浮动也很小；没有建立自己的VIP卡充值客户，也就不存在什么老客户循环消费的说法。他是肯定被上个老板坑了。"严坤一边说一边若有所思的冷笑。

光宇盯着笔记本屏幕，仔细看着统计数据，没说话。

"你这边呢？"严坤问李西风。

"市区几家大的茶馆都跑了一圈，工业园区与新区也看了一下，消费客群主要还是集中在市区这几家老茶馆，园区与新区虽说环境也不错，但以商务型的咖啡馆为主体，主要是里面的日韩企业比较多，客户群分布不一样。市区我们跑了和茶馆、水天堂、老虎灶、乾元等几家上客率相对高的茶馆，他们都是主题茶馆的装修风格，面对的客群年龄分布也不同，比如和茶馆的消费客群以中年人为主，他们家的小吃比较受欢迎，品类达七八十款，消费者选择余地非常大，口味覆盖面广，是茶以外附加值比较高的卖点；装修风格方面，虽然卡座间隔也做得不错，但私密性不是很好，卡座与卡座之间的距离太近，这一点做得比较好的是老虎灶，也正是由于这个优势，其更受商务人群的钟爱，比较适合谈事情。"李西风说了一大段，喝了口面前的金骏眉，又点了根烟，继续说，"他们两家的基本情况就是这样，乾元嘛，没有特别的亮点，也没有很差的劣势，非要说一点优势的话就是客单价比较亲民，所以受老年人的青睐，不过他们家地理位置不错，正好在老城区的平江街道；位置偏的还是水天堂，但是它的客户群以年轻白领为主，客户基本上都有车，所以也就不存在远近的问题，店前有比较宽敞的停车位，不像人民路那一带那么拥挤。这是水天堂的优势，从他们家的装修风格就可以看得出来，比较贴近年轻人的时尚潮流，更倾向于小资、文艺青年的喜好，包括小点心与茶品的起名，比如有一款叫'醉琥珀'的茶，你们猜猜是什么茶？"

"醉琥珀？琥珀，那茶汤应该深黄偏红，不是祁门就是小种红茶。"光宇把目光从屏幕上抽离出来，用肯定的眼神看着李西风，等待着他的回答。

李西风笑着摇摇头，"NO，扣十分，是滇红。"

"其实这种给茶另外起名字的形式完全没必要，这种小聪明没意思，我们的客户群肯定不是文青与小资。"严坤往椅背上后仰，做了个伸懒腰的动作。

路子文给他们扔了一圈烟，自己边点边说："这几家对自己的客户群分布都做得相当到位，精准定位自己在市场上的位置。我们要把自己的客户群找出来，这个区位还蛮尴尬的，在老城区与工业园区的中间，交通倒是不错，苏嘉杭高速就在旁边。"

"高速跟我们半点关系没有。这个位置的确是他生意不稳定的一个因素。但是，绝不是主要症结。"严坤停顿了一下，"根据你跑下来的感受，你认为这几家的共性是什么？"

"共性应该分两点，首先是茶品本身，无论是茶汤口感还是茶叶品质都能做到货真价实，分了详细的级别供客人选择；再者就是品牌附加值，我说的附加值，不仅仅指的是口碑，而是做到客人能看到、吃到、感受到的状态，有的是多品类的现场小吃，有的是人性化的服务，有的是舒适自在的环境触觉。"

严坤点点头，"嗯，是的，做得比较好的商家，连进店后客人的体感温度都有测算。细节，细节很重要，细节是魔鬼。"

"光宇，你能不能不玩游戏啦？讨论事情呢。"严坤看了一眼坐在他边上的光宇，这家伙正在笔记本上玩"红警"，虽然是公司的合伙人，年龄比他们都要大五六岁，但是，这家伙各方面还挺时尚，算是紧跟时代步伐，之前做酒店咨询出身，跟严坤在一个聚会上认识，脾气秉性有时偏孩子气，是中年大叔里无公害产品。

被严坤这么一说，光宇赶紧回道："没有啊，我刚打开，就看一眼。"接着给大家发了一圈烟，笑着说，"别着急嘛，慢慢来，这些事也急不来，总归要一步步完善的呀！那个，风子，你那招人有没有进展，我这可等着茶艺师给这些服务员培训呐，包括管理人员，最好招两个主管。我跟你说，我都想把他现在的经理给换咯，一个在外贸公司坐办公室的人哪能做茶馆的经理呢，搞笑嘛这不是。"光宇连环炮似的说了一大段。

"换谁都可以，经理不能换，那是他们家亲戚，懂吗？"严坤紧跟着说。

"我明白，我明白。我就是说这意思。我一直在跟他们沟通，要想顺利地推进工作，还需要他们积极配合呢，怎么可能换他的人呢。"光宇连忙笑着解释。

路子文咧嘴笑起来，"风子看中了一个姑娘，那天我跟他一块去的。电话我们已经得手了，下面就是你的事。"说完看着光宇。

"真的假的？"严坤和光宇异口同声地问，"风子看中啦？"

"什么呀，我就是觉得人家泡工夫茶的手法专业，认为可以招过来做茶艺师，符不符合你们的要求，你们定。"

路子文挑眉道："你们明白啦？"

根据各项调查的数据，李西风他们干了三五个通宵，拿出了一份可行的营销执行方案，在光宇的努力沟通下，最终得到甲方的认可。整合，首先从看得见的地方开始，根据小组会议讨论，结合同业市场的实际情况，他们把客群定位在工业园区中的日资与台资企业的商务人群，这部分人通常在咖啡馆之外没有其他的选择，恰恰"泰和茶馆"是那个区域之内比较大的场所。为了从根本上改变、抛弃过去在人们心目中的固有形象，重新洗牌，重新建立自己的品牌，让客群耳目一新，他们决定给茶馆换个新名字。虽说建立新品牌的难度比较大，推广力度与口碑传播都需要时间去回馈，但团队一致认为，要么不做，既然做了就要做到最好，不能因为工作量太大而避重就轻。

在提案的几个名字当中，最终确定了"印象苏州"。严坤的工作量立马上来，围绕"印象苏州"的视觉系统以及全部应用由他一手设计，李西风辅助文案方面。光宇与路子文筛选了一周终于确定了新招的服务生。最重要的是他们成功把董珊与另一个在"老虎灶"茶馆做领班的方方挖了过来，两个主管的空缺问题就此解决。同时，分两组开始茶艺培训，董珊与方方技术不分上下，董珊主要是手势优美，方方则是手法更稳健。光宇与路子文两人的分工也很明确，光宇负责礼仪培训，员工纪律与规章制度的建立都由路子文执行。

李西风每天窝在二楼的临时办公室里协助严坤推进视觉系统的设计，还要配合路子文完成茶馆的"理念识别系统与行为识别系统"。除了白天在茶馆的工作，晚上回到公寓，几个人还要加班到凌晨一两点，一段时间下来形成了一个习惯，每到夜里十一点左右，路子文就提议下楼吃烧烤。严坤不喝酒，去了两次再也不去，所以他们都给他打包回来。李西风其实非常明白他是压力大、时间紧，没心思吃夜宵，毕竟所有应用要一个一个地在电脑上画出来，想快也快不了，没那个时间磨不出好东西；而路子文呢，是犯酒瘾，每天不喝点儿根本睡不着；回到自己身上，夜夜加班不吃点东西真熬不下去，他发现一到凌晨十二点左右，脑子就不转。只要路子文一站起来，两人就穿着拖鞋嗒嗒地下楼直奔那家"东北烧烤"。一家很小的夫妻店，两口子都是东北人，儿子在上海某舰队当兵，为了靠儿子近点儿，两口子从吉林到苏州开了这么一家烧烤店，每个月底关两天门，那是他们固定去上海看儿子的日子。与老板两口子认识的时间长了，路子文就提议说记账，每个月结一次，老板很乐意地点点头。

一段时间之后光宇发现，因为高强度工作的关系，团队成员都处于疲惫的状态，就决定每周聚个餐，然后去唱唱歌。这个决定得到了团队所有人举双手双脚的赞成。从观前街吃到钱塘路，从甪直吃到南浔，甚至有一次临时起意上苏嘉杭高速到杭州吃酸菜鱼，吃完当晚再回来。回来的路上严坤问李西风，杭州的酸菜鱼跟苏州的酸菜鱼有区别吗，李西风摇摇头说："不知道，没吃出来。"路子文听到这，就说："区别大了去了，你们没发现杭州的酸菜鱼是先过了一遍热油，锁住了鱼肉本身的水分，鱼皮有了自然的焦香，既保证了口感的嫩，又激发了鱼皮的鲜香。"严坤跟李西风在后座互相看着懵懂地点点头，异口同声地说："高手！"光宇把车载音响扭到最大，在刀郎《2002年的第一场雪》和一阵哈哈大笑声中，一路欢歌。

一天晚上严坤的女朋友突然跑到公寓，李西风开门后，她直奔严坤的房间，接着就是一顿乱砸，严坤站在那也没阻止。路子文一看，情况不对，就拉着李西风下楼。李西风说："下去干吗？刚吃过晚饭我还没饿呢。"路子文没好气地说："那你陪我下去随便转转，行吗？就当遛遛食。"

　　在南环新村周边晃了一圈后，严坤来电话让他们俩回去。他们回到公寓后，严坤的女友从卫生间推门出来，两颊绯红，两眼潮润，笑嘻嘻地跟他们俩打招呼，说着拿起沙发上的包就走了。两个人莫名其妙地看着严坤，等待他的言语。严坤正夹着烟在客厅边晃边抽，看到他们这么盯着自己，无奈地笑着说："呃，她就这样，有点神经质，你们说她神经病也行。"

　　"我们可什么也没说啊！"路子文挑着眉说道。

　　李西风满脸纳闷的表情，"神经质？这情绪转变也太快了吧。"

　　"风子，你不懂，你没谈过恋爱。"路子文眯着眼继续说，"坤啊，我做得到位吧？怎么感谢我？"

　　"感谢你什么呀？"

　　"装，装，继续装。不装你能死啊！"说着路子文又把目光转移到李西风脸上，"风子，在男女相处的问题上，我告诉你一个永远适用的法则，那就是一笑泯恩仇。"说完肆无忌惮地哈哈大笑，严坤也跟着哈哈大笑，李西风也听懂了跟着笑起来。

　　"那她怎么突然杀过来砸东西？"李西风疑惑地问。

　　"你看着我干吗？我怎么知道，你应该问他。"

　　"不就是今天一天没接她电话嘛，神经病发起来就这德行。"

　　"那你为什么不接？"

　　"昨天从她的信用卡里刷了一万，她收到信息，打电话问我干什么用的，我说没干吗，她就急了。"

　　"你干吗了？也没看你买东西啊。"

　　"还自己的信用卡了。"

　　"你也不差钱，为什么从她卡里刷钱？"

　　"那合约的七八万块钱除了我们的工资，买了两台电脑，其他都在公司账户上，佣金的部分不是说好在案子结束后再分配嘛，所以，我的工资不够还款。"

　　"还以为那钱你跟光宇早分了。"路子文撇了撇嘴。

　　严坤眨了眨无辜的眼神没接话。

　　"那你这信用卡真是个无底洞。"李西风耸了耸肩。

第 三 章

　　根据严坤的排版，李西风很快完成了推广手册的文案。并在严坤设计好的包厢铭牌上花了一个下午写出新的名称，在几番风格的推导之下，最后确定用这个系列：伏雪、浅木、风朔、美唐、草晃、沐水、汤葵、如童、羽翡、忘红、湖呓、归崖、喜逐、雨吁、芽望、野夕。

　　路子文负责的培训，第一个阶段基本完成，让严坤与李西风他们下楼审核审核。后院里光宇正在给服务生们讲茶馆的文化理念，这也是李西风在策划案里列出的一项计划，品牌的传播由品牌故事引发、衍生，首先员工要爱上茶馆的品牌文化，只有当这种文化深入内心时，所持有的行为举止才能深入客群的人心，才能产生口碑传播，才能通过长期的累积加深客群的忠诚度，从而达到建立品牌的目的。

　　看到严坤与李西风已到后院，光宇停了下来。两个主管分两组开始展示茶艺，先由董珊开始，她依然手势柔美地完成了全套技法，后面新招的服务生挨个过了一遍，接着方方那一组展示。个把小时下来，严坤基本没提出什么异议，李西风则不停侧耳跟光宇保持交流，路子文跟严坤偶尔说两句。结束时，光宇让严坤说说意见。严坤晃了晃腿，跟路子文和光宇说："你们俩怎么看？"

　　他们俩的观点一致，认为参与培训的服务生基本都掌握了整个流程，也能做到不同茶品的温度把握；礼仪方面，从托盘搁砖开始练习臂力与步伐，也都掌握了要领；但对于规章制度的建立与执行，稍有欠缺，比如偶尔他们还会发现服务生在后厨吃点水果之类的，特别是奖惩制度没能建立起来。

　　"你呢，怎么看？"严坤转过头问李西风。

　　李西风把目光从董珊的身上收回，转移到严坤脸上，"大体上还行，技艺是掌握了，但还有两个小细节还需要再加强一下。一是，我刚才看下来，发现动作要领都掌握得不错，但是缺少美感。美感，你们明白吧？"他把目光投向面前的服务生们，自问自答道："就是太生硬，茶艺应该是个享受的过程，应该舒缓而美好。你们仔细看两位主管，她们的手势就不一样，她们在泡茶的过程中，我是能感受到美好的。当然，这个可能不仅仅是靠多练习，个人领悟比较重要。"

路子文点点头："还有呢？"

"还有就是熟练度完全不够，还达不到为客人服务的层次。"

"这个再有一个阶段培训下来应该就没问题了，现在毕竟培训时长还没达到。严总监，你也说说你的意见啊？"

严坤深吸了一口香烟，说道："刚才李总监说的我就不重复了，完全同意。我就强调一点，时间紧、任务急，培训内容要齐头并进，多条线同时进行，不要浪费时间，既要讲效率也要讲效果。"

上楼前，严坤告诉路子文、光宇下班后到楼上开个碰头会，商量下一步策略导入的事情。李西风没跟着严坤回办公室，而是在楼梯平台那点了根烟，看着窗外的人来人往。不时从后院传来那些男孩女孩们叽叽喳喳的说话声、玩笑声，李西风能明确感受到路子文、光宇跟他们相处得比较融洽，而自己与严坤在那些服务生眼里比较冷漠，这一点让他有点儿失落。就在他胡思乱想的时候，手机响起，显示是一个陌生号码，他刚接就被挂断了。李西风掐灭烟头，回到二楼尽头的办公室。

"有几件事，我们简单讨论一下。"路子文跟光宇一坐下，严坤便开口。

"第一件就是员工培训的事还要加强，不单单是茶艺方面的专业技能，企业理念和企业文化的植入也要跟上，这是关系到后面甲方管理的关键。员工的忠诚度与基本职业素养达不到要求，再高级的管理者也带不动这辆火车。"

"企业理念与文化可不是一朝一夕就能达成你想要的效果。"光宇接了一句。

路子文沉默地抽着烟，李西风低头盯着手机屏幕。

"我说的是工作推进，我们先去做，然后再看最终效果，你连做都不做还谈什么结果？"严坤反问光宇。

"行，知道了。第二件呢？"路子文往烟缸里弹了弹烟灰。

"视觉系统的应用基本上都已经下厂制作。这事儿，风子由你盯着，纸张、色差、工艺都要把关，让他们出小样给你看，不符合的不能上机。"

李西风点点头，依然盯着手机屏幕。

"风子，用点心呀，开会就别玩手机啦。"严坤又补了一句。

李西风这会儿哪有心思听他说话，刚才那个未接就挂的号码弄得他心神不宁，他直觉这号码有可能是某人的，或者说他内心希望这号码是某人的。他一边听严坤说话，一边点头，给那个号码发送了信息：哪位？

听到严坤这么说，李西风笑着回道："好好好，你继续。"

"既然甲方已经认可了新的视觉系统，那么茶馆的内部改造也即将开始。这里面有几件事需要光宇跟他们沟通：一是为了解决卡座私密性的问题，我打算用芦苇帘与木格栅进行间隔，卡座入口用蓝印花布做半日式的垂帘；二是商量一下是不是要把大堂入口处的石拱桥拆除移走，地面拉平，边上的太湖石原字磨掉，刻上新的店名。还有就是在二层屋檐挂一块新的木刻匾额。"

"这个费用就大了，没十几二十万下不来，我们能把这个案子拿下来就很不容易了，再让他们花这么多钱，估计够呛。"光宇平静地自言自语。

"这个在签约的时候都经过双方认可的呀，既然整合，那这是整合里面的一项，最基本的内部改造。否则，哪来的新形象、新空间来吸引客群呢？"

"你说的这些我们都明白，我说的是这个费用甲方很难认可，他们的心理预期也就七八万的样子，再加上应用制作方面的费用五六万，这就十五万左右。还没算接下来营销推广的费用呢，至少也要十万左右吧。连我们的服务费，如果超过四十万，他们肯定接受不了。"

"我同意光宇的观点。你的方案再好，但是超出甲方的预算，他不拿这么多钱，你怎么干？"路子文接了光宇的话。

李西风的眼睛一直盯着桌上的手机屏幕就没移开过，在路子文说话的时候，屏幕亮了，他不由自主地打开短信，看到内容为："你猜。"他立即回复："猜不着。"

这一次没有等待，对方秒回："你就猜一下嘛，猜对有奖。"

李西风莫名其妙的嘴角上扬："什么奖赏？"

对方秒回："你想要什么奖赏？"

他再次嘴角上扬："我要的可多了，你能给吗？"

这一次对方没有秒回。他看着手机屏幕略显失望，给自己点了一根烟。

"风子，你呢，你怎么看？"严坤扬了扬下巴。

李西风用疑问的眼神看着严坤。

"你今天不对劲啊，刚才那嘴角上扬，眼睛发亮，神情倍感温和。这是典型的心有所想啊！"严坤挑着眉，一副心理大师的表情。

"我也发现了，光宇你有没有发现？"路子文也跟着附和。

"风子，是不是哪个姑娘给你发信息了？我看你一直盯着手机。这是要来桃花运啊！"

李西风被他们这么一说，刚才内心的欢愉立马消失，"你们跑题了吧？我回个信息怎么了？你们不发短信啊？"

"工作归工作，你个人大事也是重中之重，必须趁早解决，要不然压力太大。"路子文哈哈大笑。

"是的呀，你说出来，我们来帮你出谋划策，对于女人你又没经验，会吃亏的，到时候我们怎么跟你父母交代是不是？"严坤接着路子文的话锋继续调侃。

"好好好，你们都是好人。马上给你们颁个'好人'奖。"李西风无奈地笑着说，"接着刚才你的问题说啊，我是认为那个石拱桥必须移除拉平，入口处太狭窄，不利于进出，感官上入口处也应该是平坦而开阔的。太湖石的重雕与做新匾额的费用也不会太高，不过，你们俩说的卡座改造费用的确会超出甲方的预算，我建议，在这个方案的基础上调整方式，坤说的是对的，我们既然给他整合了，如果内部改造不做的话肯定说不过去，最重要的是会对我们后面的营销推广有影响。"

就在李西风说话的间隙，他的手机屏幕再次亮起，瞟了一眼，没去打开。

严坤听了李西风的话，眨了眨眼，"这样吧，光宇你先找两家装修公司按照我们做的效果图做个核算，看究竟需要多少费用。后院不要动，现在这样挺好，到时候把淤泥清理一下，再放上干净的水，就很美了。"

"还有一个事，我们沟通一下呗。"看大家没什么意见，严坤接着说。

"最近工作连轴转，大家都有点累、有点懈怠。光宇，我建议，我们公司自己也要建立企业文化。当然，我的意思是说小团队也要有小团队的建设，简单点儿，把寻找美食这个事重新开展起来，也可以去酒吧喝喝酒，去KTV唱唱歌。这样，大家的积极性也高点儿。更好地放松是为了更好地工作，你们有什么意见或者想法？"

"你滴酒不沾，还去酒吧？"路子文哈哈大笑。

"我是举例说明。"

"我同意，今晚就开始。"光宇举手赞成，"风子，你呢？"

"你们定，你们定。"李西风还是有些心不在焉。

"这孩子，完了！"他们三个人异口同声地说道。

李西风翻开刚才亮起的短信，看到："你先猜了再说。"他立马回复："不好意思啊刚才在开会，你肯定是我们茶馆的员工，而且是个女的。"

对方又启动了秒回模式："你怎么知道的？对不起啊，我是董珊，刚才大家打赌来着，说谁输了拿谁的手机骚扰你。"

"原来你们拿我当赌注了，打算怎么奖励我啊？"

"你生气啦？请你吃饭吧。"

"怎么会，如果不是打赌你就没想过给我打电话？"

"你是领导我哪敢！"

"那么多人，怎么拿我当赌注？"

"真生气啦？"

"哪有，我又不是气球，哪那么多气，就是好奇。"

"路专员太严肃了，光宇老总年纪大，他们说逗逗小胡子吧，小胡子看上去没什么脾气，应该不会发火。"

"小胡子？"

"因为你下巴留着胡子，所以她们就叫你'小胡子'"

"你们是不是给我们都起了外号？"

"嗯，嘿嘿。光宇老总叼着个烟斗，就叫烟斗；路专员给我们培训像军训，都称他教官；严总监老拉着个脸，所以叫冷面杀手。"

"你们够闲的啊，还专门研究我们几个人。"

"你可别说是我说的啊！"

"不会不会。"

"请你吃饭吧，兑现奖赏。"

"今晚不行，跟他们一起呢。你现在在哪呢？"

"回家的路上啊。"

"一个人？"

"嗯，刚刚跟他们一起下班的，都不是一路。"

"那你一个人骑车慢点，我看你骑电动车还挺快的。"

"你怎么知道我骑车快？"

"我几乎每天傍晚在你下班的时候都站在茶馆二楼的平台看着你骑着电动车向西，直到看不见你的背影。"

"真的？"

"嗯，你知不知道你的背影在夕阳下好美啊，美得让人心疼。特别是头发被风吹起来的时候。"

"观察得可真仔细，我哪有那么好看。"

"在我心里就是好看。"

"嘻嘻，我好开心啊。"

"为什么？"

"不告诉你。"

"好吧，你不会是一边骑车一边发短信吧？那样可不安全。"

"没，吴中塔路边呢。"

"那就好，那快回去吧，太晚了不安全。"

"嗯，没事的。"

"到家给我发个信息。"

"好！"

李西风一直在专心聊天，以至于他们要去哪，怎么上车的，什么时候到"音乐空间站KTV"的，一概不知。

这帮人开了个包厢，决定通宵唱，他们先点了简餐，说吃饱了有力气嘶吼。照例，先是路子文与李西风的开嗓曲目《热情的沙漠》，接着是严坤的必唱曲目《黑色柳丁》，要说会唱歌的还要算光宇，一曲张学友的《李香兰》唱得情深意动。路子文在吃完一大盘咖喱牛肉炒饭之后，开始了他的摇滚风，他喜欢把每一首歌都唱成摇滚。李西风这一晚可没什么心思唱歌，在路子文紧握麦克风狂吼的时候，李西风一直盯着的手机屏幕终于亮起："我到家了。"

早晨五点时分，天际由青灰转白，东方的晨曦在雾气中慢慢升腾。光宇买完单，开车送一帮人回家，路子文嘶哑地说："吃个早饭吧，吃个早饭好睡觉。"李西风闭着眼睛回道："你每一次唱歌都把自己唱得说不出话来。"严坤跟光宇笑着附和："这货的嗓子迟早废了。"

经过几家装修公司的报价，他们最终敲定了一家低价位的供应商。对严坤的内部改造方案进行了优化，施工方开始进场，选材与软装这些东西由严坤把关。

李西风负责的物料制作全部就位，零钱袋、点心盒、VIP会员卡、便笺纸、定制火柴、定制茶具、工作服、烟灰缸、软装画、便民伞、茶水单、宣传册、礼品袋等陆续进到后院的仓库。除了协助严坤他们，他终于有了一点空余的时间，这空余的时间可是他梦寐以求的。

李西风一个人坐在后院的沙发上跟父亲通完电话后走进二楼的办公室，路子文阴阳怪气地跟他说："喏，有人给你送的晚餐。我们就惨喽，工作到现在，连个盒饭也没有。"说完指着桌上快餐的方便袋。

"还热乎着呢，赶紧吃，要不然冷了，人家心就凉了。"严坤跟着附和。

光宇叼着个烟斗，"是啊，赶紧吃。你放心，我们不跟你抢，我们就看着。"

"啥意思啊？你们自己叫个外卖，然后拿我开涮是吧？"

"装，再继续装。"路子文晃着大腿说。

"装，不可耻。"

"人家打你电话占线，直接把晚餐送到办公室来了。还美其名曰，李西风请她买了送过来的。你看看，你看看，这姑娘多会做人呐。"光宇叭叭地吸着烟斗，烟气在烟斗上一跳一跳的。

"千年一遇的好姑娘，风子，你得用心啊。"

"行了行了，别涮我了。送的人呢？"

"不知道啊，东西放这就走了。"

"赶紧打电话啊！"

"带人家姑娘找地方逛逛，她大晚上的不回家给你送吃的，你这家伙千万别辜负人家的心。"

"你不懂了吧，记住啊，找个黑点儿的地方逛，哪黑往哪钻知道吧？"

"你们……你们这帮都什么鬼啊。"李西风被这帮人说得晕头转向，不过，心里的那个小秘密不断甜蜜膨胀，心尖上都盛开了莲花。

"那……这些东西你们吃吧。"

"你李公子不说，我们哪敢吃啊。既然，你这么说了，我们就勉为其难地帮你吃点儿，要不然凉了怪可惜的，浪费粮食可耻。"严坤挑着眉喷着烟说道。

"记得给我留一块，等我回来吃。"

李西风下楼给董珊打电话："你在哪呢？"

"茶馆西边的十字路口呢。"

"怎么走了？"

"你们晚上加班，我在那干吗？"

"你待在那别动，我过去找你。"

"嗯。"

撂下电话，李西风走了五分钟就见到了董珊，两人没说话，相视而笑。那种笑是内心自然生发的，想控制都控制不住。董珊的内心那一刻就像膨胀的棉花糖，脚下的每一步都似走在棉花上。而李西风想咬一口那棉花糖。欢愉的发生有时不单单是生理的吸引，还有那一眼就注定的感觉，既然是感觉，就说不清道不明。但凡能说清楚的感情，基本属于有目的的条件驱使。

李西风问董珊："送你回家还是去哪儿逛逛？"两个人发现晚上也没什么地方好逛的，董珊提议去金鸡湖，来苏州一年多她还没去过。李西风说："我骑车你坐后面。"董珊说："我坐后面不舒服，还是我载着你吧。"电动车载着两人一路向东驶去。

董珊告诉李西风，她一年前来到苏州，之前都在老家河南夏邑上学，高考没考好，爸妈让她复读，她不愿意，想跟爸妈一起生活才来到苏州。爸妈在吴中区开了一家小家电超市，她还有个姐姐比她大3岁，也在苏州，初中毕业就跟来苏州帮爸妈看店。

李西风坐在电动车后座，右臂不由自主地搂住董珊的腰，董珊车把晃动了两下立马恢复平稳，这是一种信号的许可。

金鸡湖的灯光璀璨，水波在灯光的辉映下，虚幻缥缈。让李西风想到徐志摩的诗："在康河的柔波里，我甘心做一条水草。"此刻的他就想在董珊的柔波里，做一条水草。两人沿着湖边栈道漫步，风吹过来，有湖水拍岸的撞击声，然后哗哗地褪去，等待下一次水波涌来。偶尔两人有简短的对话，除此，就是草丛里的虫鸣。董珊的左手扣着李西风的右手，她问："喜欢我什么？"

"什么都喜欢。"

"你是不是跟路子文他们学的这么贫嘴？"

"真的什么都喜欢。"李西风无法阐述对她的喜欢，喜欢她的一切，喜欢她的眼、耳、鼻、舌、身、意，没有什么理由，也不需要什么理由，喜欢就是喜欢，喜欢本身就没理由。

"那你说一两点我听听。"

"喜欢你泡茶的样子。你知道的，见你的第一次，我相信，你看懂了我的眼神。"

董珊停下脚步，转过头，面对着他，认真地看了看李西风的脸，没有说话，嘴角上扬，眼里铺满了柔软。继续往前走。

"还有呢？"

"喜欢你善良的样子。"

"我善良吗？"

李西风点点头，"能在下班之后，还特意去买吃的，然后再回到上班的地方给人送去的。这样的人就是善良的人。"

"你爸爸妈妈会喜欢我这样的吗?"

"会,肯定会。最近,我每天都觉得好虚幻,跟做梦似的,我喜欢的姑娘竟然也喜欢我,有时候我会问自己,你会看上我什么。"

"答案你自己刚才已经说了,我也不知道为什么。好奇怪,这种感觉好神奇。"

两人在栈道远处的木椅上坐下来,看着湖水的波纹一层一层地荡漾,发出撞击石岸的水声。湖面水天相接的地方幢幢高楼里灯光点点,像海上的船帆点点,偶尔有骑自行车与玩滑板的人闪过。

"好喜欢这样的安静。"

"嗯,我也喜欢这样坐着,风吹着很舒服。"李西风搂住董珊的肩膀,董珊顺势依偎在他怀里。

他的右手抚摸着董珊的脸颊,轻轻地,犹如生怕弄脏了精美的瓷器一般轻柔,在董珊的耳边细语:"我怎么这么喜欢你呢!"

"傻瓜。"

说着两人的舌头缠绕、回旋,像陷入彼此的漩涡,吸力威大。

回来的路上李西风骑车,董珊坐后面抱着他。骑了大约三公里,在爬一座桥的时候车停住了。这时,董珊才想起,市区到金鸡湖的距离,再加上来回给李西风买晚餐,肯定是车的电量不足了。两人商量着把钥匙关了,先走一段然后再开一段,这样比较省电。不幸的是两个人在过了几个高架桥之后发现迷路了,周边的所有高架桥在夜晚看上去都一样,两人还不熟悉园区的路牌。董珊开始有点儿慌,说:"怎么办啊?要不你给光宇打电话吧,他应该熟悉这边的路。"李西风说:"不能打,给他们打电话,他们还不笑死。"就这样,两人边问边走,终于回到了市区。

经过装修公司的改造,茶馆新的视觉效果完美呈现。他们陆续展开对茶馆的品牌推广工作,在各类媒体上投放,考虑到目标客群以园区为主,侧重选择了的士媒体与《名城苏州》门户网站，卫视角标与城市一卡通为辅助。大力度的会员卡充值优惠为开业蓄水。一系列的营销行为执行之后，成果斐然，会员数据库达到预期三千位的目标。

光宇跟甲方敲定了的开业方案，由路子文负责对接执行公司。在开业前半个月茶馆开始试营业，磨合团队运转的默契度，针对客户提出的建议，及时改进。从金鸡湖夜游回来，李西风就开启了每晚送董珊下班的征程。从茶馆到董珊住的小区不远，送到楼底下李西风总要抱抱董珊，什么话也不说，能抱着十分钟不撒手。董珊总问："干吗，不想回去啦？"他总回："就想这样抱着，心里特别安静，就像在平静的海边。"董珊就用那句"乖，听话"把他打发走，偶尔他也会调皮地说一句："我要跟你上楼。"董珊就亲他一下说："姐姐在家呢。"李西风只能乖乖地回去。

回去的路上，路子文的电话打过来，让他赶紧回公寓，说是严坤喝醉了，在楼下烧烤店赖着不走，他一个人拉不动。

"你怎么让他喝酒了？"李西风问。

"他一个人喝的。人家老板娘给我打电话说他一个人一口灌进去半瓶白酒。"

"他发什么神经？"

"不知道。我到的时候，一瓶已经下去了。"路子文与李西风站在烧烤桌两侧看着趴在那的严坤。

"来，陪我喝杯酒。酒真好喝啊。"说完肆无忌惮地哈哈大笑，整条巷子都能听见。

"别喝了。你又不能喝酒。"

"你不够朋友，你们都不够朋友。你们俩都不够兄弟，都不陪我喝酒。不喝拉倒，那我自己喝。我今天才知道，我酒量竟然这么好。我已经喝了一瓶了。厉害吧！"说完又神经质地哈哈大笑。

"你厉害，你厉害。今天就这样，明天再喝好吧？"路子文没好气地附和着，

"风子，来，扛着他肩膀把他架上楼。"

两个人连架带拉地把严坤一步步弄上五楼，合力把他扔到沙发上，喘口气的工夫，这家伙竟然自己爬到卫生间，对着浴缸的花洒一阵乱喷，然后开始呕吐。依着路子文多年喝酒的经验——吐了就好了。可，故事发展并没有奔着经验而去。两个人去拉他，他非常不配合，嘴里开始断断续续地自言自语。重复的几句重点是：她家人凭什么看不起我；我有钱也不买房，我有的是钱；你以为我多爱你女儿呐，我有的是钱。

"这家伙受什么刺激了？"李西风问道。

"作呗，他们两个人都挺作的，是绝配。但是，人家父母让他买房也不过分啊。"

"要不要给他女朋友打个电话，问一问究竟什么情况？"

"别打，这种事我们最好别插手。吐了就好了，你去弄点温水给他喝。"

他们把严坤再一次弄到床上，安静了片刻，又开始呕吐。他们俩也不敢睡觉，抽着烟观察着。吐了两轮后，严坤开始呓语："风子，我的钱包呢？"

"在这呢，放心，睡吧。"

"风子，钱包里有张银行卡，密码是355875，我有钱。"

"知道你有钱，你大老板。"

"文啊，记住密码啊355875。"

"记住了，355875。"

"他哪根神经搭错了。"路子文笑着说。

"估计是刺激太深了。"

情况并没有像路子文预料的那样，凌晨三点多的时候，李西风发现床边的塑料盆里呕吐物出现深红色，并且严坤也不断呓语："我要死了我要死了，快救我。"路子文平静地回道："死不了，没事儿，睡一觉就好了。"

"我要死了，快救救我，我有钱，密码是355875。"

"不对，这颜色不对。你看，深红色，不会是胃出血吧？"

"应该没事儿，他吃烧烤了，烧烤的颜色。"

"又吐了，你看，这颜色肯定不对。打120吧，不能开玩笑。"

"颜色好像是不对，你打电话，我来给他套衣服。赶紧赶紧。"

上楼容易下楼难，严坤一米八〇的身高，两个人根本无法架着他通过狭窄的楼道，关键时刻路子文派上了用场，背着严坤往下走，李西风在后面托着，总算是把他弄下楼，而后上了救护车。

急诊部的医生诊断结果为：醉酒导致胃酸与酒精的呕吐物烧坏食管壁。

严坤被要求禁食三天，一周后出了院。

出院后，生活继续，可是他们再也没听他提起小女友的事，一段两年的感情就这么戛然而止。要说感情与时间的关系，终究无法用长短来衡量。看似契合的关系，摆在现实面前，还是无法抵挡来自周遭的压力，像一道闪电瞬间就可以劈断多年的树木。

开业前的最后一次提案在一家酒店会议室如期展开。说是提案，实际光宇想利用提案的机会向甲方提出第二阶段营销服务费的结算，卡在开业前的节点上更具备话语权。方案主讲人是严坤，着重阐述了开业后的品牌建设与内部管理两部分，三个月内会协助甲方职业经理人管理运营，后续服务期将更多以顾问的方式来调整运营中偶尔出现的问题。甲方老板都表示认同。当然，更多的还是看在前期整合成果的分上，任何一个商人都以结果为衡量标准，这无可厚非。

在光宇提出结算第二阶段服务费的议程上，甲方提出了一些意见。他们认为在茶馆还没有正式运营时，支付服务费不合理，光宇用一句话挡了回去："既然大家已经达成协议，那么我们就应该履行合约。"对方又提出改造与营销费用超支的问题，比预期超了10%。光宇看了看严坤，严坤没有要接话的意思，他只能硬着头皮说:"内部改造与营销费用都是经过你们甲方签字许可的情况下才执行,说明你方没有异议;再说,改造材料的不同与营销行为的选择肯定会发生一定的误差,这本身也是合情合理,不存在我们故意超支的问题。"

一来二去,合约上40%的第二阶段营销服务费没有达到光宇的预期结算,甲方同意先支付30%,余下部分三个月后与佣金一起结算。甲方走后,几个人并没有立即离开会议室,光宇先开了腔:"你看,我就知道他们会拿超支说事。当时,让你在改造上少做预算,你不信,非要一意孤行。"

"不是优化了嘛。有些软装的确超出,这是没办法的事,要想效果好,有些钱是省不了的。"严坤底气十足地反驳。

"道理谁不懂,事实是他们就拿这事扣了10%的费用。"

"也可以说,他们就是故意的,超支部分让我们来扛,不信三个月后你再看,能把三个点的佣金结算给我们就算不错了,还要在日均营业额一万的基础上。"路子文说完拧开瓶盖喝了一口水。

李西风看他们这样说,坐不住了,"今天能谈成这样已经不错了,先把到手的钱拿着,后面的事再慢慢解决。已经发生的事再去怪谁有什么用呢?我建议,现在研究研究晚上去哪吃饭。"他说这句话不是因为心态好,而是心情愉悦后的自然反应,他已经彻底陷进董珊的怀抱里,无法自拔。

"研究吃什么之前先研究研究我们的工资。"路子文面无表情地自言自语。

"什么工资?"光宇纳闷地问。

"现在甲方又扣了10%,佣金现在也结不到。手头这点工资够干吗的,风子清楚,我老婆就快生了,各方面都需要用钱。最起码把奖金跟报销的费用及时给我吧。"

"报销的费用与每个月一千的奖金你没拿到吗?"光宇再一次纳闷地问。

路子文指了一下严坤:"你问他。"

光宇跟李西风同时看向严坤。

"跟我算账是吧？你从我这拿的钱，早超过你该得的钱了。"严坤平静地回道。

"哼，行。那我们把账算一算。平时吃、喝、打车乱七八糟的钱都是谁付的？"

"那你记账了吗？有账就算。"

"算啥啊！"路子文的暴脾气一下炸了，拿起桌上的纯净水瓶砸向严坤，甩门而出。

会议室片刻沉默，光宇向李西风问道："怎么回事啊？我怎么没听懂。"

"我也没听懂。"

"你们没听懂吗？他在跟我要钱，分账。你们俩是不是也打算跟我算账？"严坤后牙槽翕动。

"你跟我叽歪什么？我都没搞懂什么情况，就看你们俩跟疯了似的。"李西风说完又补了一句，"光宇，你搞懂了吗？你看，这两人完全疯了。"

"好好好，我神经病。实际上我也没搞懂他怎么突然这样。但我分析一下，你们听听是不是这个逻辑。"严坤停顿了一下，"这家伙隔三岔五就从我这里拿个三百五百的，现在跟我算工资是因为上个月我没把工资给他，我认为他应该知道为什么没给他，平时他拿的钱早就超过工资了。所以，他刚才说奖金与报销的钱，也就是说，我还要再给他钱才能让他心理平衡。"

"你这个逻辑可能是对的，但你这话，我不认同。有账就算，什么叫你给他钱，那是他劳动所得。"李西风有点急了。因为他明白，平时花的钱谁也没记账，都是乱的，根本无法计算，这是笔永远也无法计算的糊涂账。

"婆说婆有理，公说公有理。你们俩都有理。我建议都先冷静一下，明天再说。风子，你赶紧去找路子文，别出什么乱子。茶馆马上开业，辛苦大半年，不能这个时候没人。"光宇停了一秒，"找到人，给我来个电话。"

李西风找到路子文的时候，他正在小区楼下烧烤店喝酒，还叫了茶馆的两个服务生。看到李西风，路子文迫不及待地说："风子，我说的那些不对吗？他自己心里清楚。"

"平时买菜烧饭的钱全是我掏的，肯定应该公司报销啊。"

"这个我清楚。他说你经常跟他拿钱，你拿多少回钱，有数吗？"

"就拿过两回吧，一回是上次回家带苏莉去孕检，还有一回不记得了。"

"那你这钱用在哪，也没法计算啊。"

"我跟他要奖金和报销的钱过分吗？"路子文说完，吹了一瓶啤酒。

"不过分，不过分。你别激动，明天你们俩坐下来好好沟通一下。"李西风看桌上有一瓶空的二锅头，问两个小伙子，"他一人喝的？"

小伙子摇摇头，说道："我们三个人平分的。"

听到这句话，李西风放心了。根据路子文的酒量，一杯白酒加几瓶啤酒也就垫个底。可喝酒这个事儿，对的时候遇到对的人，那是酒逢知己千杯少，跟爱情一样；遇到不对的人，再赶上不对的时候，再添上点事儿，喝一口都会醉。路子文喝到第三瓶啤酒的时候，舌头已经发硬，说话失去连贯性，唯一清醒且不断重复的一句话就是："我要上楼找他算账。"

为了避免不必要的冲突，李西风与两个小伙子把路子文送到就近的宾馆，而李西风回到公寓发现严坤也没有回来。

第二天茶馆的办公室里，几个人的神情都不太对。严坤跟服务员要了一盒冰块，拿起来就往嘴里塞，发出咔嚓咔嚓的声响。

光宇打破了沉默，"你们两个人好好沟通，有什么事说清楚，前提是，不许发火。需要我跟风子回避的，我们俩就出去。"

"这样啊，文，我也不跟你去算从我这拿了多少钱，你也别算你花了多少钱，我再给你3000，肯定超出奖金与报销的数字。"严坤说完点了一根烟，"行，咱们还是兄弟。不行，我也尽力了。"

路子文沉默了一会儿，"低于5000，别谈。"

办公室又陷入无声的境地，严坤的后牙槽翕动，又塞进一把冰块，咔嚓咔嚓嚼起来。

"行，5000，没问题。后面的工资佣金该怎么算就怎么算，你也别说我不把你当兄弟。"

"风子，我想跟你单独聊聊。"严坤转过头跟李西风说。

李西风诧异地看看光宇，光宇无辜地摇摇头表示不知道什么情况，起身与路子文走出办公室。

"说吧，弄得我莫名其妙的，跟我聊什么？"李西风无奈地笑着说。

"他要跟我算账这事儿，你事先知道不知道？你跟我说实话。"

"我哪知道！我知道的话早跟光宇反映这事了，还由着你跟他瞎扯？"

严坤点点头，"那你也不帮我说话，你知不知道，你的这种态度就像拿刀子往我心里戳！"

李西风被他这么一说，竟然一时语塞，眨了眨眼，"你们这种乱账，让我怎么说？他确实在执行中垫了很多钱，多少你也不清楚；你确实也没给他工资，差多差少你也不说，当作不存在，他心里肯定不爽。这糊涂账，你让我怎么帮？"

"你是不是也想跟我算账？"

"就你现在这种态度，我一分钟都不想跟你聊下去。不过，我只拿我该得的，而且是我劳动所得，不是你的给予。你如果连这一点都不明白，当我没说。"

严坤又塞了一把冰块，嚼起来，"行。我明白。可能我的确有问题吧，忽略了你们的感受。风子，你的奖金跟报销我也不去细算，就算5000，你看行吗？"

"行，差不多。"

"因为你没私下从我这拿过钱。"严坤不忘补一句，"另外，我再说句题外话。"

"说。"李西风刚要起身拉门。

"你跟董珊不合适，别当真，会伤了自己的。"

第 四 章

>>>

茶馆的开业庆典路子文执行得非常到位，各方面的媒体也悉数到场进行了报道，老板很开心地给他们发了红包，评弹的大师给客人们表演了经典曲目《白蛇传》，老板亲自为两只南狮点睛，礼炮齐鸣。

"印象苏州"正式运营，作为营销团队，李西风他们暂时能喘口气，再也不用加班，整个人的身体状态也立马懈怠下来。开业后的第二天，几个人从晚上一直睡到第三天中午，醒来路子文说身体都是软的，像一摊泥。严坤与李西风也有同感。找了个精致的特色饭店，一行人舒坦地吃了一顿，并没有像之前说的那样去大肆庆贺。

茶馆进驻工作不是很多，基本能保持良好运转，偶尔处理一些小问题，所以路子文抽时间回家去看苏莉。李西风他们三个人按照一人两天排了个班，这样李西风能跟董珊一起下班，一起逛街，一起到观前街吃个饭。李西风休息的时候，就在董珊下班时去接她。董珊休息时，会叫上李西风去超市购物，然后陪她回家，董珊每次都说姐姐在家不方便，直接封杀了李西风想上楼的念头。

这天李西风送回董珊，董珊回去换了身衣服便又让李西风在她家小区附近的一个公园里陪她散会儿步。

"背我。"

"背你？"

董珊点点头。李西风弯下腰，董珊搂住他的脖子趴在后背上，李西风两手托着董珊的大腿。

"怎么想起要我背你了？"

"就想要你背我，小时候看动画片一直有个梦想，长大后遇到喜欢的人，就让他背我，我就会感到特别幸福。"

"那你现在幸福吗？"

"嗯。"董珊说完在他脖子上狠狠地亲了一口。

这一口，李西风仿佛被融化的糖水淹没，无边的甜蜜像大海一样广阔。背着董珊走的每一步，如同在棉花糖上跳舞，柔软且轻盈。天地变得虚幻，季节忘了交替，北风变得温和，星光忘了闪烁。

走累了，他们便躺在草地上数星星，偶尔说一两句腻死人的情话。

第二天，两个人在一阵电话铃中醒来。路子文从老家打来电话，说苏莉生了个儿子，他升级做了爸爸，又问李西风在茶馆干吗呢。李西风告诉他是严坤值班。董珊在枕边轻声地问了一句："路子文生了个儿子？"虽然很轻，还是被电话那头的路子文听见。路子文便调侃起李西风，李西风则装糊涂地说道："少扯，你什么时候回苏州？"路子文这才放过他，说："至少一周，慢则十天。"

茶馆运营稳定，李西风与董珊商议，跟他去盐海看看路子文的宝宝，然后一道回苏州。董珊很是想去，却担心无法请假，毕竟茶馆刚刚开业不久，前三个月正是运营的关键时期，品牌的口碑传播都在前期建立，李西风便试着与光宇提了这事儿，没想到光宇倒是很支持，一口答应，还让李西风带个红包给路子文。严坤也没表示异议，只说一周内要回来，私下里又跟李西风强调："董珊不适合你……"而李西风则不以为然。

李西风带着董珊坐车去看了路子文的孩子。回来的路上他问董珊："小宝宝可不可爱？"

"当然。"

"要不我们也生个孩子吧？"

董珊睁大眼睛看着他，半晌没说话，然后冒了一句："我现在年龄还小，再等两年吧。"这算是两个人第一次很正式地讨论未来，但见董珊的态度，李西风也没再继续这个话题，便说："我带你回家见见我父母吧。"

董珊的态度犹豫不决，"我害怕，能不能下次见？我一点儿心理准备也没有。"

"这有什么好怕的？"

"我不知道，就是害怕。"

"来之前你不是也知道要跟我回家的吗？怎么又变了？"

"我也以为我可以的，但是到了这，还是害怕。"

李西风点了根烟，气氛瞬间变得诡异。

"你生气啦？"董珊摸着他的脸问。

李西风摇摇头。

"都写在脸上了，还狡辩。下次，下次好不好？我真的害怕。"

"我真搞不懂，这有什么好害怕的。我爸妈又不吃人，他们特别善良，都是老实巴交的农民。"

"我知道我知道，求求你了，下次肯定见，这次就别让我去了好不好？"董珊说着亲吻李西风的脸。

李西风也没说话，他明白，强行带董珊回家也没有意义。并且，他自己也不是那种强迫别人的人，他要的是互相呼应的吸引，有来有去，才能激发情感深处的共鸣。他想，或许应该给董珊一个适应的过程，毕竟她才19岁，包括自己对情感的认知，也需要一个互相磨合的时间，感情对他们两个人而言还都是在一张白纸上绘画，蓝天蓝得纯真，白云白得浓烈。一切，才刚刚开始。

李西风带着董珊在盐海仅有的两个景点逛了逛，等路子文家里事情都安排得差不多，两个人在路子文家吃了顿饭，便一起回了苏州。新案子没有眉目，茶馆平稳运营，他们也就有了大把的时间吃喝玩乐，所以到处研究苏州的特色，从老城区的巷弄到郊区的村镇，如果谁听说了特色的风味，立马开车出发，到阳澄湖吃螃蟹，到昆山听古琴，到东山摘橘子，去西山野外烧烤……

茶馆的运营比他们预期得要好，两个月之后，日均营业额一路爬升到八九千，翻了一倍。不仅出乎他们的意料，甲方看到营业额的攀升，态度也有所转变，至少从质疑的目光中多了些肯定。但商人毕竟是商人，在第三个月结算佣金时，印证了光宇的那个判断，甲方依然不同意支付第二阶段剩余的那10%，不过，变了个理由：留到第三阶段一起结算，也算是保证金。气得光宇说："我们是服务商，为你们提供整合营销的服务，哪来的保证金这个说法？"可是甲方不会因为光宇的质问，而轻易改变他们的决定。

无奈，几个人垂头丧气地喝了一顿大酒。路子文上来就说："干脆，我们撤场，最后一个阶段的费用能不能结算，我看危险。这帮人，已经开始耍无赖了。"

"撤场简单，可这一撤，我们损失就大了。不但后面的服务费拿不到，连每个月的佣金也无法结算。"严坤虚着眼睛说。

"那还天天去驻场，我觉得一点儿意义也没有。即使帮他们发现了问题，解决了问题也没用，最后只要他们耍赖，我们还是结不到费用。光宇，你说是不是这个道理？"李西风举杯跟光宇碰了一下。

"我看，能不能这样办，每个周末去两天。这样我们也能抽出时间洽谈新的案子，他们那我们也保证了服务，本来后续跟踪期就不需要进驻的呀。坤，你认为呢？"光宇又把问题抛给了严坤。

严坤还没来得及开口，路子文就接了话："我看行。"

"我也觉得这样比较实际，省得浪费时间。"李西风紧跟着一句。

"可以是可以，就怕到时候结算佣金啰唆，最重要的是还剩服务费我们没结到，这出岔子就亏大了，五六万呢。"

"那就先沟通一下。光宇，你先跟他们聊聊，探探对方的口气。如果没问题，就算他们认可了。"李西风说着摁灭烟头。

光宇点点头，严坤沉默表示认可。

"这个事儿就这么办。趁大家都在，我说个私事。我打算回盐海了，苏莉一个人带着孩子也没人照顾，我不能老待在外面。那个，反正这个阶段的佣金也结到了嘛，把这个部分给我结了就行，最后一个季度的佣金我也不要。你们俩看这样行吗？"路子文用试探的眼神看着光宇跟严坤。

"这也太突然了！"光宇惊讶道。

"也不算突然，这段时间我一直在考虑这个事儿，说实话，新案子没眉目，也没什么事儿，我就等着结算佣金呢。"

严坤皱着眉，给自己点了一根烟，"你这弄得我措手不及。要走，早点儿跟我说啊，我这钱都是有安排的，现在也没法给你啊。"

"这有什么没法给我的？按账算呗，我结我的那一部分就OK。"路子文疑惑地回道。

"不是。文啊，你别急，听我把话说完。这账上的钱呢，首先都在公司的账户上，公司呢，是我跟光宇合作的，提钱出来也要经过光宇的许可签字。当然，这是次要的，光宇就在这，点头摇头的事儿。问题在于，这些钱我的确有其他的用处，比如公司的日常运营啊，新案子的洽谈公关啊，我还打算添置几台新的设备，你看这都需要钱，而且我都已经安排好了；再退一步讲，就算没有我说的这些安排，那这佣金也不该这个时候结算。"

"那该什么时候结？"路子文紧逼着问。

"肯定要等这个案子结束啊，不能因为你个人的辞职，公司就中途把这个佣金结给你。这个你理解吗？"

"光宇，你也这样认为吗？"路子文质问光宇。

光宇咂咂嘴，"这事儿有点突然，我肯定要跟他商量一下。"

听到这，李西风有点恼火，"这个事本来挺简单，搞得这么复杂干吗呢？不说别的，就按你说的，案子没结束，中途结算佣金不合理，可他现在是不干了，不是在职提这样的要求，还有你说的什么公司日常、买新设备啊都已经安排好钱的去向，既然你这样说了，那我就说点难听的话，这公司是你跟光宇的，不是路子文的，也不是我的，你们俩怎么安排是你们俩的事，跟我们一毛钱关系也没有，路子文不干，你按账结算好了呀，扯这么多干吗？"

"风子，真不是扯。这是个逻辑问题。"

"什么逻辑啊？你的逻辑就是，凡是你提出来的就是正确的，别人的一概不符合逻辑。"李西风没好气地回了一句。

几个人不欢而散。最后光宇跟严坤商议的结果是，先付路子文一半的佣金，剩下的必须等全案结束。

李西风继续跟董珊处着。两人的关系也有了新的进展，他们请董珊姐姐吃了一次饭，从董珊那里透露出，董珊姐姐对李西风的评价还不错，虽然她姐姐只比董珊大3岁，但这算是代表董珊家人对李西风的看法。其实，董珊就是想利用这个机会让姐姐帮着把把关，来个预审。她姐姐把他们两个人的事也汇报给了父母。董珊父母对他们俩的恋情本身并没有提出什么质疑，反而是问了感情之外的几个问题。董珊却没能给予肯定的回答，她爸妈的结论是，这几个问题不解决他们俩不能继续谈，更不可能结婚。董珊听到这话，就跑来问李西风怎么办。

"你爸妈都问什么了？这么严重。"李西风皱着眉头问。

"我爸倒没说什么，还让我把你带给他看看呢。都是我妈问的。她问，你一个月能挣多少钱？我告诉她，三四千的样子。"

"她什么反应？"

"她说，不多嘛。然后就问，你爸妈做什么的。"

"我爸妈都是农民。"

"嗯，我知道，我说了。"

"什么反应？"

"什么反应也没有，只'哦'了一声。接着就问打算在苏州买房子吗。"

"我拿什么买啊？房子真的买不起，我爸前几年生病的债还没还清。"

"你爸妈就没积蓄吗？首付二十万左右就可以了，我们买个小一点的两居室，实在不行，让我爸妈再补贴一点。"

"都奉献给医院了。我现在连五万也拿不出来。"

听到李西风这么说，董珊的表情显得特别落寞，"我妈说，如果不买房子就不让我们谈了。"

"而且我父母在盐海，就是结婚定居也应该在盐海，不会是苏州。能不能再等几年，等我还清债务再看看能不能买房。"

"不知道，怕我妈不会同意的。"

"那这个意思，如果我买不了房子，我们就要分手？你舍得吗？"

"那你舍得吗？"

面对董珊的反问，李西风无法回答。对他来说不是舍不舍得的问题，而是无法接受。他无法想象没有董珊的日子。越害怕什么就越来什么，董珊的父母得知李西风在苏州根本买不起房，就坚决不同意董珊跟他继续交往。最让他接受不了的是，为了彻底断了李西风的念想，她爸妈逼着董珊辞了茶馆的工作，李西风连跟董珊碰面的机会都失去了。起初，两个人还能通过手机每天聊天，以缓解思念之情。但过了一段时间，因为董珊父母的严加看管，他们通话的频率逐步走低，终于有一天，董珊在电话里很明确地跟李西风说："我们分手吧。"

李西风把自己灌倒在金鸡湖水边的台阶上，深秋的风裹挟着一树一树的酸楚，冲击着李西风的鼻腔，空气中弥漫着心碎的声响，对于心脏深处的痛，眼泪向来都是不由自主地涌出，并且不带抽泣的配合，只是无声地流泪，像盛满泪水的金鸡湖，湖心草冰凉。他还是忍不住地给董珊打了电话，拨了三次都被摁掉，他发了几个字过去："我太难受了，想跟你说说话，就是说说话。求求你，别这样。"

几分钟后，董珊打来电话："你别这样，我也很难受……可是继续下去肯定没结果，到时候会更伤心。"李西风明显地听到电话的那头董珊在抽泣。

"我知道，可是……可是我接受不了。太伤心了，真的太伤心了。"

"求求你，别这样……难道我就不伤心吗？你真爱我，就祝福我吧……就这样，别再来电话了。"挂断前的那一秒，董珊放声大哭。

李西风的眼泪像要决堤，又开了一罐啤酒倒进喉咙，洒出的啤酒从他的脖子流下来。手机再次响起，显示是路子文，他竭力控制好自己的情绪，"什么事？"

"在哪呢？"

"外面呢。"

"外面哪啊？"

"干吗？"

"是不是喝酒了？"

"没有。"

"风子，董珊给我来电话了。跟我讲了很多，先不说感情的事，至少她说的这个事实是你们俩无法改变的。不管怎么样，日子要过，路还长。好女人多的是，以后肯定还会遇到。"

李西风听到路子文这么一说，刚刚控制在眼眶里的泪水，又一次夺眶而出。

"我知道，分开是很难受的，换谁都无法接受，但这就是事实，事实总是残酷的。你必须去接受，接受不了也要接受。我们要做的就是好好生活，好好挣钱，让自己变得更好，买得起房，买得起车，让父母生活得更好。是不是？"路子文继续说道，"当然，肯定有段难熬的日子，等过了这段日子就好了。时间是治疗伤口最好的药方。既然董珊做了这个决定，做了这个选择，那你也没什么难以割舍的，说明她不是你想象中的那么爱你，只是风子你着了魔。所以，你应该让自己活得漂亮，这才对得起自己，对得起自己曾经的付出。"

"我就是太难受了……非常难受，伤心极了。"李西风终于冒出一句。

"告诉我，你现在在哪？喝了多少酒？"

"没喝多少酒，在金鸡湖呢。"

"别喝了，打个车早点回公寓，要不然我让光宇开车去接你，实在不行就在附近住一晚宾馆，夜里园区那边不好打车。"

"没事儿，我就是太难受。"

"风子，我跟苏莉也仔细分析了你们俩的情况。按照现在的状态，最近这几年你是肯定买不了房子，因为你先要还了这四五万的债，光凭打工上班是不可能办到的。即使董珊答应你继续谈下去，你一天买不了房你们一天都结不了婚，与其没未来地继续消耗，还不如现在这样终止，免得彼此陷入更深的痛苦。"路子文停顿了片刻，能听见听筒里传来打火机的声响，"那种互相的煎熬，比折磨更难受。你现在无法接受，将来肯定有一天会理解，理解董珊的选择。她也很无奈，全家从河南跑到苏州打拼，人家父母肯定想要让自己女儿在苏州定居，不可能跟你来盐海。刚刚跟我打电话的时候，她也哭得很伤心。也许，这就是你们俩的命，注定不能在一起……风子，分开，不一定是坏事。"

失去了董珊，李西风开始萎靡不振，每天不是喝酒就是抽烟。严坤又重复了之前的那句话："早说过，你们俩不合适，偏不信。你看，不听老人言吃亏在眼前。你别小看董珊，小姑娘年纪不大，我跟你讲，风子，她比你成熟得多，而且相当势利。我早就看出她势利了。"李西风笑了笑，没接话。没过几天，向严坤提出辞职。原因就一个：一个人再待在苏州没意思。

严坤把用在路子文身上的那一套又对李西风用了一遍，李西风笑笑说："没关系，都按你说的办。"此刻的李西风内心一片荒芜，一切都无所谓，只想尽快离开苏州，多一秒都难受。半天之内，他收拾好行李，买了一张去往北京的车票，在初冬的晚上，踏上了北上的列车，随着风笛一声长鸣，带走了那曾经手势优美的弧线，带走了每天的散步时的美好，带走了月下迷路的夜晚，带走了吴中塔下背负的嬉戏，带走了两人之间的新世界。

第 五 章

一阵嘈杂声涌进病房，像一万只马在李西风耳朵里奔腾，不知道是手术原因还是精神问题，只要醒过来，病房里不能出现任何声音，一旦有什么声响，他就头疼欲裂，脑袋里像是万马奔腾，两侧的太阳穴如战鼓阵阵，轰隆不息。主治医师查过房之后，护士过来拔了氧气管，撤了监护仪，拔了镇痛泵。没过一会儿，那个戴金丝眼镜的医生又一次出现，说趁李西风醒着的时候，要把鼻腔的皮管也给拔了。金丝眼镜医生提醒："拔的时候可能有点痒，你不能咳嗽，要忍住。"李西风眨眨眼表示知晓。站在一旁的凌云懂得他的眼神，便说他知道了。李西风仅存的那点思维又开始小范围活动，按他的推理，那个插在鼻腔的皮管，最多也就筷子长。金丝眼镜医生拔出大约十几厘米的时候，李西风明显感觉到胸腔里有东西在动，如乱撞的小鹿。金丝眼镜医生没有要停下来的意思，迅速把皮管全部抽出，李西风还是呛了一口，虚着的眼睛瞬间湿润。虽然模糊，但还是可以看到那根插在鼻孔里的皮管足有三四十厘米之长。

李西风半梦半醒的间隔越来越短。中午时分，他能从恢复自由的鼻腔闻到饭菜的香味，顿时感觉有点饿。疲倦的眼皮努力撑开，偏过头，看见路子文与凌云在窗台那吃饭，能看到他们嚼动的下巴，李西风吃力地从嗓子眼挤出一句："你们吃的什么？"

路子文端着饭盒一边吃一边走过来，饭菜的香味又一次靠近李西风的鼻腔，他感到自己胃部空洞，如深井、山洞、悬崖、黑洞，不管什么食物都能瞬间吸进去。路子文问："醒啦？"

李西风眨眨眼，他尽量不用力气从喉部发出声响，要把力气节省出来，以保证呼吸。凌云也捧着饭盒靠过来，把耳朵贴近李西风的嘴："想要干吗？"

"看你们吃得好香啊！"李西风气若游丝地挤出一句。

"番茄炒鸡蛋、青椒肉丝，你想吃啊？"凌云俯身问道。

"看你们吃得这么香，我也想吃。"李西风又努力挤出一句。

"饿呀？饿也不能吃，你现在禁止饮食。"路子文终于把嘴里的饭菜咽进去。

"医生说你现在还不能吃东西，等你好了想吃什么就吃什么。"凌云补充道。

李西风眨眨眼，没能挤出话。

凌云看他这样，又俯下身问："你想说什么？"

"你们能不能不要在我面前吃得这么香，勾引我。"

此刻李西风的半梦半醒已经开始乱七八糟地跳频，像个找不到家的孩子。半梦做得很认真，生怕对不起那半醒，甚至抱着几分敬畏。早晨的太阳还是透过八楼的窗户射在病床上，每当那半醒发生的时候，心里的一块石头落了地。总算没辜负之前的半梦，他和身上的皮管一起如释重负。意犹未尽的是，好像冷落了北方逐梦的日子，带着残梦出现在车窗外的苏北平原，墨绿与金黄组成的一片一片乡间。他深知那半梦的无奈，不过好像也帮不了什么忙。远处的稻田，在夕阳下折射出一种原始的、带着满足感的亲切，偶尔集体做出波浪的涌动，那应该就是她们在跟秋风玩着默契的游戏。

一抹橘黄的夕阳投影在李西风的脸上，头发长得遮住鬓甲，下巴的胡子显出不符年纪的沧桑。他透过车窗眺望这熟悉又陌生的乡野。五年，整整五年。五年前，李西风也是坐着这趟火车从熟悉的乡村，奔赴繁华的城市，企图追逐自己的梦想。

从一路向南到一路向北，触摸了江南水乡的细腻，踏过了北方的粗犷辽阔。从不谙世事到刻意狡猾，他不知道这究竟是岁月给予的收获，还是经历赠予的礼物。他时常怀疑自己，怀疑当初的追寻是否真实。这样的纠结让他陷入很长一段时期的迷茫，觉得自己失去了生活的方向，甚至怀疑自己有了抑郁的倾向。然后，再反观内心说服自己，世人多多少少都有点小抑郁吧。想到这，又觉得生活可能就是如此矛盾，可能这正是一个青年向中年过渡的尴尬。所以，他做出了一个决定，让自己停下来，让日子慢下来，好好地问一问自己，究竟想要什么？

天色已暗，青灰色正慢慢遮蔽最后一团橘红的晚霞。李西风跨出列车门，双脚站到了月台之上。这个看上去有些蹩脚的车站，屈指可数的几盏白炽路灯已经亮起，白底蓝字的"公共厕所"倒是最吸引眼球的地方，出站口的一排木门一眼就出卖了它的年纪，莘莘色的漆已经斑驳，门上的铁条裹着一层暗淡的银色，散发着一派20世纪90年代初的调子。

李西风定了定神，从兜里掏出一盒七星，弹出一根点着，深深地吸了一口，吐出长长的烟雾。瞬间，这烟雾就被深秋的海风吹散，如岁月一样不着痕迹地溜走。他抬起头看了看车站楼顶的两个霓虹大字——盐海，"海"字却少了一滴水，他在心里念叨了一句："靠海的城市缺水……"接着便提着黑色的帆布旅行包走出月台。

站前的小广场上旅客稀少，中间干涸的水池中立着一组雕塑，还是五年前的样子——一只抽象的丹顶鹤，只是已看不出当初"铜"的质地。周边没有秩序地停放着各式电动三轮车与身着绿色、像青蛙的出租车，不时有满脸皱纹或者头发蓬乱的中年汉子过来问："要车吗老板？五块钱。"李西风没有表情地摇摇头，被风吹乱的长发遮住了整张脸，像个沉默的黑衣杀手。

"人呐？怎么看不见你？"李西风掏出手机接通后听到这句话。

"我也没看见你啊。我在'丹顶鹤'这边。"

"等着。"

他四处张望。

"嘿，怎么待在这，害我找了一大圈。"从李西风身后传来一个高亢的声音。

李西风转过身对一个身高跟他差不多的四方脸说："我在出站口没看见你啊。"

"哦，那边有个漂亮姑娘，我去问问人家要不要车，顺便赚个油费。"

"扯淡。就你那破车人家哪个姑娘敢坐啊，你就直接说搂草打兔子得了。"

"不说出来你会死啊，本来一件功德无量、助人为乐的事，被你说得一点儿意义也没有。"路子文哈哈笑着递了一根烟，李西风摇摇手说了句："刚扔掉。"

"走吧，先去喝酒。哦，忘跟你介绍，我徒弟顾好。"路子文指着身后一位白瘦的女子说。

李西风这才注意到路子文身后还有位女子，"美女好！"

白瘦女子爽朗地笑道："我师父说你是个才子，就是没说你长得这么帅。"

李西风用手捋了一把长发，"那是他嫉妒我。"

这时路子文急了，"你们俩太过分了，当着别人面说别人的坏话，没见过你们这样的。耗子你又花痴了是不是，我跟你说，这男人坏着呢，可别被他的外表迷惑了，你看他弄得跟文艺青年似的，知道为什么吗？专门为了骗你这样的傻姑娘。你可别上当。"

"又叫我耗子，不准叫，难听死了。有点师父的样子好吗？"顾好害羞地回道。

"傻姑娘好啊，傻人有傻福，没心没肺更容易获得幸福感。"李西风及时地打着圆场。

顾好听了李西风这番话，又傻傻地笑道："是的是的，你说得太对了。可是，我怎么觉得你在忽悠我呢？"

路子文跟李西风同时哈哈大笑，广场边一辆黄色的QQ亮起尾灯，消失在夜色里。

回到苏北的这个沿海小城，一切事务都要从头再来。说来可笑，离开盐海这几年，家乡变成了异乡。到处都在拆迁改造，还半新的路面也重新刨开，都是半幅通行，整个城市的上空都漂浮着灰色的尘埃。一个有着"太平洋西岸最大的湿地之都"称呼的沿海城市变成了面目全非的"灰城"，除了几条老街，对李西风来说既新鲜又陌生。

哪怕再多的不适应，也要慢慢习惯。这是李西风在心里不断提醒自己的一句话。要熟悉这城市的人和事，就要从呼吸灰尘开始。当然，也有很多让他觉得温暖的地方，比如"曹家巷的早点铺子"，路子文带他去重温了一下，葱姜干丝、灶老爷锅贴还是当年那个味儿。

多年在外，所结识的人脉终究无法带回，李西风有这个心理准备，他明白，凡事开头总比较难。好在，路子文这几年一直待在这个城市，作为他最好的朋友，在家乡立足的第一步算是有了底气。

环湖西路BEST咖啡馆的二楼，从玻璃橱窗看见路子文的双手在空中不停比画，李西风坐在他的旁边，对面是一个戴圆框眼镜的白瘦青年，叫波波，是路子文的合伙人，平面设计师。

一个女服务生走过来，"您好先生，请问您需要点什么？"

"我要一杯'一见钟情'。"路子文盯着单眼皮的女服务生回道。

"对不起先生，我们这没有'一见钟情'这款咖啡，请您再看一下别的。"

路子文拿着饮品单根本不看，调侃道："怎么没有呢？我看你就是'一见钟情'啊！"

单眼皮的女服务生一听到这话，立马红了脸，无语地笑起来，站在那不知所措。好在对面的波波及时解围，"别拿人家小姑娘寻开心啦，不要咖啡，来壶茶吧。"停顿了一下接着说，"不要绿茶不要花茶，来壶桂圆红枣茶，补补，养生。"

"波波，你是得补补，看你瘦的，这身子骨估计也快残了。"路子文不怀好意地说。

李西风笑道："你现在这嘴够贫的呀，看到女生就搂不住。"

"不贫不贫，白里透红，与众不同。"

"还口感柔软，住嘴都难是吧？"波波接着路子文的话说。

"你俩儿不说相声可惜了。"李西风紧跟着话锋一转，"说正经的，你们找我做这个相亲会的项目，想好了吗？这里边可是有风险的。我先把丑话说在前面，不要事情做了半截赞助商不到位，反过来怪我。"

"风子，万人相亲会这个项目呢，是你带回来的，整套活动的策划方案也是你写的，包括推广文案、活动执行、招商方案等。按理说都是非常成熟的方案，而且还经过南京、上海、北京多次活动认证过，他们都做得非常成功，效益都不错，这些都是有数据支撑的，也不是你风子拿着这个项目忽悠我们。所以，你放心，一是我们完全信任你的策划能力；二是我们既然找你做这个项目就不会做半拉子工程，哪怕……"路子文说到这突然停了一下，猛吸了一口烟，接着说，"哪怕赞助商不到位，亏了也不会怪你，那是我跟波波的事。我说的是万一啊。"

"哪那么多万一，没有万一，绝对不能万一，必须成功。我还指着这项目翻身呢，你别乌鸦嘴瞎喷。"波波用大大的黑眼圈瞪着路子文。他这么说是有原因的，跟路子文合作接近两年，公司只能算是维持运营，基本上没赚什么钱。相亲会项目一旦开始，前期需要垫资做推广与招商，费用肯定少不了。他们还处于亏不起的层面，就算是平时背着路子文自己接点设计方面的私活，那也挣不了几个钱，他是特别想做这个项目，又怕倒贴。

顾好一改以往在公司与外人面前的冷淡形象，突然变得热情过度。特别是对李西风的态度，忙前跑后不说，听说李西风喜欢喝咖啡，竟然买了一台咖啡机放在公司茶水间，美其名曰公司福利，路子文则跟她说，不予报销。她笑笑说："没指望报销。"路子文的反应只能是瞪大眼睛，差点没把刚喝进嘴的咖啡喷出来，强忍之下嘟囔了一句："你厉害！见色起意的家伙。"

"吆，添置咖啡机啦？你们公司福利不错啊，看来，我得经常来，这样可以节省很多去咖啡馆的钱。"许大基从公司前台往设计部办公室走的过道上，看见茶水间的咖啡机，对着顾好甩了一句。顾好翻了个白眼，愣是没理他。这家伙在她眼里就是个垃圾，说是垃圾都是恭维他，成天到处蹭吃蹭喝，什么资源也没有，到处假模假式地跟人谈项目。不过许大基有个优点，就是"不要脸"。"面子"这个词在他的字典里根本就没出生。就拿这"不要脸"的精神，他摇身一变成了盐海这个小城里有名的广告商，没什么项目是他接不了的，没什么项目是他做不了的。一些不了解他的人，自然容易上当。但是在顾好面前，他无所遁形。他也识相，虽然没事就到路子文他们公司闲晃，但每次来都相对收敛，不像在外面那样张牙舞爪、不可一世，毕竟广告圈里的人对他的情况还是一清二楚。

看顾好没理他，许大基挑了个眉做了个摊手的动作，径直走进设计部的办公室。

"许总啊，最近又忙什么大项目呢？"波波虽然早已熟悉许大基没有敲门的习惯，还是被他突然的推门而入给惊到，条件反射般地从椅子上站起来。

"嘻，哪有什么大项目。这不刚刚把市中心那块300平方米的广告屏给推荐出去嘛，没啥事，来看看大设计师。"许大基说着，自己拉着椅子坐了下来。

"那你可赚大发了。"

"都是小钱，混口饭吃。哪能跟你们公司比啊，一出手就是大型活动，这小城，哪有公司懂这些，也只有你们路总敢这么干。"许大基说着竖起大拇指。

波波看他这德行，无可奈何地笑笑，"你消息够灵通的啊。我们也是被逼得没办法，制作吧，利润太低，我们不想做；创意设计吧，被同行砸价；媒体运营吧，那些户外路段我们又没钱投。没办法，只能另辟蹊径了。"

"你们不是主打营销策划的吗？来钱不要太快哦，而且要么不做，要么做一单像一单，不像我，成天小打小闹。据我了解，目前全市算下来做营销策划的也不超过十家，这里面至少三分之二都是打着营销策划的幌子接广告的活，他们哪懂什么策划，撑死了也就是个婚庆活动。"许大基从鼻孔里喷出长长的烟，虚着眼睛接着说，"要说真正懂营销策划的绝对不超过三家，你们路总算一个。"

"哪有许总说得这么牛。能这样倒好了，我们还折腾什么大型活动啊，累得跟孙子似的，风险系数十个加号。"波波说着仰靠椅背，伸了个懒腰。

"别谦虚了，我虽然不懂这一块，但是我可了解过，这营销策划的服务在珠三角和长三角不要太吃香啊。听说，一个项目做下来收费都是几十万起步，研究资料都摞得几米高。"许大基用好奇的眼神盯着波波，波波依然靠着椅背休息。看波波没接话，许大基接着问道，"是不是？你们怎么着也几万几万的收费吧。哎，我说波波，你跟路总说说，也带着我做做呗。"

"真不是你想象的那样。是，珠三角、长三角的确在这方面的需求挺多，各种企业多嘛。可盐海是个什么城市，三线都算不上，顶多也就是坐四靠三。先不说这企业需求，单单这些企业老总们的理念意识就跟不上，与江南的老板们就更不能比，根本不在同一个起跑线上。江南的老板们能自我意识到品牌营销的重要性，或者说市场策划的重要性，他们会主动找外脑来帮助自己的企业或新产品做营销推广，而我们这边呢？能有这种意识的凤毛麟角。"

"我这还没怎么着呢，你就着急给我打伏笔，让我自己打退堂鼓是吧？"

"不是不是。就是我不说，你自己也可以去问路总啊。"波波被许大基弄得哭笑不得，靠着椅背晃了晃，继续说，"我们的确也谈了很多项目，在起初沟通时一般情况都比较良好，对方都会对我们的营销理念非常感兴趣。当我们带着提案往下进行的时候，对方一般都会感到惊喜，由衷地表示方案太棒了，就是为他们量身定做的。可这些赞美并不表示能顺利签约。"

"为什么？"

"两三轮沟通下来，就会卡在服务费支付问题上。对方几乎都用同一个语系：'你们就用这几十张纸的方案让我们付钱，这不可能。我们什么东西都没见着，没东西我们怎么能给你们钱呢？'许总，你看，同样是企业或者品牌商，这意识、这理念，基本没签约的可能。"

"哦，我大概有些明白了……不过，我还是想跟你们一起做营销策划，你帮我跟路总探探风，放心兄弟，我不会亏待你的。"

"你自己直接跟他说不就行了，我传话那算什么。你今天来，就为这事？"

许大基把头摇得跟拨浪鼓似的，"不不不，我是来跟你们谈合作的。"

"合作？什么合作？"

"合作一起做相亲会啊，你们不是在招商吗？"

"怎么合作？"

"我来给你们招商，从冠名到赞助商都可以。"许大基很有底气地晃着脑袋说。

"嗯，不错……那具体怎么个合作法呢？"波波试探性地问。

"我招的商，我直接提20%的佣金，另外……另外我还要在项目盈利中提10%。"

波波一听许大基的真实意图，便笑着说："挺合理，这事我要跟路子文商量一下，你知道的，我们是合伙人，我不能单方面做决定。"

"兄弟，你的公司你必须自己说了算。再说，我是为你们的项目带来好处，你直接跟他说一下就行了呗。"许大基说着又点了根烟，"波波啊，你放心，哥们儿不会亏待你，这样，我从20%的佣金里给你一半，够意思吧？"

波波没想到许大基会这样说，一时不置可否，多多少少还是有点动心，便说："不用不用。项目毕竟是公司的，我肯定要跟他商量着办。再说，有个情况你可能不知道，这个项目实际也不是我们的，是路总的朋友从外面带回来的，整个策划案都是人家做的，也算是这个项目的合伙人，你说，如果我自己就答应把招商给你做，那好像说不过去。"

"你们公司来新人啦？"许大基好奇地问。

"不是来新人，我刚刚已经说了，是路总的好朋友，叫李西风，刚从北京回来。"

"北京？在北京干什么的？"许大基继续追问道。

"许总好奇心挺重啊，我也是刚认识，不太熟。我只知道是路子文的好朋友，好像在北京也做企划这一块。"

"行，那我等你好消息。"许大基说着做了个打电话的手势。

"你不到路总办公室坐坐？"

"等你搞定，我会到他那里坐的。"许大基神秘地挑眉道。

作为"相亲会"活动的总策划，为了与盐海这个小城市匹配度更高，项目顺利落地，操作性更强，李西风花了几天时间把方案又进一步地细化。当然，路子文公司的几个骨干力量都窝在公司加班，在几次头脑风暴之后，活动总方案、现场执行方案、推广方案、招商方案，包括推广文案等，全面优化到位，并具体分工到人。

波波的速度最快，首先完成了活动推广的平面设计，一套全新的极具浪漫的视觉系统摆在大家面前。会议室里，波波把每一个应用都讲解了一遍，等着其他人的举手通过。路子文他们都觉得不错，几乎没有改动，大家一致表示认可，立即下厂制作。

路子文说道："现在推广这一块肯定没问题，风子的方案统筹这方面也没问题，需要下大功夫的是我的执行与顾好的招商。怎么样，你的招商进展如何？"

顾好撩了一下漂染的酒红色长发，说："目前还没有明确签约的赞助商，有意向的大概两三家。"

"你都跑了哪几家？光两三家有意向完全不够。"路子文皱着眉头问。

"我先跑了一圈酒水饮料的品牌商们，又跑了汽车类的，地产才跑了几家，还在继续。酒水饮料商们比较感兴趣，汽车类的几乎都摇头。"

"地域性消费特征还是很明显，这活动在一线城市对于汽车类与房产类来说，他们最感兴趣。到了我们这，反而是酒水类。这说明，婚庆类产品更容易产生直接消费，而延伸的大宗商品，接受度相对要低很多。"听到顾好跟路子文的对话，李西风自言自语道。

"那风哥，你的意思是……"顾好盯着李西风疑惑地问。

"我要说的是，先不管哪一类的品牌商感兴趣，我们先跑一遍。然后在里面筛选出目标客户，再进行各个击破。其实，做大型活动最重要的不是方案有多牛，而是招商与现场执行。可以这样说，招商的成功与否，直接关系到活动成功的一半。"

"同意风子的观点。反正现场执行还没开始，我跟顾好先把重点放在招商上。"路子文停顿了一会儿继续道，"活生生把一个做整合营销的团队逼成做活动策划的了。"

李西风听了嘿嘿地笑道："我也没想到，这都过去三五年了，怎么苏北的这些老板们的经营理念就一点儿也没改变呢？奇了怪了。"

"风子，你是不知道，我们每年得提多少次案，每一次都卡在服务费的环节。他们就认为我们的智慧服务不值钱，你得给他做东西。比如你给他印刷一万册产品样本，他会很乐意地付钱，把我们当广告公司了。当然，也有少数的老板跟我们一拍即合，达成合作，还会成为朋友，这真的是意识问题，企业能走多远关键在掌门人的思想。"

"看来这几年你被折磨得够惨的。"

"要不然怎么让你帮我把'相亲会'做起来呢，就是转型，我也想转成品牌性的活动公司，总不能变成广告制作公司吧，真丢不起营销策划行业的脸。"

"我真是逼着他接了很多广告制作的活，也是被逼得没办法，公司总要运转，各方面都要钱。"波波自我反思道，"不过，这个招商，我倒是有个想法，不知道可不可行？"自我反思完毕，波波话锋一转。

"什么什么？"顾好迫不及待地问。

"我们可以把招商这个业务委托给第三方，这样，第三方就变成我们的业务经理，我们直接给他们佣金就行。"

"这个方法好，不过，会有这样的第三方愿意跟我们合作吗？"顾好自我怀疑道。

李西风边点头边说："还要看你们俩是否愿意把这块业务跟别人分享。"

"我倒是有个人选"波波不动声色地说。

"谁？"路子文问道。

"许大基。"

"他？他可不是什么善茬儿，什么也没有，光杆司令一个，他拿什么跟我们合作？"路子文讥笑道。

"他说他手里有品牌商的资源，看上去胸有成竹的样子。"波波回道。

顾好插了一句："怪不得前几天来我们这一副得意忘形的嘴脸。"

"他跟任何人谈项目都胸有成竹，这家伙招摇撞骗又不是一天两天了。"路子文眨着眼对波波说，"你觉得能信任他吗？"

"应该能信任吧，反正招到商他才拿佣金，招不到我们也不损失什么。对吧？风哥，你说是不是这个理？"波波把寻求帮助的目光投向了李西风。

"我觉得波波说的可以试试。"李西风给了波波及时的回馈。

路子文犹豫道："你不知道他是个什么人，我倒不是舍不得给他佣金，我是怕他拿着我们公司的名头到处招摇撞骗，坏了公司的名声，那就彻底完蛋了。"

"他是怎么跟你说的？"顾好问。

"他就说把招商交给他，保证一举拿下。不过，他要提20%的业务佣金，而且还要在我们项目利润里提10%。"

"他想什么呢？我们光给他搭台了，做梦娶媳妇儿。"路子文嗤笑道。

李西风深知招商的重要性，便说："那就给他提10%嘛，假如他手里真有赞助商的资源呢？你们说的这个人，他就是个掮客，有时候你可别小看这种掮客，他们靠着那张嘴，就能混得如鱼得水，游刃有余。"

"那就试试吧，你让他来公司谈一下，签个合作协议，就10%佣金，其他什么也没有。"

波波成功把许大基推荐到"相亲会"这个项目上，许大基在电话里又重复了那句话："兄弟我不会亏待你的。"最后的商谈结果是给许大基提15%的招商佣金，不占项目利润分红，也不可以拿公司名义出去招商，只能用"相亲会"项目本身去开展工作。

许大基给了波波高端的评价，说波波是盐海市最优秀的平面设计大师。听到这话，波波相当受用，内心一股舍我其谁之感油然而生。不过，许大基以没拿到利润分红为由拒绝给波波一半的佣金。波波像吃了个苍蝇一样，有苦难言。他明白，自己被许大基利用但又没办法再回头。好在自己还有利润分红，也就忍气吞下了这只苍蝇。

经过大半个月的努力，顾好终于拿下了一家酒水品牌商。对方的主打产品正作为婚庆用酒在市场上推广，顾好盯了一周，经过几番沟通，确定作为"相亲会"的冠名商。抱着合约，顾好兴奋地给李西风打电话，说冠名搞定要请李西风吃饭。李西风说要请也应该路子文请。这姑娘却说就想请李西风一个人吃饭。李西风并不是个迟钝的人，他早就从顾好的眼神里看出异样，但，李西风认为顾好与他的年龄差距偏大，而且，刚刚回来的他，还没有做好恋爱的准备，家乡对他来说还需要慢慢适应。于是跟顾好说："拿下冠名商是件非常值得庆贺的事，这说明项目已成功一半，庆贺肯定要大家一起才有意思。"

顾好见李西风这样强调，就没有再继续坚持，便说："我不想跟公司里的人一起吃饭，到时候许大基肯定也来，又变成应酬式的聚会，还不如在家补觉，为了招商天天应酬，我皮肤都粗糙了。"

李西风想了一下，觉得也是，如果把庆贺弄成应酬，那的确就失去庆贺本身的意义，何况顾好最近的确疲惫至极，不管如何，至少给这个善良又努力的姑娘鼓励鼓励，就退了一步说："那就只带路子文一个人吧。"

顾好郁闷地回道："我一个女的跟你们两个大男人吃个什么饭？"

李西风不假思索道："你傻啊，你带个闺蜜不就行了。"

剧场北路一家名为"聚点酒楼"的中餐馆三楼，李西风与路子文到的时候，顾好已经坐在靠窗的位置，正望着窗外霓虹闪烁的街道，夜归的人们如潮水流动，卖水果的小贩刚刚摆好地摊，对面报亭的老头戴着老花镜看着报纸，昏黄的路灯在秋天的夜晚显得格外温暖。

"看什么呢？看得这么出神。"

顾好打了个激灵，"你们两个吓死我了！"

"什么姿色的帅哥让你看得这样忘乎所以？"路子文调侃道。

"哪有……我发呆呢。"

"发呆也能这么美，还是年轻好啊，怎么看都花容月貌、水光嫩滑的。"

"我认为，很有必要跟苏莉姐汇报一下公司近期的工作情况。"顾好神情怡然地自言自语。

被她这么一说，路子文瞬间就转换了话题："哎，你怎么一个人呐，不是说你朋友也来的吗？"

"听说你好色，被吓得去洗手间了。"顾好继续拿路子文开涮。虽说这两个人在公司里是上下级关系，但是路子文从来都没有把她当员工，而是当亲妹妹看待。说是路子文的徒弟，实际上什么都干，总经理助理、公司前台、跑业务、后勤总管，偶尔还送喝醉的路子文回家，以及兼职路子文的倾诉垃圾桶。除了在公司，私下里，两个人相处得更像朋友，不知道的人会以为他们是情侣关系，苏莉曾经责问过路子文，通过多次的接触之后，苏莉才确定两个人是正常朋友关系。

"风哥，你怎么不说话啊？"顾好把目光柔和地转移到李西风的脸上。

李西风笑道："听你们俩说相声呢。"

"我们天天这样，你不太习惯吧。"

"我早习惯了，他多少年前就这德行。"李西风说话的间隙，凌云从洗手间回到顾好右边的位置上。李西风朝凌云点了点头，算是打招呼。

凌云穿着一件白色的打底衫，两只袖子挽到小臂处，露出雪白的皮肤，椅背上那件米色的风衣应该是她的外套，下半截是简洁的牛仔裤配黑色小羊皮高筒靴。她望着对面两个男人微微一笑，然后左右撩了两下垂在胸前的酒红色长发，露出锁骨。用眼神回望着顾好，顾好立即从她的眼神里读出了尴尬，便说："我先介绍一下啊，这是我好朋友凌云，我们认识好多年了。"略微停顿了一秒，看着凌云接着说，"这就是我经常跟你提的我师父路子文，这位是他好朋友李西风——风哥，这次的相亲会就是他策划的。"

"凌云，你哥叫壮志吧？"路子文问道。

凌云微微一笑："你怎么知道的？"

"壮志凌云嘛！"

"可惜，我没哥哥。只有两个姐姐。"

"一个叫凌风，一个叫凌雨？"李西风也加入猜名游戏。

"还是你聪明。"凌云说完又微微一笑。

"那也是踩在我这个前人的肩膀上猜中的，有'云'了嘛，当然就剩'风'和'雨'，这就是天气预报姐妹团。不错不错，你爸妈挺有创意的。"路子文得意道。

"太过分了，哪有拿人家名字开玩笑的。你们当人家凌云是我呐，成天就让你欺负。"顾好及时制止了他们的调侃。

"没事没事。都是朋友嘛，无所谓的。开开玩笑挺好的呀，要不多尴尬。"凌云连忙微笑着说。

"你还别说，你们俩还真是闺蜜啊，连头发都染的同一个色。"路子文信马由缰地继续说道。

"这你还真说对了。我俩一块去做的头发，一致认为漂染酒红色显得成熟神秘，这样出去谈事情增加信任感，要不然老拿我当小女孩。"

"真有你们的，就不怕显老了。"

顾好白了路子文一眼，跟凌云说："别理他。"

没过一会儿，七八个菜就已上齐。路子文闹着要喝白酒，被李西风拦着说第二天还有事，喝点啤酒就可以。啤酒上来后，李西风就给凌云倒酒，凌云说："谢谢，我不喝。"

李西风劝道："啤酒没事的。"

"真不喝。"

"一杯肯定没问题，现在在外面工作的人怎么可能不喝酒呢？"

"我只喝白的。"

李西风一听这话，心想：这姑娘有点儿意思。

"怪我怪我，我不该拦着路子文的，服务生，麻烦你给我们拿瓶二锅头。"李西风招着手跟服务生说。

"必须的，必须的，喝白的好啊，白的带劲，白的干脆。"路子文也跟着起哄，虽说这两人好几年没在一起工作，但多年的默契是不会被岁月轻易磨光，只会越磨越厚重，越磨越结实。

"她开玩笑呢，真不喝酒，我没见过她喝酒……哎，服务员，白酒别拿了，别拿了。"顾好一边制止服务生，一边跟李西风说。

"那哪行呢？人家指定饮品啊。你还请人家来庆贺，连个酒都不让喝，那叫什么庆贺。对吧？"

路子文点头如捣蒜，"就是就是。"

"那，那要喝就喝点啤的吧……你看行吗？"顾好用询问的眼神看着凌云，等待着她的首肯。

凌云一看这阵势，自己练就多年的口才在对面这两个男人面前是小巫对大巫，便说道："行吧。"说完，自己都觉得脸颊温热，腾起两朵粉云。

"首先祝贺顾好同学成功打响第一枪，取得标志性胜利。话不多说，就一个字：牛！"李西风说完，四个人碰杯。

"这次真的挺厉害，我都没想到你会第一个拿下赞助，早知道就不跟许大基合作了，看到他就头疼。"路子文一边倒酒一边说。

"我也没想到。我一看他们家打的那个广告是婚庆用酒，就觉得跟我们活动非常匹配。沟通了两次没想到就真的成了。可能，还是我运气好吧。"顾好说着咧嘴乐起来。

"你们在做什么活动？"看顾好这么开心，凌云好奇地问。

"万人相亲会，欢迎报名。"路子文抢着顾好的话回道。

"你也不问问人家有没有男朋友，结没结婚，就让人家报名，不怕人家老公拿刀砍你啊？"顾好笑着责问。

"没经验了吧，一看就知道凌云是单身。"路子文跟大师似的摇头晃脑。

顾好竖了个大拇指，"厉害。"

李西风缓缓地说："你真小看你师父了。能大晚上出来吃饭的，连个电话也不响的十有八九是单身，不管男女，只要他有另一半，一顿饭当中电话肯定会响一次以上，这叫规律。"

"到位。这几年练得可以啊。快赶上我了。"路子文邪恶地笑道。

"哪能跟你比啊，你是大师级的。"说着两人碰杯，把酒倒进喉咙。

"我说得对吗？"喝完，李西风问凌云。

凌云点点头，笑着说："李大师分析得对，不愧是搞策划的。来，我敬你一杯。"

两个人端起杯碰了一下，李西风接着问："那你是做什么的？"

"我做直销的。直销，了解过吗？"

李西风点点头："我们做营销的，要了解的行业比较多。"

"那你怎么看直销？"

"直销啊，是未来商业的发展趋势，现在欧美国家很多品牌都走这个路子。只不过，早期进入中国的时候，由于不了解我们的社会文化，被一些没有诚信的人员钻了空子。就是那个'空瓶换货'的事情，你肯定比我熟悉；后来就逐步演变成'圈人性质'的模式，完全违背了直销的初衷，这个跟早期的法规不健全有关系，也跟公司监管失控息息相关。归根结底还是人的问题，被一些枉法之徒利用。"

凌云杏眼圆睁，"你很了解直销啊。"

"没有没有。曾经有个朋友做过，接触了一点点这方面的资料。其实，我个人觉得所有的直销公司都差不多，只是业绩分配与团队建设有所区别。"

凌云好奇道："你这哪是接触了一点点，说的都切中要害。那你认为我做这个工作有发展前景吗？"

"你做多长时间了？"

"不到两年。"

"你自己感觉怎么样？"

"还不错。反正我挺有信心的。"凌云肯定道。

李西风呵呵一笑，"那就好……"他想了两秒，话到嘴边又咽了进去。因为他已经从凌云的表情里看出了端倪，她的销售业绩肯定不好。喝了点酒，他有点收不住嘴，便换了个语气说，"我不是太了解你们这个行业，但，据我的观察，还是有一些团队建设上的弊端。"

凌云听他这么说，越发好奇，"你说说看。"

"算了算了，我瞎扯，还是不说了。喝酒喝酒。"

"风哥，你这就没意思了。说半截，这不明摆着勾引我们的好奇心吗？"顾好起哄道。

"好好好，我说，我说还不成吗？我稍微了解一点你说的你们直销的产品，回来这几天也看到了你们的那个推销，我是发现，你们对于新成员的选择有问题，为什么这么说呢？比如，我曾经看过你们开营销大会，去了很多刚从地里收稻子的大叔大妈，裤腿还卷着呢，他的家庭、他的亲戚圈、朋友圈，基本上应该是同一个群体，那么请问你，他们会舍得用一支三五十块钱的牙膏吗？是的，你可以说这产品看上去贵，但它使用时间长，算下来比普通牙膏便宜。但是这样的人群，是不会想那么远的，他只知道几十块一支的牙膏我舍不得用。把这样的大叔大妈们选进你们的团队，请问会产生你们的目标业绩吗？答案是显然的。所以，选择发展目标队员的时候必须要审视，否则即使团队扩张也产生不了销售业绩。"说完李西风眨眨眼，看着凌云补了一句，"我瞎扯啊，说错了你别介意，全是酒造的孽。"

凌云频频摇头："不会不会。你说得挺对的，的确有很多这样的情况。我们的这个团队也有这种情况。来，再敬你一杯，听你说了这么多，我头脑更清晰了。"

四个人天南海北地聊到很晚，李西风与路子文两人一个逗哏一个捧哏，基本没停。用顾好的话说就是：天空为什么这么黑？那是因为有牛在飞。

顾好与凌云走后，李西风与路子文两个人站在解放北路的路牙上抽着烟，看着来往的车辆，有一句没一句地聊着。酒喝得并不多，属于刚刚好的状态，微醺。本来顾好提议去咖啡馆接着聊，路子文死活都不去，并说："你们俩喝二锅头就去，咖啡有什么好喝的，苦不拉叽的。"凌云倒是有意要去，但顾好可能因为太疲倦不想喝酒，便未能成行。

路子文晃着腿，问李西风："你觉得凌云怎么样？"

"什么意思？给我配对啊？"李西风反问。

路子文把烟头弹到路中间，"我看出来了，她对你很感兴趣。"

"用你的话说，顾好也对我感兴趣。"

"我说的是事实啊，什么人从我眼里一过还不看个七八分呢。"

"你认为我跟凌云会恋爱？"

"我可没这么认为，我只是看出她对你感兴趣。但是，风子，我觉得她不适合你。"

路子文还没说完，李西风的手机响了起来，是个陌生号码的短信，点开一看：我是凌云，我到家了。

"说曹操，曹操到。"李西风说着把手机递给路子文。

"被我说中了吧。"

"那我干脆不回。"

"不对，回还是要回的，号码肯定是跟顾好要的，估计这丫头也看出来了，她聪明着呢。"

"乱七八糟的，我回什么？"

"你就回'好的，晚安'，礼数到位，又不失格局。"路子文老练地出谋划策。

李西风按他说的回复过去，接着问："你刚才说她不适合我，为什么？"

"你真想跟她谈啊？"

"No，No，No，我没有特别的感觉。就是跟你瞎聊嘛。"

"首先，外表还不错，该肯定的地方我们要肯定，但是这个女人给我的第一感觉是挺势利的，其次嘛，她是城里人，家在西环路的边上，那套房子至少值一两百万，而你呢，你风子地地道道的农家子弟，连个房子也买不起，即使谈了，到最后还是跟之前一样……我是分析啊，你别想多了。"路子文说完给李西风递了根烟，打火机凑到李西风嘴边，把烟点着。

李西风沉默了片刻，"我认同你的第二点，事实如此。没结果的事情为什么要去做？"

他刚说完，手机再次响起，凌云的第二条短信传来：问你个问题，你认为什么是爱？

"这个是考试吗？"李西风有些哭笑不得，把手机屏幕给路子文看。

"这说起来话就长了，每个人对爱的理解是不一样的，它至少应该有互相的共鸣，从而产生好感，只有内心的欢喜才能激发彼此的依恋。其实，爱跟婚姻还不一样，婚姻是带附属条件的，而爱是纯粹的。"不等路子文回复李西风便自言自语道。

路子文说道："太啰唆了，简单点儿。你让我想想，用句什么话比较好。"说完眯着眼睛仿佛看着远方思考。

"干脆不回。"李西风冒出一句。

路子文摇摇头。

李西风开始摁着手机打字："我想到怎么回了，就简单一句话，想那么多干吗。"说着在屏幕上打出：爱，就是两个孤单的人做伴走完一生。

第六章

确定了活动的冠名商，路子文悬着的一颗心终于放下。但一点儿也不敢放松对其他赞助商的跟踪洽谈，天天带着顾好在各个行业跑，终于功夫不负有心人，他们又拿下了一家指定汽车的品牌赞助商。许大基也在市场上成天转，他也不像路子文他们说的那样无能。虽说是个捃客，但偶尔的确可以把项目接洽成功，在路子文他们拿下冠名的时候，他也签约了一家咖啡馆与一家星级酒店作为活动指定赞助商。拿着两家的合约，许大基整个人都飘了起来，走路都带风。跑了一圈房地产公司，他锁定一家名为"中远山庄"的楼盘，因为这家所有的推广侧重点都放在婚房上，主打的核心诉求是"给爱一个幸福山庄"。

跟营销总监约好时间进一步沟通，许大基就叫上波波一起冲到了销售中心，刚进门看见路子文与顾好正在跟营销总监在那谈得欢声笑语，看上去很熟络的样子。波波心里打鼓，就跟许大基说："他们已经在谈，我们现在再插一脚不好吧？"许大基头也没回地应了一声："没事儿，这样更好拿下。"

"您好，两位先生是看房吗？"一位穿着白色衬衫、黑色短裙的置业顾问很客气地跟他们俩打招呼。

"不是。"许大基刚要开口说话，波波抢先张嘴。

"那先生，你们有什么事？"这置业顾问问道。

许大基说："你们这房子怎么卖的？给我们介绍介绍。"

随着手中红外线落在沙盘上，置业顾问讲解起楼盘的基本情况。从户型到配套，从绿化到周边，从价格到优惠措施……许大基根本没听，扭着头一边瞄着路子文一边跟波波窃窃私语。

"好，谢谢你美女。我们大概了解了，能给个联系方式吗？我们回去跟家人商量一下，如果有什么不清楚的地方，打电话咨询你。"许大基微笑着说。

置业顾问随手从文件夹里抽出一张名片分别递给了他们俩。

"刘眉眉。哇，眉眉，美美。名字跟人一样美。"许大基恭维道。

刘眉眉掩嘴一笑，"谢谢您先生，有什么不明白的地方可以随时打电话给我，也可以打电话到总台。"

"你们总监在吗？我们找他谈个事情，事先约好的。"许大基想要最后争取一下。

"您找我们总监啊，他在谈事，你们先坐会儿，我去说一声。"刘眉眉踩着高跟鞋嗒嗒地往路子文那边走去。

"我还是觉得这样不好，签下来算谁的？"波波不无担心地对许大基说。

"谁先签算谁的，实在不行，对半分嘛。"

"我跟他合作两年了，这样抢同一个赞助商说不过去呀。我很难做人。"

"钱重要还是人重要？"许大基如贪婪的鬣狗一样说道。

波波想说什么，话到嘴边又咽了回去。

刘眉眉走到营销总监后面，伏耳说道："总监，您约的人已经来了，在接待区等着呢。"

营销总监点点头，"哦哦，好，让他们过来吧，他们都是'相亲会'主办方的。我之前搞混了，还以为那两个人是另一个活动的呢，电话里也没跟我说清楚。"说完又指着路子文与顾好他们两个人说，"这是主办方的路总，这是小顾……这是我们的销售主管刘眉眉，最近我们的销售经理出差了，我也忙不过来，后面签约的事就由她跟你们对接。"

路子文一听，猜许大基也来了，与顾好相视一笑，便说道："和谁洽谈都一样。"并主动站起来，谦和地跟刘眉眉握手，"你好，你好。"

顾好也及时伸出手，说："你好，请多关照。"

"小顾啊，你们俩年纪应该差不多吧？"营销总监笑着说。

"我25，你呢？"顾好问道。

刘眉眉眨着水汪汪的眼睛回道："还真是同龄，你几月生的？"

"我秋天生的，十月。"

"那你得叫我姐，我春天生的。"

"眉眉姐好。"顾好讨好道。

营销总监调侃道："这改口改得够快的。"

"让您笑话了，笑话了。她们都是年轻人，一见如故。这样，我们合作也就更顺畅，无缝对接。"路子文停顿了一下，跟营销总监赔了个笑，"那个，顾好，你记一下刘主管的电话，工作上有什么事随时保持联系。"

顾好赶紧点点头，这丫头多贼啊，早就看穿了路子文的心思。刘眉眉带着许大基跟波波走过来，营销总监起身打招呼："许总啊，你太低调了，做这么大的活动也不跟我通个气，你看你看，弄得我跟路总多尴尬。太低调了，许总！"说完又重复了一句。

"哪里哪里。我跟路总保证过这个项目的招商要保密，正好最近我们俩都忙，没能及时沟通，不知道您已经跟我们路总对接这个事情了。不过，不冲突啊，跟谁签都一样，反正都是同一个活动。"许大基嘴咧到耳后根，眼乐成一条线。

"那行，反正大家都熟悉了，下面的事情就交给她们去办。"营销总监指着刘眉眉与顾好说。

回到公司办公室，路子文上来就责问波波："你们俩怎么一起去的？事先也不跟我说一声。"

"我这边推广的事都在进行中，他打电话说有个意向的赞助商让我陪他一起谈，说我们配合一下，签约可能性更大，我正好有时间就去了。哪知道你跟顾好也盯上了呀。"波波郁闷地接着说，"不过，现在这样也挺好，签约肯定没问题。接下来就是没有其他赞助商了，我们的活动也可以如期举行。对了，你们怎么拿下那个营销总监的？许大基说，那个营销总监可是个老江湖。"

路子文鼻腔哼了一声，"再狡猾的狐狸他也认钱。可你知不知道，你们这样让我太被动了。好在是个活动招商，如果是个营销策划的案子，肯定会被他截和。还是你亲自带的路。"波波一时语塞，路子文接着说，"好了。以后注意吧。我们俩合作也两年了，互相都了解，以后还是要多沟通。都是兄弟，都为赚钱，都不容易。"

自从那日庆贺顾好招商成功的晚餐之后，凌云几乎每天都给李西风打电话，起初先是各种问候，慢慢变成聊天。可李西风内心十分抗拒这种无意义的闲聊，他就在电话里直接表达由于通话时间过长，耳朵疼得厉害。凌云便说："你是不是不愿意跟我说话？如果你嫌烦的话，那我可以从此不打电话。"这句话让李西风无法直接回答，不仅碍于顾好的面子，更主要的是他为人的准则里有一条：任何时候都不要去伤害别人。所以，他能给予凌云的回答就是："不是不是，就是不习惯长时间通电话，真的是耳膜疼，从未煲过电话粥。"电话那头传来嘻嘻的笑声，李西风只能无奈地摇头。

这样的电话粥一直持续，几乎没有间断，从每个晚上发展到白天，然后不分白天黑夜。李西风跟路子文抱怨："这是个怎样的女人呐？真是服了。"路子文跟他说："你可以跟顾好反映反映。"他说这句话不是随口而出，而是有目的的。虽然凌云跟李西风说不要告诉顾好每天煲电话粥的事，但是顾好是谁啊？敏感的她多多少少还是能看出一些端倪，比如李西风白天接电话的频率与时长都在增加。为了证明自己的判断，这丫头有一次趁李西风接电话的时候，拨了凌云的电话，里面传来的声音便是：您打的电话正在通话中，请稍后再拨。

同时，李西风也发现，凌云这个女人很神奇，竟然能每天找出话题来跟他聊，而且每天都不重复。从一开始聊的直销行业，到后面的星座、易经、八卦……其实李西风也不懂，仅仅是一知半解。但渐渐地，他不再抗拒，大概是因为习惯了。

他发现，这个女人与董珊完全不同，是另外一个世界。都说每个女人是一本书，每本书展现不同的故事与表达不同的观点；而男人就是那个仔细翻阅且永远长不大的孩子。可，理性告诫他：这个女人跟你不是同一个世界的人，完全不适合你，你们不是一路人。

"盐海市首届万人相亲会"在李西风与路子文他们的一手策划下隆重举行。他们协调交警部门封了两条支线，联合民政部门的集体婚礼一同上演。各界领导讲话完毕，礼炮齐鸣，参加集体婚礼的新娘新郎们走完红地毯撒出会场，沿着串场河的迎宾公园整块场地被报名相亲的人挤满。主舞台的主持人在跟现场的嘉宾互动；两侧不同的赞助商展位也是人潮涌动；工作区的顾好与同事们最忙，一边收费一边派发入场券及应用物料；波波扛着摄像机换不同的机位抢镜头；许大基浏览着每一张相亲信息，一边看一边用手机在那拍照，其实他孩子都已经5岁了。

李西风反而特别安静地坐在公园的角落里，托着腮看着攒动的人群出神。路子文走过来问他在想什么，他平静地说："啥也没想。"路子文接着问："怎么样？这样算成功吗？"李西风点点头。路子文自言自语，"我是觉得挺满意的，没辜负这段时间大家的辛苦。你呢，什么感觉？"李西风抬头看了看蔚蓝的天空，以及天空上欢欣流动的云，说："有一种成就感，心里踏实。"

的确，正如路子文所言，三天的活动下来，没有辜负这段时间的辛苦。第一天的现场入场券就收了两万二，第二天是一万三，加上最后一天的六千，光入场券收入就是四万一。所有赞助商剔除分成部分，跟现场收入基本持平。剩余的是一堆赞助商的卡券。七八万的盈利虽然不多，但是他的意义在于第一次把活动策划的概念带进这个小城，让这个小城的同行、媒体知道一个大型活动的规范化运作是个什么样子。路子文则在夹缝中寻求到了公司转型的突破口，在同业中率先走在活动策划的前沿，用行动实施了自己的蓝海战略。

当然，在这个运作中，难免有阵痛的地方。比如，许大基提出来"中远山庄"

的合约归属权问题。路子文跟他一番争论之后，李西风提出一个合理化的建议："从合作到对接，当中所有的工作是顾好与刘眉眉做的，而路子文与许大基两个人都没有参与实际工作。那么，这份赞助合约的佣金应该给顾好。至于刘眉眉，那就看营销总监自己的心意。作为公司可以送点化妆品或者消费现金卡之类的礼品就OK。"

路子文点头表示同意，并补充道："顾好，礼品你负责采购，然后约刘眉眉吃饭。这事儿尽快办。"

许大基看了看波波，波波有意转移目光，面向顾好，他明白自己的身份，无法站在许大基那边说话，虽然知道能分点佣金，可比起项目利润分红，这点佣金显然不值得他站出来。许大基只好无奈地咂咂嘴："算了算了。我可是看在以后我们还要合作的面子上，要不然……"他也明白多说无益，便颓然坐下。望着对面的李西风，心想：路子文这个朋友挺厉害啊，脑筋转得够快，还可以策划这么有影响力的活动，一定要找机会跟他合作。

顾好把请刘眉眉的饭局跟公司的庆功宴合在了一起。这丫头总是能替公司开源节流，反正要吃饭唱歌，多一个人根本没区别，比单请刘眉眉来得划算。

建军中路钟鼓楼的二楼是一家名叫"大卫茶酒楼"的餐厅，有几道特色的菜品尤为深得食客们的欢心。比如烤鸭两吃、清蒸狮子头、雪花豆腐、碧螺虾仁。顾好深知路子文的喜好，便在此订了一个包厢。

大卫茶酒楼的对面就是这个小城历史悠久的"鱼市口"，相传，明朝时期这个地方是个码头，因为靠海吃海的关系，渔民们每天把打上来的鱼，摇着木船赶到集市售卖，时间一长，这个码头的名字就演变成渔民们口中的——鱼市口。

路子文端起酒杯，清了清嗓子，"我简单说两句，感谢大家这段时间连续加班，我们的辛苦没有白费。最要感谢的是我的好朋友、好兄弟风子，是他策划了这个项目，没有他就没有我们今天的庆功宴。我提议，我们共同敬风子一杯。"

"感谢感谢。是大家共同的努力，很高兴跟各位一起共事，谢谢。"李西风边说边跟他们碰杯，一片叮叮当当的碰杯声夹杂着笑声。

顾好端着酒杯跟身边的李西风说："风哥，谢谢你。"说完就跟李西风碰杯，然后一口干了杯中的白酒。

李西风被她这气势给怔住，"干啦？看来你是海量啊。为什么要谢我？"

"你随意，喝了我告诉你。"

李西风被她这话一激，把酒倒进了喉咙，"说！"

"我要谢谢你策划这个项目，要不然我都不知道自己能不能坚持到现在。"

"你这话很官方啊，怎么说？"

"如果不是你这个项目，公司已经坚持不下去了。说实话，我早就做好随时走人的准备了。"

李西风喝了口水，笑着说："也是巧合，突然回来不认识其他人，看路子文接制作的活，就推荐他做活动，风险都是他担着。其实你的想法也正常，天下哪有不散的宴席，谁不想要一个看得见的未来？不用谢我，谢你自己。你看你那么拼命，不是你，这个项目就不会这么顺利。"李西风说完也端起酒杯跟顾好碰杯，"来，我们喝一个，敬你自己，感谢你的努力。"

"哟，李大师啊，跟我们美女聊啥聊得这么开心？"顾好跟李西风两人碰杯的时候，许大基走了过来。

"许总今天够帅的，这紧身小西服穿得真性感。"顾好打趣着说。

李西风给自己续上酒，"还没跟许总喝过酒呢，来，我敬你。感谢你拉了那么多赞助。我先干为敬。"

"李大师过奖了，我也就弄点小业务。倒是你，不得了，你这一回来直接给我们盐海注入一股新风啊，再加上我们路总，那得倒闭多少小公司啊。"

"许总客气了。以后合作的机会多呢，我也是混饭吃。"

许大基干了杯中的酒，"说真的，我很看好营销策划这个行业，一直想加盟路总的公司，路总都没点头。什么时候，我们俩合作一把，你看怎么样？"

"没问题，没问题。"

许大基拍拍李西风的胳膊，回到自己的座位，看见波波跟刘眉眉聊得正欢，立马又端着酒杯加入两人的聊天。而路子文见状，也凑了过去。

"刘主管，不好意思啊，这段时间太忙，一直没找到合适的机会来感谢你。来，我先代表公司敬你一杯。"

"谢谢路总。您太客气了。我不能喝酒，就以水代酒吧。"刘眉眉端起水杯。

路子文不依不饶，"这怎么行。水的情分怎么能跟酒相比？大美女是不是觉得我们合作的感情不够深啊？"

"不是不是。我是真不能喝酒。"

"你能喝我还不敢跟你喝呢，喝多了我可负不起责任。这样吧，你喝半杯，我干掉。可以吧？我先干为敬。"

刘眉眉看这情形知道是躲不过去，便无奈地笑着抿了一口。路子文就看着她，什么话也不说。刘眉眉一仰头干脆把酒干了，略微皱了皱眉头又瞬间恢复微笑，"路总，这样满意了吧？"

"佩服佩服，刘主管绝对是性情中人。不但人长得美，喝酒都这么豪爽。来来来，刚才那杯是代表公司感谢你，现在这杯代表我个人感谢你，老规矩，我先干为敬。"路子文一边说一边给刘眉眉续杯。

刘眉眉赶忙用手挡着酒杯，"路总，我真不能喝了。你的心意我都领了。你看我这脸红的样子，再喝就醉了。"

"白里透红与众不同。脸红更能喝。这是我个人必须感谢你的，跟我们顾好把工作对接得那么流畅，我还跟你们总监说呢，这段时间你辛苦了，让你们总监给你多发点奖金，工作上多关照，最重要的是让他给你放假休息休息。所以，这杯酒，你不喝我都过意不去。"说完路子文就干掉了杯中酒。

刘眉眉苦不堪言，"谢谢，谢谢，路总啊，你这是非让我醉酒出洋相。"

路子文端着空杯又盯着她，刘眉眉只好端起酒杯灌进喉咙，只觉得嗓子眼一阵火烧火燎，滚烫的液体直接熨烫着胸腔，一股气流顶着胃部难以言表，脸上还要保持微笑。

喝完，刘眉眉又给自己续满杯，"路总，这第三杯，我敬你。感谢你还想着我们这些小员工，还在我们总监那替我说好话。谢谢！"她能感觉到这杯酒已经跟水一样，不像刚才那样滚烫。

"漂亮，我就喜欢刘主管这股豪爽的劲儿。"

看得许大基跟波波傻了眼，在心里琢磨：这女人也太能喝了，不愧是做销售的。

这次路子文没让顾好送自己回家，给她派了个任务，让她送李西风。而他跟波波送刘眉眉回去。顾好自己喝得兴奋，哪管得了他们，直接拖着李西风上了出租车。顾好问李西风："风哥，你住哪？"

李西风哼了两声，没回答出什么地址。顾好又重复了几遍，看李西风的样子是喝多了，便说道："那我把你送到酒店吧，行吗？"

李西风点点头。

顾好开好房，扶着李西风进入房间。他头歪着能闻到顾好头发的香气，立马觉得心旷神怡。顾好吃力地把他放到床上，抓着李西风的手想把他摆正，拖了两次都没成功，反而自己一个趔趄倒在他身上。他又一次闻到了头发的香气，那是栀子花的味道，忽地酒醒三分。他意识到顾好压在他身上，伸出手去摸，却摸了个空，一扭头，顾好已顺势躺在他的旁边，喘着粗气。他努力地想睁大眼睛，看清顾好的脸，太阳穴两侧的血管激烈地跳动。顾好的胸脯随着喘息一高一低地起伏，像两只跃然的兔子。他感觉身体在发生变化，随即翻了个身压在顾好上面。顾好被他这突如其来的压迫给吓住，怔怔地看着他，一时语塞。他正要吻下去，顾好头一偏，亲在了头发上。

"这样好吗？"顾好喘着气问。

李西风一边亲她的耳垂，一边嗫嚅道："你不愿意？"

顾好不停地摇头，"你喝醉了，等你清醒了再说。"

他摁着顾好的胳膊，"我现在很清醒。"

"这不像我认识的你。"顾好用力抓住他的手。

他将顾好的胳膊左右撑开，再一次俯身欲吻，"我就是这样。"

"那你太让我失望了。"顾好直直地盯着李西风，身体不再挣扎。

"那我该是什么样？"终于吻到了顾好的嘴唇，像触电似的，酥麻感传遍全身。

"我认识的李西风肯定不会强迫我。"说完顾好的眼角滑出泪水。

李西风双臂再次撑起，一下子清醒了许多，侧身倒在顾好的旁边。

就在顾好送李西风到酒店的时候，路子文在路边打车准备送刘眉眉。许大基却架着刘眉眉上了另外一辆出租车飞驰而去，波波在后面喊都喊不住。路子文让波波给许大基打电话，问他什么意思，想干吗，电话却一直无人接听，路子文便让波波拨到他接听为止。自己则不停地打刘眉眉的手机，同样是无人接听。路子文气得咬牙切齿，跟波波说："我就不信今晚我找不到许大基这个畜生。"两根烟的工夫，波波终于拨通了许大基的电话，许大基解释说因为一辆车坐不下，他先打车把刘主管送往酒店，以为他们俩随后就到。

路子文与波波到了酒店就看见刘眉眉裹着被子躺在床上呼呼大睡，许大基撸着半截袖子正看着她。路子文劈头就问："你想干什么？什么意思？"

许大基龇着牙说："我没想干什么呀，就是好心替你们把她送到酒店，不是你们说不认识她家先把她安置到酒店的嘛。"

"那你电话也不接？"波波跟着问。

"没电啦，刚刚充上电就给你回了。"许大基貌似很委屈地说。

"行行行，别废话了。你走吧。这有我们呢。"路子文不想再跟他啰唆。

"你们俩就这么看着她一夜？"

"不劳您费心，我们在隔壁开了个房间。"波波咂咂嘴回道。

初冬的第一场雪覆盖了盐海，湿冷让出门的人们把自己裹得结结实实。希沧步行街的金牛雕塑也生出白色的皮毛，凌云站在五楼的阳台望着建军路上熙攘的人群，马路对面的南洋巷巷口腾起层层的热气，糖炒栗子的老大爷正在给两个十八九岁的姑娘包装栗子；老大爷的边上是一间卖内衣的专卖店，玻璃门上挂着一个苹果形状的牌牌，上面写着"营业中"三个字，两个穿着洋气的少妇，正在里面嗑瓜子；店的右手边是个手扶梯的专用通道，可以直接上到二楼的大卖场，正面的落地幕墙上乱七八糟地贴着各式各样的海报，海报的上边闪烁着几个大字——羽绒服五折特卖；门头的边上，一个中年妇女推着一辆小三轮车，上面是透明的玻璃箱，分隔三层，玻璃上用红色的即时贴贴着魏碑体的招牌——武汉鸭脖；一对牵着手的年轻恋人停在斑马线那等着过街，两人说着笑着，女孩长长的毛衣袖子盖着手臂，奶茶被毛衣袖子魔术般的悬空握着，金牛雕塑下面一直跺脚的女孩看见正要过街的长袖毛衣姑娘，隔空远远招手。

"在干吗呢？"

"喝咖啡呢。"

"在哪？"

"老地方，BEST。"

"一个人？"

"你今天不忙吗？没上培训课？"

"我啊，我在看街上来来往往的人呢。"

"这么无聊？你们希沧步行街有什么好看的。"

"随便看看嘛。你不是也经常在咖啡馆看路上的行人，评论人家的衣服搭配，猜人家心里在想什么的吗？我就不能看啊？"

"不错啊，有长进，活学活用。孺子可教也。"

"哼，不准调侃我。"

"什么事？说。"

"口气这么冷？没事就不能给你打电话吗？我看街上的行人然后就想到你，就给你打电话，你从来都没有主动给我打过电话。"

"是吗？应该有打过吧。"

"哼，什么叫应该有？是没有。"

"好吧，我没什么事一般不打电话。"

"那你就一次都没想起过我？"

"我是应该说有呢，还是没有呢？"

"不跟你说了，不想拉倒……我有事，先挂了。"

凌云依然每天不定时地给李西风打电话，说着无聊的事，聊着无聊的话，撒着无聊的娇，生着无聊的气。

李西风再次见到顾好是一周之后的事。路子文约他喝下午茶，以为就路子文一个人，到了才看到顾好也在。顾好正搅动着咖啡，看着窗外，一副心不在焉的样子。李西风觉得气氛有点尴尬，不知该怎么面对她。但是顾好却像什么也没有发生过一样，神情如初。这倒让李西风汗颜，内心里开始对这个姑娘另眼相看。

"下面有什么打算？"路子文啜了口咖啡。

"还不知道。怎么了？"

"没怎么。正好没事儿，约你出来聊聊，顾好说，庆功宴那天你醉得不轻。"

"还好。"

"好什么呀，是谁半夜在卫生间哇哇地吐？"顾好俏皮地翻着白眼。

顾好这么说，李西风只能咧嘴大笑。

"你们俩不会只是单纯请我喝咖啡吧？"

顾好眨眨眼，"为什么就不能只是喝咖啡？"

"只有我这种闲人才会泡咖啡馆，你们俩忙着赚钱哪有这时间待着。"

顾好好奇地问："哎，我很好奇为什么你只喝咖啡，却从不喝茶？"

路子文见李西风木然的眼神，接过话："他在茶里呛过水，估计到现在都没缓过来。是吧？"

顾好一副惊讶的神情，杏眼圆睁等待李西风的解答。

"茶是茶的味道，这几年在北京已经习惯咖啡。"

"行了，别装了。顾好是自己人，在我面前装有意思吗？风子，过去的事就让它过去，你现在这个年纪我觉得应该抓紧找人结婚。不能再晃悠了。"

顾好自言自语道："看来这里面有故事。而且还是伤筋动骨、曲折离奇、爱恨交加的爱情故事。"

"会的成语挺多啊。"李西风打趣道。

"那是。"

"跟你说真的呢，你也30岁左右了，该结婚了。"路子文缓缓地放下杯子。

李西风点点头表示赞同。

"还有件事，问问你有没有兴趣。"

"说。"

"既然你目前没什么打算，有没有兴趣跟我一起干，咱兄弟联手，我相信肯定会有发展。"

"就是。你们俩多年的默契，配合起来那简直天衣无缝。一个主导创意策划，一个负责执行。无敌。"顾好一个劲儿地帮路子文扛旗。

李西风啜了口咖啡，"你跟波波不是合作得挺好嘛，我再加盟就打破了原有的平衡，不妥。"

"你说的这个问题我想过，基本可以忽略不计。多一个人加入团队那是多一分力量，这个他应该清楚得很，何况你这个力量可以让我们在这个圈子里站得更稳。"

"就是就是。他负责设计，跟你的加入不冲突，只会让团队变得更好。"顾好继续为路子文背书。

"可是我现在拿不出资金来入股。你知道的，回来时还清了之前的债务，所剩无几。拿什么跟你们合作？"

"这个你不用考虑。我是这样想的，你只要拿10%的资金进来，我再给你10%的干股，这样你占20%的股份。你看行吗？"

李西风向窗外望去，略有所思道："波波会同意吗？不能为了我而撕裂你们的合作。"

"只要你点头。其他的事由我去沟通。"

李西风点点头，"行啊，反正我现在也不知道干吗。"

"太棒了。欢迎风哥加入。"顾好说着端起咖啡就要碰杯。

"干？当喝酒呐！"

顾好嘿嘿笑道："意思一下嘛……风哥，最近跟凌云有联系吗？"

怕什么来什么，自从那晚亲了顾好之后，李西风最怕她问这方面的事。那天酒后醒来，后悔致死，他知道自己严重失态了，而他对顾好只是有好感，而非爱。

顾好话音刚落，李西风的电话响起，打开一看，哑然失笑："说曹操曹操到。"

"Hello！"

"在干吗呢？"

"喝咖啡呢。"

"又在喝咖啡？你怎么天天喝咖啡啊？"

"无业游民一个，除了喝咖啡也干不了别的。"

"猜猜我现在在哪呢？"

"哼，这两人真够无聊的。"路子文跟顾好念叨了一句，顾好耸耸肩翻着白眼。

李西风能清晰地从听筒里听见车流的声音，"你应该在过马路吧？"

"你怎么知道的？"凌云在听筒那头吃惊地问道。

"很简单啊，你那边有车流声。"

"那你再猜猜我在哪个十字路口呢？"

"你当我神仙啊，这我猜不着。"

"哎呀，你就猜猜嘛。"

"那你告诉我，你今天是去培训还是给客户送货？"

"送货。"

"如果估计不错，你现在应该在迎宾大道与开放大道的十字路口。"

"哎呀，你怎么猜到的？"听筒那边的凌云吃惊到跳起来。

"这有什么，正常发挥啊，这叫逻辑推理。你给客户送货，那就会去提货，提货你们一般都会在总门店开单子才可以，所以，我猜你现在应该手里还提着产品。"

"你太神了，就是就是，我手里拿着产品呢，现在给人家送过去。"

李西风仔细分辨着听筒里的车流声，根据车流声的大小远近进行判断，"你现在应该刚过斑马线，再有三五米就到路对面了。对吗？"

"天呐，你是怎么猜中的？"

"瞎猜的。"

听筒那头的凌云终于挂断电话，李西风很无奈地呼出一口气，"看到了吧？每天都几通电话，正事没有。"

"我看，她是爱上你了。"顾好淡淡地说。

"那你别接啊。你看你把人家姑娘猜得，都快疯了。"路子文倚在沙发上晃着腿。

"你们俩发展到什么阶段了？我怎么都不知道，她竟然一点儿都没跟我透露。"

顾好蹙着眉问。

"没发展，就是通电话而已。"

"鬼才信。又跟我装。怎么在北京待了几年越来越装了。"路子文狡黠地问道。

"就是通电话。一、我们没单独见过面；二、我连她的手都没碰过。不对，应该是连她的袖子都没碰过。"

"那她还盯着你打电话？"顾好继续追问。

"是。她倒是在电话里说过两次，问我对她的印象怎么样，说她挺喜欢我性格的，跟我挺聊得来的，问我对她有没有感觉、喜不喜欢她。我说她挺好的，各方面都不错，长得也好看，气质也不错，家庭条件又好。但，我们俩不合适。她就问我为什么不合适，我就说，不合适就是不合适，没有原因。有一次她把我逼急了，我就直接说因为她是城里人，我是乡下人，门不当户不对，这是其一；其二我一无所有，没房、没车、没钱，是个三无人员。我们俩肯定没结果。从那之后，她就再没问过我。但还是一直给我打电话，我从没有主动给她去过电话。"李西风说得口干舌燥，端起水杯，喝了一大口柠檬水。又补了一句，"说得有点乱，你们俩听懂了吧？"

"风哥，你这是自卑吧，不是不喜欢，是不敢喜欢。"顾好撇撇嘴说道。

"我是实话实说。你要说自卑也行。"

"那你喜欢什么样的女孩？"顾好接着问。

"像你这样的，漂亮、可爱又善解人意。"

"喊！"

第 七 章

身上遍布多条皮管，自然十分痛苦。无法翻身，李西风感觉整个腰部像是断了，如同绑着一块坚硬的木板，身体只能是笔直的形状，堪比受刑。他想下床，哪怕是坐着，只要不像木乃伊一样躺着就行。为此，他让凌云去问医生，什么时候可以拔掉剩下的皮管。那个戴金丝眼镜的医生过来看了看，没有说话，径直走出去，一会儿拿着一支雪茄粗的注射器走进来，说："先把尿管拔了，这样就可以下床去卫生间，不过，暂时不建议走路。"

凌云点点头表示明白。

医生用那根注射器在尿管的出口处推进去一半，李西风紧张地问："疼吗？"

"不疼，就是有点儿不舒服。"医生慢悠悠地说。

李西风持怀疑的眼神继续问道："一点儿都不疼？"

"我拔的时候，你配合屏住呼吸就行。"医生说着，刚推进去的透明液体又被他抽出一点，然后同样的动作又重复了一遍。

只听见李西风"啊"的一声，皮管拔出，李西风感到小腹一阵抽搐，无法言说的疼痛从他额头的汗珠上充分体现。

凌云打了一盆温水，给李西风擦洗身上的虚汗。隔壁准备动手术的大姐说："你把你老公照顾得真仔细，我看了都羡慕，你也学学。"说着叫她床头的老公。

李西风听见这句话，心里倍感温暖，有气无力地说了句："谢谢。"

可能是声音太小，隔壁床的大姐没有回应。凌云便跟那个大姐说："我们家这位跟你说谢谢呢。"

"哦哦，不用谢。你现在能说话，再过几天就能下床走路了。你老婆这么照顾你，以后要对她好。"

李西风在嗓子眼儿"嗯嗯"地哼了两声。

"看你们俩这感情这么好，孩子几岁啦？"

凌云一边给李西风擦胳膊，一边笑嘻嘻地回道："我们还没结婚呢。"

隔壁大姐吃惊地表示："啊？怎么可能。那你们俩谈了多长时间了？"

"你猜猜看？"

"怎么着也有三五年了吧。最起码三年，你说呢？"大姐又用胳膊捣了捣自己的丈夫。

丈夫木讷又淳朴地连连点头，"嗯嗯，至少三年。"

凌云又换着擦李西风的另一只胳膊，依然笑嘻嘻地说："不对，你们再猜。"

"我猜长了还是短了？"

"长了。"

"一年多？两年？"

凌云依然摇摇头。

大姐又吃惊地说道："你别告诉我，你们才谈了不到一年。"

李西风轻声笑着，即使这样的轻声笑容，还是牵动了他的腹部，带着刀口一下一下地剧痛。他努力克制内心深处的开心与甜蜜，依然忍不住笑出了声。不过，他喜欢这样痛并快乐着的感觉。

凌云又换了一盆温水，洗了洗毛巾，说道："我们才谈了三个月。"

大姐再次惊讶，"真的假的？怎么可能？怎么可能才谈三个月就像谈了四五年的样子？"

"是不是之前认识好多年，一直没谈，现在才谈的？"大姐又问道。

"不是。我们认识不到半年。"凌云说完看看李西风，用眼神等待李西风的确认。

李西风再次"嗯嗯"表示肯定。

"天呐！那你们俩这感情也太好了。相处三个月感情就这么浓烈，真是天生的一对。出院赶紧结婚。"

擦洗完身体，凌云俯身跟李西风说："要不要上厕所，尿管拔了，后面每次都要起床去卫生间。"

李西风"嗯"了一声表示同意。

她想扶着李西风先缓慢地坐起来，发现一个人根本拉不动他。因为李西风的腰间绑着束带，以保证腹部刀口的生长。隔壁大姐的丈夫及时伸出援手，李西风才在术后第一次以坐着的姿势看这个世界。他自己提着腹腔引流袋，凌云扶着他走进卫生间，顺手关上卫生间的门。李西风努力了两次，还是没能把睡裤拉下。他发现，从病床走到卫生间三米远的距离，已经耗尽了他全身的力气。凌云架着他的胳膊，说："没力气了吧，额头上都是虚汗。你别动，我来弄。"说完拉下李西风的睡裤，李西风尴尬地说："怎么尿不出来？"

"别着急，慢慢来。"

李西风等待了半分钟，才寻找到一点尿意。这时的他忽然发现：原来可以自主撒尿也是一种幸福。

尿完，凌云说："你自己先扶墙站好，我放盆热水给你洗洗，这样晚上睡觉就会舒服一些。"

李西风点点头，"好。"

凌云帮李西风脱掉睡裤，把毛巾打湿，仔细给李西风擦洗着，并说道："乖乖的，赶快好起来。"

李西风不觉眼角湿润。

凌云抱着李西风，轻声地问："怎么了？"

李西风也没想到自己会突然流泪。好像是潜意识里，折射出一个顿悟，如同修炼多年的凡人，一直毫无头绪、没有精进，可能仅仅是一阵风、一句话、一个念头，便让他开悟。

"谢谢你！谢谢你亲爱的！"李西风动情地说。

"谢我什么？"

"谢谢你不嫌弃我。"

"傻瓜……"

两根留置针已不再进药，李西风开始每天扎针。

主治医师说可以吃点儿米饭，但是要软和一点。这天中午，凌云给他准备了青椒肉丝配米饭，李西风吃了一半，很舒服。但刚吃完，左侧的肩膀内有一根神经开始剧烈的疼痛，医生说没关系，有一部分脾切除术的病人刚开始吃饭速度快了，会有这样的神经痛，身体恢复之后会慢慢改善。

午饭过后，李西风的父母来到医院。凌云还是通知了他们。看得出来父亲的脸色很差，蜡黄；母亲眼睛红肿，明显哭过。为了不让他们看见刀口的恐怖，李西风坚持让他们回家，因为他知道，无论怎样，父母亲终究还是难以接受自己的孩子被切除了部分器官的事实。远离医院这个环境，也许会好受一点。

术后第六天，随着精神状态的好转，李西风的话明显多了起来。

路子文与凌云开始忙工作上的事，由路子文的助理小瞿照顾李西风，顾好偶尔会抽空煲一些汤送到医院。

小瞿作为路子文的助理，基本上公私无法分开。这个小伙子在外面混迹多年，一次偶然的机会，路子文去理发店认识了他。就因为路子文的口若悬河，他就决定辞掉发型师的工作，改行跟路子文学策划。刚认识他的时候，李西风认为他跨行业跨得太大，可能不适合做策划这个行业。但路子文说这小子天资聪慧，只是没有专业基础，可以慢慢学。还对李西风举了自己的例子，说当年也是什么都不懂，竟说得李西风无法反驳。

离开了理发店他搬到了李西风的公寓，因为李西风的公寓两室一厅，恰好有个空的房间。

一次酒后，小瞿说了很多关于自己的事。他从16岁就踏入社会，在杭州做了两年学徒，出师后一路辗转到了苏州，接着又跳槽到了南京。22岁之前每天都过得浑浑噩噩，不知道自己想要什么，也不知道未来是什么……所以，在遇到路子文的时候，他毫不犹豫地辞了职。他跟李西风说，他父母亲对他最大的期望就是找个女人结婚，而他这么多年漂泊在外，从来没有认真地谈过一次恋爱，也未体会过爱的感觉。

路子文每次出现的时候，不是拿顾好开涮，就是跟小瞿神侃，总是把李西风逗得合不拢嘴，然后一帮人看着李西风因为笑而牵动刀口疼痛的样子，显得更加欢乐，好像是李西风的疼痛能给他们带来精神上的愉悦。

每天晚上凌云参加完团队的会议就回到医院陪护。照例先帮李西风擦洗一遍，然后自己洗澡换睡衣。一开始睡了两天专用的陪护椅，醒来总是脖子酸痛。李西风便提议让她睡到自己的病床上。凌云问："那么窄怎么睡？"李西风说："反正晚上不输液，两个人挤挤就行。"于是，凌云开心地睡在床尾。

跟李西风挤在一张病床上，还是床尾的位置，凌云竟能这么开心，大概，这就是爱。

李西风也有疼痛得睡不着的时候，凌云只能委屈地蜷缩在李西风的怀里，用耳语交流，为了不影响旁人，耳语也只能是偶尔一两句，更多的是两个人各自的畅想。

"今天怎么这么疼？"

"不知道。"

"今天外面有月亮，你还记得年前冬天的夜里特别冷，你在我们办公室下面等我吗？"

"当然记得。"

"那时我就想，这个男人能在这么冷的夜里等我回家，未来肯定会对我好。"凌云说完嘻嘻地乐了两声，接着说，"冬夜的路上，你开着电动车载着我，除了月光就是我们俩。今晚的月光跟那时一样。"

李西风被凌云的思绪带回了他们刚刚相处的日子，仿佛时针被倒回，光影随着时针移动，从日暮到清晨，从牵手到相拥，从想念到同眠。时光总是在一瞬间定格许多往事，而往事总是匆匆到模糊不清。

波波认可了路子文的提议，同意李西风的加入。当然，这肯定不是波波内心的意愿，谁舍得自己的股份被稀释？不过，波波也清楚地知道，从现阶段公司发展的情况来看，好像也没有太多的选择，而李西风的加入说不定是个良好的开端，抑或是发展的新契机。鉴于这两点的考虑，他欣然同意。

李西风加盟之后，公司的确在业务上有了更多的机会。在路子文一位朋友的牵线搭桥下，他们接了一单汗蒸房的营销案。大家分工明确，李西风依然统筹整个项目的策划与节奏。在完成前期调查的基础上，经过分析得出汗蒸房的营销定位，提案非常顺利地通过了甲方的认可。

路子文与刘眉眉已经发展成情人关系，面对路子文的迷失，波波嘴上不说，心里却想：这样下去公司迟早得黄。而李西风私下也提醒过路子文，但路子文好似着了魔般回道："你管好自己就行，别一边凌云一边顾好的。"噎得李西风说不出话。

的确，李西风在处理跟凌云的关系上，根本无法做到一口否定，他不知道该如何面对，或者说在逃避现实。另一方面，对于顾好的真诚，他既心疼又理性。心疼是他明白顾好这样的女孩近乎完美，理性的是他无法逾越年龄的鸿沟，不敢接受顾好的完美。他在这种自相矛盾中来回游走、举棋不定。心欢又胆怯，迷茫又无奈。

周末，路子文让顾好通知全公司员工聚会，他把这种聚餐文化当成是企业文化的一个组成部分。所以，每个月末都让顾好安排，并要求所有同事谁也不可以缺席。顾好就尽量每一次更换一家饭店，免得引起同事的厌烦，在细节这一点上，顾好一直做得非常到位。就是在面对李西风的问题上，犯了跟李西风同样的毛病：心欢又胆怯，迷茫又无奈。心欢的是喜欢李西风的一切，至于李西风说的年龄差，在她眼里根本就不是问题；胆怯的是她不确定李西风是喜欢她还是喜欢凌云，一方面她是凌云的闺蜜，她既不想伤害凌云，又不想委屈自己；另一方面，如果李西风接受了她，她不知道将来怎么面对凌云。毫无头绪的迷茫夹杂着内心深处的无奈，让她不知所措。

双元西路的巷口，是一家门脸很小的饭店，门头的匾额被雨水侵蚀得只剩浅浅的印记——一地鸡窝。窄窄的两扇老木门，一看就知道是二十世纪九十年代的产物，门上的红色油漆被油烟熏得斑驳，像油画笔甩在上面的颜料，看上去还有点艺术的味道。进到里间，是混乱的散台，大概七八张餐桌；穿过过道，两侧是间隔的包厢，过道的尾部就是后厨。这家老馆子是一对年过半百的老夫妻开的，仔细算来也近三十年了。每隔十年八年就翻新一次，老头儿说这是为了与时俱进，不能也不敢被时代淘汰。即便有这个意识，但依然跟不上时代的步伐，看上去总像隔着一个世代的产物，不过这样反而彰显出它的气质。

顾好订的包厢是"龙港灶"，龙港——此时是盐海的一个乡镇，彼时是作为食盐商贩们集中交易的地方。盐海，顾名思义，从西汉武帝时期开始便是食盐的产地，相传"煮海为盐"，经过商贩们贩卖到扬州，再经过扬州的大盐商们，贩卖到全国各地。盐海，实际就是扬州盐商们的生产工厂。所以，这个城市有很多跟"煮盐"相关的地方，比如李灶、头灶、东灶、南灶、大冈、上冈、槽撤、龙堤、草堰、便仓。

一地鸡窝的特色菜是药膳鸡，里面不单有当归、茯苓、白芷、枸杞这样的中药材，还有大田螺搁在砂锅里跟鸡肉一起炖。鸡是本地的土鸡，吃野菜与青虫长大，每天在坡地、河边自我觅食奔跑，练就了一身健美的肌肉。鸡跟田螺在一只砂锅里慢炖，鲜味的分子互相发生反应，闻着味儿，舌底的酸水就会不由自主地溢出来。

一帮人吃了两锅鸡，喝了四箱啤酒，还是意犹未尽。先是小瞿跟波波跑去卫生间吐，两人还没出来，李西风紧跟着进去了。路子文坐那岿然不动，这点儿酒对他来说跟喝水差不多，也就润润嗓子。不过话明显多了起来，跟顾好在那扯着脖子争论某女星的八卦，描述得就跟他与女星特熟似的。李西风洗了把脸，从卫生间出来眼神好像清晰了一点，至少能看见围着桌子一圈全是空酒瓶。波波提议聚餐结束，路子文哪肯答应，说："必须坚持到底，哪有喝一半就撤的道理，要服从命令听指挥，关键时候坚决不能掉链子。"他的舌头也逐渐开始发硬、打结。同事都明白，这家伙只要酒多了之后，就跟大家讲他曾经的生活，别人还不能不听。可以说这是他的一种病，也可以说这是一种情怀。

他让小瞿又搬了两箱酒，点了第三锅鸡。李西风刚恢复一点清晰的眼神没过一会儿又开始迷糊。这时手机响起，慢悠悠掏出一看，是凌云。

"在干吗呢？"

"吃晚饭呐。"李西风努力地眨了眨眼，强迫自己的大脑保持清醒运转。

"都快凌晨一点了，才吃晚饭？"

"啊？一点啦？一点怎么了？一点就不能吃晚饭啊？"李西风仰着头咧着嘴说。

"你那怎么那么吵？你喝了多少酒？在哪喝的？跟谁啊？"凌云一连串的问题，问得李西风头疼，好像大脑通道堵塞一样，不知该怎么回答。

"谁啊？"路子文问。

李西风摇摇手，对着听筒继续说："你还没睡啊？你们半夜还开培训会啊？"

听筒那头的凌云一听就知道李西风已经醉了，便问："你告诉我你们在哪喝呢？"

"干吗？"

"我没吃晚饭，饿了。去你们那蹭饭不行吗？"

"我们在双元路呢。双元西路的一地鸡窝。"路子文冲着李西风的脸大声吼叫，接着就是一阵狂笑。像细菌传染一样，满包厢的人一起哄堂大笑。

大概过了十分钟，凌云就到了，正碰见李西风晃晃悠悠地从卫生间出来。

"你喝了多少啊，喝成这样？"

"挺快啊。坐飞机来的？"李西风满嘴喷着酒气。

路子文端着一杯啤酒递给凌云，"来得正好，来来来，你也陪我们喝一杯。"

凌云一看满地的空酒瓶，惊讶地说："就你们三五个人喝了这么多？"

"不是啊。全公司的人都喝的，他们喝着喝着都溜了，就剩我们几个坚持战斗。连顾好都溜了。"小瞿兴奋地回道。

"顾好也溜啦？那谁送我回去啊？"路子文打着酒嗝说。

"哥，哥，我送你我送你。"小瞿端着酒杯又跟路子文碰了一杯。

凌云一边架着李西风，一边跟小瞿说："你送他回去吧，差不多可以结束了。"

"没关系，你送风哥回家。我跟文哥必须坚持战斗，坚持到底。"小瞿摇晃着脑袋说道。

"行行行。那风子就交给你了。"路子文说。

这时的李西风视线已经模糊成雾状，看什么都那么唯美，身体轻盈得像深秋的树叶，一阵风就能把他吹走。但他有一个特点，就是无论醉成什么样，脑子都可以保留三成的思维作为基本运转。不是路子文插了那句话，他是肯定不会告诉凌云在哪喝酒的。他本来的打算是自己打个出租车直接回家睡觉。可是现在也顾不了那么多，不但视线模糊，不强迫自己睁开眼睛，眼皮都撑不开；脑袋也越来越重，如同灌满了铅。

凌云架着他往外走，他晃晃悠悠巡视了一圈满地的酒瓶，"我笔记本电脑呢？"

"哪有电脑？"凌云问。

"有，肯定有。我记得我带着电脑来的。"

凌云又在包厢里看了一圈，"没有啊。"

"你别以为我喝醉了，我脑子清楚得很。"

"别找了。电脑顾好帮你带走了。"小瞿说着一脚踢倒了一片空酒瓶，发出一阵叮叮当当的声音。

"放心了吧？电脑在顾好那呢。走吧。"凌云架着李西风走到自己的电动车旁。李西风歪着脑袋瞄了一眼，"这怎么坐啊？不行，你给我打个车，我自己回家。"

"你抱着我的腰就行。"

"你坐不坐？要打车你自己打。"凌云故意说道。

路子文跟小瞿已经没法送他，眼前，除了凌云，没人能实现他躺到床上的愿望，只好乖乖地吐了句："怎么坐？"

凌云跨上电动车，让李西风抱着自己的腰，并嘱咐："抱紧啊，不准松手。听懂没？"

李西风把头靠在凌云的背上，嘴里发出"嗯嗯"地呢喃。

夜风吹到身上，李西风觉得舒服极了，好像太阳穴的筋脉跳跃得不再那么激烈。可是这种感觉没保持到三分钟，由于电动车的晃动胃里像大海一样海浪滔天，他的心脏就像海浪里的一艘小船，托到浪尖又被一个浪头打到浪底，他极力控制着风浪的怒吼，但是两个回合之后，一股浪还是蔓延至他的喉咙，眼看着无法抵挡这股妖浪的横行霸道。

他一个劲儿地拍着凌云的腰，凌云问："怎么了？怎么了？"

李西风无法回答她，继续拍。凌云终于把电动车停下来，李西风一扭头把嗓子眼儿的浪花喷出来。放出胃里的海浪，继续走。每隔五分钟，他就开始拍凌云的腰，把刚才的动作重复一遍。就这样，一直吐到西环路。吐了多少次，他根本无法计算，只知道每吐一次脑袋就清醒一些，抬头撑开眼皮一分辨："这是哪儿？"

"我家。"

"啊……不行不行，麻烦你把我送到宾馆，随便什么宾馆都行。"李西风说。

"我到家了，要找宾馆你自己找。"说着凌云在一扇银灰色的铁门前停了下来。

"求求你，行不行？真的，请把我送到宾馆。"

"我已经说了，要走你自己走。你不是说你没醉嘛。"凌云打趣着说。

"你怎么想起来把我带到你家了？"

"怎么就不能带到我家？"

"我这个鬼样子被你家人见到像什么？明天早上你家人一看，家里突然冒出个酒鬼，这个酒鬼还是三更半夜被他们女儿带回来的。不行不行，坚决不行。"李西风说着指指被吐脏的裤腿。

"那你自己走吧。"说着凌云打开家的院门。

李西风只能认怂地说："你先等等，等我一分钟。"

凌云很纳闷地看着李西风，不知道他要干吗。只见李西风蹲下来，把手指伸进嗓子，原来他要用手指催吐，凌云不解地想：这是没吐够吗？

随着咽喉的刺激，李西风胃部不停收缩、痉挛，痉挛、收缩，吐出仅剩的一点胆汁，这才确定胃里的大海已经被他全部放出。

"你干吗又吐？"

"我必须在外面吐干净，坚决不能在你家里吐。那太丢人，不是我的风格。"

两个人蹑手蹑脚地穿过天井，凌云把车架到廊檐下面，李西风扫视了一圈，这是个小四合院，主屋与对面是平房，厨房反而是一座二层的小楼，靠着廊檐是去向二楼的楼梯。他跟着凌云爬上二楼，凌云打开中间的那个房间，李西风终于看到了他梦想的床，奔着床的位置就把自己扔在上面。

凌云也没管他，放下包就轻掩房门走下楼。李西风闭着眼睛，终于可以睡了。可是，没过一会儿，门再次被推开，李西风努力撑开眼皮瞄了一眼，是凌云端着一个塑料盆走进来，他再次关上眼皮开启睡眠模式。

这时，凌云把一块热气腾腾的毛巾铺在他的脸上，热气夹杂着水分的滋润，顷刻舒缓了他麻木的脸，舒服至极。凌云在给他擦脸。

　　"谢谢啊。"李西风从喉咙哼出几个字。

　　凌云故意问道："你打算怎么谢我啊？"

　　"请你吃饭。"

　　"只请我吃饭啊？"凌云继续追问，好像跟酒鬼抬杠特别有意思。

　　"请你喝咖啡。"

　　"喝咖啡啊，那还有呢？"

　　"没了……"

　　"这就没啦？"

　　"我已经说谢谢了，也在心里谢谢了。"

　　凌云笑嘻嘻地继续问道："你看我对你好不好？"

　　"好。"

　　"那我人好不好？"

　　"好。"

　　"我哪里好？"

　　"哪都好，我喝醉了你还照顾我。"

　　"这就好啦？"

　　"嗯。"

　　"那我漂不漂亮？"

　　"漂亮。"

　　"哪漂亮？"

　　"哪都漂亮。"

　　"嘴真甜。"

　　李西风毫无反应。

"把手伸直了。"凌云帮他擦完脸，洗了下毛巾接着给他擦手。

"那只手也伸过来。"

"真乖。"凌云看着眼前这个酒鬼，闭着眼睛喘着酒气，越发觉得，这个男人可爱至极。

"那你喜不喜欢我？"

"喜欢。"

"喜欢我什么呀？"

"什么都喜欢。"

"那你还一直拒绝我？"

"我是面对现实。"

"你就找理由，这是逃避。不行，必须说喜欢我什么。"

手擦完，李西风又恢复平躺的姿势，发出粗重的呼吸。

"喜欢你对我好。"

"你这家伙，话又转回去了。说，是不是装醉？"凌云用两只手捧着李西风的脸，认真地盯着，像是要在他的脸上看出一朵莲花。

"我要睡觉。"李西风呢喃道。

"刚刚夸过你嘴甜，这就变成油嘴滑舌了。一点儿都不乖。"说完起身拿着盆走出房间。

李西风心想，这下终于可以睡觉了。没到两分钟，房门再一次被推开。

凌云开始脱李西风的袜子，脱了袜子，凌云用毛巾擦洗李西风的脚。湿润的热气一下从脚底传遍他的全身，他忽然有一种鼻腔发酸的感觉。这几年来在北京，他始终是一个人。一个人吃饭、一个人睡觉、一个人走路、一个人逛街、一个人喝醉、一个人失眠……从没有人这么关心过他，关心他的冷，关心他的热。甚至自从离开苏州，他都不敢喝茶，而改为喝咖啡，因为他怕，怕茶带来挥之不去的念想，他只能把茶隐藏起来，小心翼翼地包裹好，存放在心底的抽屉里，从此不再打开。他知道，一旦打开那个抽屉，他承担不了想念的代价，他所能做的，也是唯一能做的，就是珍藏。

可眼前这个姑娘，竟然不嫌弃自己喝得一塌糊涂的样子，擦脸擦手都可以视为正常照顾酒鬼的行为，但是擦洗酒鬼的臭脚绝不是一个普通姑娘会做出来的。人与人的相处、情感的迸发，不是体现在锦上添花，而是无助时的雪中送炭。如果一个女人能在你最落魄的情况下，依然不离不弃，那她对你的感情必定是真挚且纯粹的，这样的女人值得去深爱。

这一瞬间的温暖，让李西风冰封多年的内心有了融化的迹象，他默默地做了一个决定。

第八章

青年路的尽头，西环路的边上，那座小四合院的二楼，凌云拉开厚重的窗帘，唰的一声惊醒了李西风的晨梦，脑仁一阵晕疼，撑不开眼皮。这时，房间的门哗地被推开，一阵高跟鞋的哒哒声由远及近，"人在哪呢？我看看什么样。"

凌云忙说："声音小点儿，没醒呢。"

"都什么时候了还不起来。"一句很尖锐的嗓音。

"你神经啊。"凌云用食指放在嘴边做了个嘘的动作。

这个高跟鞋并没有理会凌云的示意，"还不把窗户打开，你看看这屋里一股子人腥味。还能不能待了？"

"什么叫人腥味……"凌云赶紧把窗户推开。

"喝了多少酒喝成这个鬼样子？"

"不知道，反正昨晚吐了很多次。"

"没酒量，还喝什么。"高跟鞋看了一眼躺着床上的李西风，接着说，"就长这样啊！很普通嘛，也不帅。你怎么就看上他了，有多高啊？"

"不高，穿鞋一米七五的样子吧。"

"那你跟他谈什么？"

"哎呀，你看也看过了，你不上班吗？走吧走吧。"凌云推着高跟鞋往门外走。

听着高跟鞋下楼梯的声音，李西风慢慢睁开眼睛，心想：这个女人好像不太欢迎自己。

"你醒啦？"凌云走进来看到李西风睁着眼。

李西风眨眨眼，"刚才谁啊？"

"我姐，非要上来看看你。"

"看我什么？是凌风还是凌雨？"

"二姐凌雨。看看你长啥样。"

"是看看酒鬼什么样吧！"

"行了行了，起来吧。下楼刷牙、洗脸、吃早饭。"

"跟你爸妈他们一起吃？不行不行。"

"怎么了？"

"怎么了？我一个酒鬼，喝成这个鬼样子哪有脸见人呐！"

"那怎么办……那我给你把洗脸水端上来。"

"更不行，第一次来你们家像什么样子，弄得跟大爷似的。"

"那你是不想下楼啦？"

"你爸妈他们不去上班吗？"

"上的呀，我爸已经走了。我妈在楼下呢，她想看看你。"

"嘻，我有什么好看的。"

凌云翻了个白眼，"那你先穿衣服。"

"那个……那个，昨晚谢谢你啊。把床和被子都弄脏了。"

"呿，你还记得昨晚自己吐的样子呐！那你记得昨晚说的话吗？"

"什么话？"

"某人昨晚说要谢谢我，又说我这也好，那也好，哪都好。嘴甜的呀，像抹了蜜。"

李西风眨眨眼睛做思考状，"有吗？谁啊？我怎么不知道。"

"唉，狼心狗肺的家伙。"凌云说着下了楼。

她再上来的时候，说牙膏都挤好了，就等李少爷下楼洗漱呢。而凌云跟她妈说李西风不好意思下楼，她妈妈便出门遛弯了。

从这一天开始，李西风每晚都接凌云下班，风雨无阻。冬天的盐海市，由于靠近海，潮湿的空气夹杂着凛冽的北风，冷空气像刀子一样扎进身体，骨头缝里都疼。希沧步行街的雕塑下面是李西风避风挡雪常待的地方。不单是因为这地方可以避风，更重要的是这地方不影响行人，在通道的边上。小卖部的电视里正滚动着新闻：全世界多地雪灾，电力与交通设施损坏严重，受"拉尼娜"现象影响，副热带高压偏强，南方的暖湿空气与北方的冷空气在西南、江汉、华南、江南、江淮一带交汇，大气环流的稳定使雨雪天气持续，导致罕见的大范围低温雨雪冰冻天气。

冬季深夜里的街道清冷安静，卖鸭脖子的小贩过了十点也早早收了摊位，只剩对面那家卖着烟酒的小杂货店。昏黄的招牌下，一位中年大姐在看着韩剧，动情之处偶尔还搌一下鼻涕。李西风惯常用来回走动的方式驱赶寒风对腿脚的侵扰。时间一长，他能清楚地计算出从院墙到金牛雕塑底部的大理石一共是三十二块方砖，从金牛雕塑底部到街边是六十四块方砖，这就是他的活动范围。

"冷吗？"

李西风摇摇头。

"冻坏了吧？"

"我肉多，保暖。"

凌云笑嘻嘻地把手插进他的怀里，"好暖和啊。"

李西风摸摸她的脸，"饿不饿？"

"啊……冰死我了。你手怎么这么凉？"

"能不冷吗？还不错，今天没下雪，前几天下雪的时候你没看见我头发上全是雪啊。"

"你就是傻。让你到我们办公室去，你非不去。"

"你们开各种产品培训会，我去干吗，不是影响你们嘛。"

"对了，我们总监说要见见你。"

"怎么每个人都要见我？我有什么好见的，我一个普通得不能再普通的人。"

"人家不是都想见见我跟什么样的男人谈恋爱嘛，我天天在他们面前说你这也神，那也神的。大家就好奇要见见你。就明晚吧，行吗？"

"不行不行。明晚有事。"

"那你每天晚上接我不是都没事吗，怎么就明晚有事了？你就这么不想见啊？"

"我脸薄，不好意思。那多尴尬啊，跟看猴似的。虽然我属猴，但也不是猴啊。"

凌云笑嘻嘻地掐了一把李西风的胳膊，"哎呀，你明天就来嘛，好不好？"说完跺了一下脚，然后像小孩子一样左右甩动身体。

李西风看她这样，取笑道："嘿，还跟小孩一样耍无赖啊。"

两个人一路沿着建军路向西，转到盐马路，在青年路口右转继续向西直到路的尽头，就能看见西环路那小四合院的二楼。

"好了，我回去了，你早点睡。"

"再待一会儿嘛，才十二点。"

"才十二点？已经是新的一天啦。再待我就不想走了，屋里这么暖和……要不，我不走吧？"李西风试探着说。

"那你明早又出不去了。"

"那我还是走吧。"

"等会儿嘛，帮我拔个火罐再走。"说着凌云拿出拔火罐的工具。

"我哪会这个。"

"教你。很简单的。"说着凌云把房间的门保险给锁了起来。

凌云背着李西风把衬衫脱了扔到一边，趴在床上，然后教李西风把玻璃火罐放置在背部的哪些位置，扣动火罐吸气即可。李西风心跳频率噌噌地上升，忍不住咽了一口口水，问："要多长时间？"

"十分钟就好。"凌云侧着脸闭着眼回道。

火罐移除，李西风问："舒服吗？"

"嗯。"

这一声"嗯"相当于某种许可，李西风瞬间解码。

如果说董珊给他建立了新的世界，那么凌云给了他整个宇宙。在璀璨的银河里，肆无忌惮地遨游，毫无拘束。这一刻，他才明白，这是灵魂的自由。李西风在这个宇宙面前，忽然像个修行的庸人。遥远的山巅之上，那呼呼作响的不是风铃在晃，是心在动！是心的呼啸，是毛孔的绽放。绽放在每一朵莲花的叶面上，如珍珠，如水滴，如琥珀。

第二天，凌云早早就让李西风订了建军路上一家叫作尚美的酒店，那家酒店靠希沧步行街较近，她工作结束就可以走过去。李西风说话算数，去了凌云公司，一帮人围着李西风说直销的优势，轮流给他洗脑，他只是微笑着偶尔表达一句。凌云把李西风介绍给总监，那个总监是个中年女人，一上来就重复了一遍直销的优势与级别收入，可能做直销的人都有一种潜意识的行为，就是见到任何一个陌生人就讲直销的某某好处。可是，偏偏李西风是做营销策划的，不敢说了解直销这个行业，最起码从营销角度，可以一眼看出其中的弊端。但是为了照顾凌云的面子，他只能用微笑代表观点。当那个中年女总监说完，发现李西风对直销有所了解，并且有自己独到的见解时，便问李西风："你也是做营销的，那你觉得我们这个团队在营销上有什么需要改进的吗？"

李西风把第一次见到凌云说的那个观点重复了一遍："简单来说，就是在团队新人的选择上要注重目标客户群，不能为了发展下线而凑人数。"

"但是你要知道，我们这个不仅仅是销售产品，更主要的是发展壮大我们的团队，没有团队的持续发展，就失去直销的意义。你认为呢？"中年女总监辩驳道。

"你说的也是一种观点，我保留自己的理解。"李西风扫视了一圈凌云的同事们，保持着微笑。

中年女总监不太高兴地说："我能给你提个小小的意见吗？"

"你说，你说。"

"你说话的时候能不能看着人说？而不是眼神游离地跟我们交流。这对人不太礼貌，你认为呢？"

李西风一听，心想：我什么时候眼神游离了？但依然保持微笑，"眼神游离？没有没有，我只是扫视了一圈。"

"那可不是扫视。"中年女总监继续肯定道。

李西风坚持微笑地回道："真的不是眼神游离。如果大家觉得我不礼貌，得罪了各位，我表示抱歉。对不起！"

"哎，没关系。你这态度还是很好的。帅哥啊，我看你也相貌堂堂，你可要对我们凌云好啊，我们凌云可是个好姑娘。"

这时的凌云跟李西风根本没心思听她们啰唆，只想赶紧撤离办公室，往尚美酒店走去。

许大基趁路子文不在公司，三天两头溜到波波办公室，给波波洗脑。目的只有一个：就是忽悠波波与路子文分家，跟他合作做公司。吹嘘的资本就是他手里有大把的客户资源，这是路子文不具备的。在他的轮番洗脑之下，波波多多少少有些动摇，对于他来说，拿到手里的钱才是钱，而路子文给出的愿景最多也只能算是一张美丽的大饼。许大基给波波洗脑的同时，也不忘跑到李西风那里卖乖示好，故意在不经意间提起某某项目有资源，只要他去谈拿下不是问题，就是自己做不了，要是李西风有兴趣跟他合作，两人强强联手，有大把的钱可赚。从这一点上来讲，许大基还是很清楚自己的优劣势，他知道自己不具备的力量，需要李西风这样的人去填补自身的软肋；相比之下，路子文就显得有些刚愎自用，一言堂让员工有时难以接受，特别是对于波波这种性格的合伙人，更是有一股潜意识的反感。

在李西风的配合下，波波把汗蒸房的全套视觉系统设计完成。顾好跟客户约了提案时间，路子文的电话却一直无人接听。小瞿、波波、李西风挨个打了一遍同样无法接通。李西风只好提议既然设计是波波做的，那就由波波跟客户阐述视觉方案。在联系不上路子文的情况下，众人只能一致同意。

此刻的路子文并不是因为手机丢了抑或不在服务区才无法接听，而是待在刘眉眉的公寓里缠绵悱恻、卿卿我我，为了避免外界的打扰，他拔了自己的手机卡。

刘眉眉从后面抱着他的腰，"刚才看了一眼窗外，满眼雪白。"

"是吗？"说着路子文撩开窗帘看了一眼，"还蛮大的。"

"新闻上说是暴雪。"

"已经成灾了。"路子文话音刚落，床头柜上的手机响起。刘眉眉拿起一看，皱了一下眉。

"干吗？"刘眉眉语气明显有些不快。

"你在哪呢？"路子文歪过头，伏耳听到听筒里一个男人的声音。

"我在哪跟你有关系吗？"

"想你了，打个电话也不行吗？关心你，来看看你。"

"来看我？你在哪呢？"

"你公寓楼下。"

"我不在家，这两天出差在外地呢。你回去吧。"刘眉眉一边说一边跑到窗边撩开窗帘，一个跟她年龄相仿的男子正坐在摩托车上打着电话。她立即给路子文做了个手势，让路子文穿衣服。路子文不知怎么回事就在她的另一只耳边问："怎么了？"

刘眉眉掩住听筒，"我前男友，在楼下呢。"

"我看你窗帘拉着两三天了，可是晚上我看见有灯光亮着。我知道你就在家里。"摩托男说。

"怎么可能？真出差了，钥匙放在小姐妹那，她可能去住过。"

"你别跟我撒谎，你肯定在家，是不是有别的男人在？我现在就上去看。"摩托男从摩托车上跨下来，接着说，"你等着。"说完摁了电话。

刘眉眉睁大眼睛跟路子文说："赶紧穿衣服啊，他要上来了。怎么办？怎么办？"

"不是前男友吗？分手了怕什么？"

"我上周才提出的分手，他不同意，死乞白赖盯着我。快快快，快想办法啊，他上来了。"

"赶紧给他打电话，哄他，哄他应该有用。"

刘眉眉点头如捣蒜，"你怎么不听话呢？我真出差好几天了，不信，你就上去敲门。这才分开几天呐就不听话了，还怎么让我跟你继续？"

"我有钥匙。"

路子文伏耳听到这句话，瞬间脑袋一炸，"哪来的钥匙？"

刘眉眉掩着听筒回道："让他还，他没给。我还没来得及换锁。现在怎么办？"

"继续哄啊！"

"家里没人，你有钥匙也没用。乖，听话，回家吧，听说盐海下大雪，外面挺冷的，别冻感冒了。"

路子文耳朵贴着门，已经听到噔噔的脚步声。

"我不冷，就是想你。"说着脚步已经从二楼往三楼的台阶迈。

"你要是真想我，就乖乖地听话，等我回去找你。你现在这样，假如我闺蜜跟他男朋友在里面怎么办？你这不是弄得我很难堪嘛。我跟你发誓，我真出差了。"

"真的？"摩托男在三楼楼梯那停住了脚步。

"我骗你干吗？你自己也有钥匙对不对。就怕万一闺蜜跟她男朋友在，不是吓着人家啦？"

"那你什么时候回来？"

"就这几天吧，回去就找你。"

"那你答应我，不能离开我。"

"总得等我回去再说吧。外面冷，你快回去吧，别冻坏了。"

"那你别骗我。"摩托男不放心地追问。

"又来了，听话，赶紧回家，下雪天骑车小心点儿。"

路子文伏在门上的耳朵又听见脚步噔噔的声音。刘眉眉挂断电话，隐蔽在窗帘后面，撩起一点点观察着楼下的摩托车。

"怎么没走呢？"路子文走过来说。

"再等等。"

摩托男踩着雪跨上摩托车，戴好头盔，用脚打开车撑，离开了刘眉眉的公寓。

"吓死我了。"刘眉眉说着拍拍自己的胸脯。

"冻死我了。"路子文说着打了个激灵。

路子文跟刘眉眉在雪天躲过一劫，回到公司又被李西风、波波说了一顿。波波甚至非常恼火地责备说："如果再这样下去，就不玩了。"顾好给他煮了杯咖啡，说了一些许大基忽悠波波跟李西风的情况。小瞿又跟他汇报了汗蒸房提案的事与工作推进的状态。路子文一下子脑袋炸裂、一团乱麻。本想回到公司能休息两天，没想到因为自己的贪欲，堆积了一箩筐的问题。不过，他知道面临这种情况，该如何稳住自己，然后一步一步去解决。可是，事情并不如他想象得那么顺利。就在他一项一项着手去推进的时候，出事了。

由于路子文连续几个星期没有回家，引起了苏莉的怀疑，便打电话给顾好，顾好照例用她的太极方式给挡了回去。可这一次她的迂回战术没能打消苏莉的疑虑。电话追踪到李西风那里，他处理得还不如顾好。只说是因为新接的项目头绪比较多，天天加班到夜里，都睡在办公室，大家比较疲劳，一两个电话没接到也属正常，让苏莉多理解。这种官方式的辟谣在苏莉那里简直是蜻蜓点水、一文不值。

　　苏莉看上去是个柔弱的女人，实际骨子里刚强坚韧，是那种外柔内刚型的人。虽说跟路子文结婚后一直在家带孩子，没有再出来工作，一心相夫教子，不问世事，可她天资聪慧、敏锐过人，利用路子文的QQ联系人，找到了怀疑对象刘眉眉。路子文平时已经非常小心，但苏莉用的是逻辑筛选，先是挑选出她认为值得怀疑的好友姓名，然后再一个个发出打招呼的表情，等待着对方的反应。之所以不选性别，那是因为在她看来，性别跟年龄一样可以作假，根本无迹可寻。而直接打招呼就不一样，是同学、朋友、客户，还是暧昧的女人，语气与说话方式都不一样，用这个逻辑加上女人天生自带的第六感，基本上就可以确定对方与路子文的关系。

　　在她筛选出的好友目录中，一个名叫"小鱼儿"的头像闪动，她点开一看是个红唇的表情。这个红唇立即引起她的注意，她认为这个"小鱼儿"的可疑级别十个加号。不单是因为红唇是亲密层级的符号，普通关系不可能用红唇表示打招呼的回应；更重要的是这个名字也相当可疑，点开一看是路子文备注的名称，原名叫——沙漠海，看上去是个男性化的名称；而路子文备注的"小鱼儿"体现出的关键词是：可爱、可怜、观赏、疼惜，并且任何鱼类都带着腥味，恰好符合偷腥的意思。便敲出："干吗呢？"

　　"上班呢？你在干吗，办公室抽烟？"苏莉一看，这个女人对路子文的日常状态极其熟悉。

　　"又被你猜中了。晚上一起吃饭吧？"

　　"吃什么？吃饭可以，但是我要先去他那把衣服全拿回来，要晚一点。"

　　"你想吃什么？他怎么样。"

　　"啊？没怎么样。就是告诉他我出差回来了，去他宿舍拿衣服。你放心，肯定不在他那过夜。"

　　"哦，那在哪过夜？"

　　"你不是要请我吃饭嘛，怎么说起过夜了？"

"想好吃什么了吗？不跟他过夜那就跟我过夜吧。"苏莉还不忘在结尾加一个邪恶的表情。

"吃你！一天到晚就知道过夜。"聊到这的时候，苏莉已经基本确定对方就是让路子文有家不归的那个女人。但是苏莉并没有勃然大怒，而是冷静地继续敲出，"对了，你们公司最近工作怎么样？"

"怎么突然关心我的工作啦？还不错，现在房地产这么火，哪个楼盘卖得不好啊！"

"那你们楼盘跟隔壁楼盘比呢，哪家卖得好？"

"蝴蝶湾肯定没我们中远山庄卖得好呀！"

苏莉又确定了刘眉眉的工作地址。

"那你这个月发了。"

"我一个销售主管发什么，我们总监那才是发了呢。"苏莉又确定了刘眉眉的职务。有了工作地址、职务，她只要去楼盘假装客户就可以确认哪一个是"小鱼儿"，并且拿到她的电话。

苏莉以一句"有事先下"结束了这次非同寻常的网络聊天。

纸终究包不住火。刘眉眉去前男友那拿了衣服，回到家等了半天不见路子文来电，便给路子文拨了过去，问路子文在哪吃饭。路子文一头雾水地问吃什么饭，刘眉眉劈头就是一句，"不是你白天在QQ上约我吃饭的吗，怎么扭头就忘了？"路子文一听，心想：完了，肯定是苏莉。不可能是号码被盗，被盗只会骗钱，不会约人吃饭。只有苏莉知道他的登录密码。他一直想改密码，却怕苏莉怀疑，可没想到，还是被苏莉发现了。路子文随即跟刘眉眉说："那不是我，是我老婆。你这条'小鱼儿'被人钓了。"

哪还有吃饭的心思，刘眉眉害怕地问道："怎么办？怎么办？"

路子文冷静下来，翻开聊天记录发现已被删除，他知道苏莉肯定已截屏保存，便问刘眉眉具体聊了些什么，刘眉眉尽可能地回忆了白天两人的聊天内容。路子文听后，嘱咐她，在售楼处上班的时候要注意30岁左右的女客户，苏莉可能会去售楼处。刘眉眉一听就慌了，忙问："那她打我怎么办？"

路子文说："不会的，苏莉不是那种女人。我会把她的照片发给你，你自己注意。"

"那我直接辞职算了，她如果去闹，太丢人了。"

"她如果闹就好了。"路子文毕竟是最了解苏莉的人，他知道以苏莉的性格是不可能跑到售楼处去闹事，最多也就是去看看刘眉眉长什么样。根据聊天的内容，苏莉已经确定"小鱼儿"的身份，但是她并没有打电话问路子文。这说明，她在等路子文自己当面交代，看路子文什么态度。苏莉不是个冲动型的人，她知道自己要什么，不要什么，可以忍受什么，不可以忍受什么。当务之急，路子文必须回去跟苏莉当面解释。但是，毕竟他理亏，心里还是犯怵，便全盘告诉李西风事情的来龙去脉，希望李西风能同他一起回家，帮他挽回一些局面，因为他内心深处非常惧怕离婚。同时，他也非常清楚，他离不开苏莉。如果不是苏莉，路子文是不可能在外面这么放手做事的。苏莉大门不出二门不迈地照顾家庭，使他没有任何后顾之忧。正因为这样，他才会有胆有识地撸起袖子加油干。对于苏莉的情分，没有人再比他自己清楚。不管什么时候，他都不希望跟苏莉的婚姻发生崩塌。

李西风拒绝了帮路子文给苏莉做工作，原因很简单，清官都难断家务事，更何况是这样的事，更不适合外人介入。路子文硬着头皮回了家，但是只字未提聊天记录的事，更没提"小鱼儿"的事，因为与苏莉两个人太过了解彼此，他知道一旦捅破这层窗户纸，就面临婚姻的解体。他采取的方式就是只要苏莉不提，就当作什么也没有发生。用这种拖延战术来回避问题，虽然知道回避也没什么用。

苏莉判断准确，她知道路子文回家什么也不会说。但是，从她的角度而言，她不仅仅无法忍受"小鱼儿"的出现，最无法忍受的是路子文的沉默不语。她的内心像搁着一座大山，压抑得喘不过气，感觉自己在崩溃的边缘游离，随时有跌落悬崖的危险。她的世界好像什么都碎裂了，一日一日地做饭、洗衣是碎裂的，一月一月地照顾家庭是碎裂的，一年一年爱的坚守是碎裂的。满腹的委屈无人倾诉，表面的坚强是给别人看的。她感觉自己再也撑不下去，必须找个人说说心里的伤，然后再去整理收拾那一层一层的碎片。

几天之后，苏莉带着哭腔给李西风打来了电话，"西风，你方便吗？"

"怎么了？怎么了？你先别哭，有什么话慢慢说。"

一听到李西风的声音，苏莉哭得越发厉害，那哭声里充满酸楚与委屈，"我实在没办法了，觉得自己要崩溃了，这个城市我谁也不认识，只能打给你。对不起，对不起。"

李西风一时不知如何劝解，"你先别着急，有什么事慢慢说，没什么是解决不了的。你给我打电话是对的，我跟路子文是朋友，那我们就是朋友，既然给我打电话，说明你信任我……先告诉我，你现在人在哪里？"

苏莉由一开始的抽泣变为撕心裂肺地痛哭，话不成句，"我真的没办法……我不知道该怎么办……我尽力了……这么多年，我对他一心一意，照顾一大家子……带孩子，还要我怎么样……还想我怎么样？"

"我知道，我知道。别人不知道，我还不知道吗，你从结婚到现在几年如一日，太不容易了……你先告诉我现在的位置。"李西风觉得先要确定她的位置是否安全，然后再聊事情。

听筒那头的苏莉泣不成声，像是要把累年的委屈全部倒出来，他无法想象一个女人在这么多年当中承受了什么，他所能听出来的只有孤独、无助、迷茫、心酸。李西风不再说话，他觉得此刻应该让她先把情绪发泄出来。沉默片刻之后，苏莉的哭泣逐渐舒缓，李西风便接着问："你先告诉我，你在哪里？"

"我在路上呢，准备接路奇奇放学。"

"发生了什么事？"

"他在外面有女人了。"

"你确定？你怎么知道的？"李西风只能装糊涂地问道。

"我在网上发现的。他最近都不怎么回家，我就发现不对劲。虽然之前他加班也经常不回家，但这一次不一样。"

"你们俩吵架了？"

"没有。你知道的，我们根本吵不起来。他回来什么也没说，好像什么也没发生过一样。"

"什么也没说？你们俩没坐下来好好沟通一下吗？"

"我最伤心的是他竟然当作什么也没发生过一样，我受不了了，一下就崩溃了。这个城市我只认识你，只能给你打电话。"

"我知道我知道。你随时都可以给我打电话。但是你应该清楚，这种家事，而且还是你们两口子之间的事，有些话，我不太好说。这事呢，既然已经发生了，着急也解决不了，还要从长计议。你受的委屈，我都懂，都明白。你先这样，缓解一下情绪，然后去接路奇奇放学。这边，我来给他打电话，跟他好好谈谈，希望他能听进去我的话，回去跟你深入沟通，至于怎么处理，还要你们自己去衡量。"说到这，李西风停顿了片刻，大脑迅速运转，他在思考怎么遣词造句先稳定苏莉的情绪，让她不至于想不开，"我作为你们两口子的朋友，肯定是希望你们俩能好好生活，他虽然做错了，而且不可原谅。但是，再退一万步讲，想想路奇奇都这么大了，总不能让一个孩子受苦吧，怎么说孩子是无辜的。对不对？"

"我知道。如果不是看在孩子的分上，我知道自己该怎么做。反而，现在不知道该怎么办了。"苏莉慢慢止住抽泣。

"那你现在先去接奇奇放学。我先跟他聊聊。"

"西风，对不起啊，让你费心了。"

"见外了。你先平缓一下情绪，路上注意安全。"

李西风摁住路子文整整谈了一夜，小瞿在一旁端茶倒水也陪了一夜。早些时候，小瞿提议让顾好去陪陪苏莉，被李西风否决。理由很简单，这种家事还是越少人知道越好，让苏莉一个人静静，不一定是坏事。

自从小瞿做了路子文的助理，顾好的工作轻松了许多。但是，知道了凌云跟李西风走得越来越近，顾好的心情差到极点。虽然她表面依然傲气十足，但心里碎成一地，所以她报了个导游的课程，来转移自己的注意力。

第九章

因为路子文的放任自流，公司的运转还是出现了一些问题。开会的时候，波波跟路子文发生了激烈的冲突。先是小瞿汇报完甲方的装修进度，"已到了软装的环节，下面就是门头的装饰。"路子文大手一挥，"视觉是波波负责的，还由你监督。主要是材质与灯效。"波波皱了皱眉没说什么。接着顾好说根据李总监的推广计划，几个媒体已经全部投放到位，但是甲方迟迟未支付第三方的费用。路子文又大手一挥，"波波，你先盯一下。风子刚回盐海，媒体各方面还不熟。"

"那你干吗？"

"我手头要处理一些私事。"

"是不是除了这个汗蒸房的案子，我们就不做其他项目了？"波波仰着头责问道。

"不是，你什么意思？"

"没什么意思。你这大手一挥，都由我去解决。那公司其他的活就不接啦？不做啦？也都由我去做是吧？这公司是我一个人的吗？都该我一个人干吗？"波波反问道。

"你哪根筋搭错了？我跟你讲，我烦着呢，别惹我。"

波波听到这话，一巴掌拍在桌子上，震得顾好面前的笔都跳了起来，"你烦关我屁事啊？有你这样做公司的吗？能不能做了？不能做就别做，趁早散伙。"

路子文嚯地跳起来，拿起文件夹就砸向波波，接着冲过去，被李西风拦住，"都冷静冷静。有什么话，换个地方谈。在公司吵架太丢人了，外面还有一堆员工呢。"

"有话好好说，有话好好说。"小瞿边说边把波波推出会议室。

这边吵架还没消停，刘眉眉那边就来电话了，给路子文来了两个通报：一、她怀孕了要把孩子生下来，但前提是他必须跟苏莉离婚；二、如果路子文坚决要打掉孩子的话，那她就死给路子文看。

看上去是道选择题，实际上是道必答题。路子文问李西风怎么办，李西风说："我给不了你答案。解铃还须系铃人，结是你自己打的。"

路子文当然不想要孩子，但也不想失去刘眉眉，的确，苏莉的隐忍让他产生了侥幸心理，在他看来，他觉得两者可以兼得，所以他觉得他只要想办法让刘眉眉打掉孩子就好。

可刘眉眉的想法很简单：我要跟这个男人结婚，孩子是要挟的筹码。路子文已无心处理公司的事，把事情丢给李西风。李西风还是希望他能把公司这个平台良好地运营下去，毕竟是运作两三年的成果，走了那么多弯路，流了那么多汗，熬了那么多通宵，不能因为生活上出现一些意外而放弃。为此，他约了波波，带着小瞿与顾好四个人好好地聊了一下。但是推心置腹的结果会怎样，他心里一点儿底都没有。因为他从波波的话里听出有一个"鬼"在后面作祟，挑拨着路子文与波波的合作关系。那个"鬼"就是许大基。

路子文还是用自己的三寸不烂之舌说服了刘眉眉把孩子做掉。他请李西风帮忙，一起把刘眉眉送进手术室，走出来跟李西风在走廊的尽头抽着烟。

"以后这种烂事别找我。"

"不会再有的，这次完全是意外。"

"这事会遭报应的。"

路子文刚想要辩解什么，就听见手术室里的叫声。路子文跟李西风面面相觑，大气都不敢出。忽然一阵风从走廊席地吹过，惊起李西风一身鸡皮疙瘩，浑身的汗毛立马竖了起来。

刘眉眉是扶着墙走出来的，脸色煞白，像从鬼门关走了一遭。与路子文的轻松之感形成强烈的反差。

凌云跟李西风商议，找个合适的时机见见她的父母。因为她妈妈说了好几次，如若不见情理之上说不过去。于是，她在一个中午时分突然给李西风打来电话，让李西风到她家吃饭。李西风迟疑地问为什么这么突然，她回道："中午有亲戚来家吃饭，他们都想见见你。"李西风回了句，"又是一群人看猴啊？"

凌云哄道："乖，听话，让你来就来，还能吃了你？有我在，你怕什么？"

李西风见状也不好再拒绝，只好硬着头皮去了。半路上，李西风觉得这样空手去拜见她的父母好像不礼貌，但为了赶时间去超市采购已经来不及，只能将就着在路边的水果店买了个果篮。

跨进那个小四合院，一大桌子人都在等待李西风。凌云挨个介绍了一遍，到最后一位的时候，他已经忘了上一个人是谁。凌云的父亲给李西风倒了一杯酒，李西风推脱说不能喝酒。她父亲就说："一看就知道能喝酒，还蒙我老头子。"李西风只好硬着头皮跟她父亲干了一杯，然后主动给她父亲斟满。按照逆时针的顺序，李西风敬了一圈酒，三杯下去，脸红心跳，但是情绪已经舒缓，那个紧张的神经终于在酒精的作用下平静下来，便端起杯继续敬她父亲，老头儿高兴地喝了一口，对着凌云说："这小子挺能喝啊，我看起码一斤的量。我老头子肯定不是他的对手。"

这种不算正式的拜见却正式得到了凌云家长的许可。没过多久，凌云便提议去见李西风的父母。为了缓解尴尬、调节氛围，李西风特地拉上路子文两口子作陪。苏莉心情不好，但因为是李西风的事，还是带着儿子路奇奇一同来到李西风家里。路子文为了讨好苏莉，亲自掌勺，说要为大家露一手。这一天因为路奇奇的加入，在一派祥和的气氛中完成了凌云的愿望。

按说，两个人都得到了双方父母的肯定，应该往结婚日程上走。可，这时却有了异议。凌云的二姐凌雨坚决反对，其理由是：没房、没车，妹妹嫁给他不会幸福，会苦一辈子。凌雨不但自己在凌云耳边成天念叨，还让大姐凌风、父母同时给凌云施加压力。凌雨还给李西风打过电话，让他放弃她妹妹。

李西风再次跟凌云见面的时候，凌云好像什么也不知道，上来就吻李西风，他的回应略显生硬。女人的直觉向来很准，便问李西风怎么了，李西风没想好怎么开口，就说这两天有点累。待李西风围着浴巾出来的时候，发现凌云的神情不对，就上去抱着她问："怎么了？"

"原来有人约啊，怪不得这么不专心呢。"

"什么莫名其妙的？"

"自己做的事自己不清楚吗？"

"我清楚什么？都不知道你说什么。"

"再狡辩，再狡辩。我知道你口才好，说不过你。"

"什么情况你直接说，我真不知道你在说什么。"

"自己看。"说着凌云把李西风的手机递给他。

李西风打开一看，是顾好的短信，"风哥，晚上一起吃饭吧。"

"怎么了？"

"没怎么，就是想跟你一起吃个饭。这么个小愿望也不能满足我吗？"

"不可能。肯定有事，说吧，又受什么委屈了？"

"还是风哥了解我。没什么事，就是心里难受，想找人说说话。"

"我还有这个功能？"

"当然。你是我心里的神，跟你聊聊，我心里就平静了。"

"把我当安眠药了？"

"你是毒药。"

"那你可不能碰，免得中毒太深。"

"死了更好。"

"越说越远。明晚吧，今晚有事。"

李西风眨眨眼，"顾好的短信，怎么了？"

"两个人聊得挺欢啊！"凌云讥笑着在鼻孔里哼出声。

"同事约我吃个饭怎么了？再说，你们还是朋友，要不然我也不会认识你。"

"她这是明显想你的心思，别告诉我你不知道。"

"是，我又不是傻子。但是我一直跟她保持着距离，注意分寸。"

"我怎么没看出来。还什么'还是风哥最了解我……跟你聊聊，我心里就平静了'。"

"你这是吃的哪门子醋？一个小姑娘心里难受，不管是作为同事还是作为朋友，关心一下不过分吧？"凌云噘着嘴，不说话。李西风接着说，"如果我跟她真有什么关系的话，我肯定把短信删了，是不是？那样你也看不到，也不会知道。但是我没有删。"李西风再次抱着凌云，说，"别吃无名醋了，醋大伤身。"

"哼，我才没有。"

"死鸭子嘴硬……我还真有件事要跟你说，先说好，不许发脾气。"

"你可别吓我。"凌云认真道。

李西风清了清嗓子认真地说："凌雨这几天打了好多电话给我，你知不知道？"

"啊？真的假的？"

"我有那么闲吗？"

"她都跟你说了什么？"

"说了很多。归纳起来就是让我跟你分手，说我没房、没车、没钱，给不了你幸福。"

两个人忽然陷入了片刻的沉默。

"她是一直劝我离开你。但，我真不知道她给你打电话，我发誓。"

"你是不是动摇了？"李西风停顿了一下，像是思考着什么，接着说，"如果你动摇了，或者是也有这个想法，一定要告诉我，我不希望你有任何的压力或者是无奈。"

"如果我有这个想法，现在还会跟你在这吗？她也是为我好，希望我能嫁个条件好的，有房有车。你应该理解。"凌云把脸贴在李西风的胸口上说。

"当然理解。要不然我也不会说刚才那样的话。"

"我爸妈是很喜欢你的，就是我二姐看你哪都不顺眼。"

"我也很好奇她为什么就跟我过不去呢？从第一次见我就讨厌我。说句不好听的话，你别生气，她是不是脾气古怪？"

"你才脾气古怪呢！"说着掐了一下李西风的胳膊。

"那她怎么看你谈恋爱，就看不惯。然后千方百计要拆散我们？她谈过恋爱吗？"

"她也谈过一次，但是那个男的后来跟别人结婚了。"

"怪不得。是不是从那之后脾气就变了？我跟你说，肯定是这个原因，她不单看你恋爱不顺眼，她看所有幸福的恋人都不顺眼。"

"你不说我还不觉得。你一说，好像还真是那么回事儿。"

"对吧。"这时，床头的手机响起，李西风瞄了一眼：说道："是你的电话。"凌云伸手打开手机，无奈道："是我二姐。"

"什么事？我在上培训课呢。"

"你在哪呢？"

"我说了在上培训课呢。"

"我就在办公室呢，你根本就不在。说，在哪呢？是不是又跟那个李西风在一起呢？"

"我在外面给客户送产品呢。什么事？没事挂了。"

"你给我赶紧回来。我先不跟你说，回来再教训你。"凌雨说完啪地就挂断了电话。

"你二姐找你干吗？"

"没事儿。问我在不在公司，她一个同学要买产品，让我送过去。"

"她没怀疑你？"

"管她呢。怀疑就怀疑吧。她不谈恋爱总不能阻止我谈吧。对了，想起个事，前几天跟我姐的那个同学约好下周去做体检。"

"要产品的那个？"

"嗯。下周你跟我一起去。"

"我去干吗？"

"体检啊。要是有个传染病那不是影响下一代吗。"

"你的意思是我有病？"李西风皱着眉头问。

"就去抽个血，你紧张什么？"

"我不是怕抽血。"李西风笑笑，"只是觉得突然，怎么好好地想起体检了？"

"体检正常的呀……放心，白天去，不会影响你跟顾好约会的。"

"又来了。"

李西风还是没拗得过凌云，跟着她去了医院抽了一管子血。看着深红、带着自己体温的血液，李西风觉得头皮一阵发麻，像是灵魂出窍一样。随即，从通道里吹过一阵风，激起他一身的鸡皮疙瘩。凌云很开心地抱着李西风说："这才乖嘛，晚上跟顾好吃点好的补补。别老想着我。"

顾好的确点了很多菜，弄得李西风很不好意思地说："两个人点这么多，不怕长肉啊？"

"长肉就长肉呗，反正也没人喜欢我。"顾好俏皮地翻着白眼。

"别的女孩每天都嚷嚷着减肥。你，好嘛，要增肥。"

"跟凌云打算什么时候结婚啊？"

"干吗？等着送大礼啊。"

"是呀是呀。我肯定给你包个大红包。"顾好端起酒杯一口就干了杯中的红酒，接着说，"要不然都对不起我自己。"

李西风笑着摇摇头，"干吗这样说呢？"

"可不是吗？我把一份美好的礼物拱手送给了别人。"

"你这样说，我鼻子都酸了。"李西风仰头干了杯中的酒。

"说了你可能不信，我后悔了。我后悔那晚阻止你，我后悔当时为什么要那样说，我后悔自己为什么那么懦弱。"说完端起杯又一口干掉。

李西风拦都拦不住，"红酒不是这么喝的，大姐。你这是求醉是吗？你这样，我会很难受的。你是个特别好的姑娘，真的。可能是我们没缘分吧。"

"缘分？呵，是我把缘分拱手让给了别人。"

"别这样。至少我们还是好朋友。"

"好朋友？我就是个胆小鬼，在感情面前是个胆怯的懦夫。哪怕我有一点点勇气，只要一点点，我就不会亲手放下上天送给我的礼物……真的，在感情里思前想后就是扯淡，什么门当户对，什么有房有车，什么正当职业，都抵不过一个心安的拥抱。特别是跟自己喜欢的人拥抱。"说着顾好双眼噙满泪水，李西风抽了纸巾递给她，她倔强地用手背擦了一下。

"你还小，不懂。现实虽然残酷，但还是很重要的。那是感情的基石，否则再深厚的感情在风雨面前也会轰然倒塌。"李西风心有感触地喝了口酒。

"我承认我的阅历不够，但我的感情是真挚的，跟任何一种感情相比，都是平等的。不比任何一个人矮半截。难道你不认为爱比其他任何东西都重要吗？我眼中的李西风，不应该是个随波逐流的人。"

"我就是普通人。你要知道爱与婚姻是两码事，虽然每一种感情都是平等的，但在婚姻里没有平等。"话音未落，李西风的手机响了起来，打开一看是凌云，他举起手机在顾好眼前晃了一下，"凌云"。

顾好脸颊挂着泪，刻意地微笑了一下。

"培训会结束了？"

"没呢，中间休息，给你打个电话。"

"哦。这是查岗？"

听筒里传来嘻嘻的笑声，"谁要查你？我就是问问你跟顾好吃什么好吃的？"

"顾好，你跟她说。"说着李西风要把手机递给顾好。

"不要。我就要听你说。"

"别闹了，有什么吩咐？说吧。"

"就是告诉你，上午的检查结果出来了。"

"怎么样？"

"不太好。"

"我真有病啊？"

"少贫嘴，是乙肝携带者。"

"危险吗？"

"乌鸦嘴，以后不要老熬夜，也不能瞎喝酒。"

"遵照执行。没事了吧？没事挂了。我还要跟顾好喝酒呢。"李西风故意说道。

"就那么着急陪顾好啊？晚上你到西环路订个酒店，帮我下载一部电影，等培训会结束回去看。"

"什么电影？"

"好像叫《死亡列车》。"

"没听说过。这电影有什么特别的吗？"

"同事推荐的，说是恐怖片，我喜欢看恐怖片。"

"一听这名字就不是什么好看的电影，还是尚美吧，好好的换什么酒店。"

"我明天一大早要回家拿产品送给客户，换西环路的酒店不是近一点嘛。"

"住尚美也一样啊，又不远。别换了，我住习惯了，不喜欢陌生的地方。"

"让你换你就换，哪那么多理由。偶尔换个地方不也挺好的嘛，老住一个地方有什么意思。约完会就去吧，等着我，亲爱的，听话。"

李西风刚要说话，凌云已经挂断。他摇摇头，"不好意思啊。难缠。"

顾好生硬地挤出一丝笑容，"你真的很爱她！"

把顾好送上出租车，李西风去了凌云指定的那家酒店。办好入住手续，李西风又在隔壁的便利店买了包烟，还有一些零食，提着笔记本就进了415房间。他先冲了个澡，发现这个酒店居然连一次性拖鞋都没有，而是用的那种塑料拖鞋，走在卫生间的地上脚下会打滑，这让他对这家酒店的印象更加不好。

插好网线，李西风开始在网上搜索那部叫《死亡列车》的电影，他给凌云发了短信，告诉她酒店已订好，房间号是415，电影正在下载中。

接近凌晨，凌云才到宾馆。李西风摸摸凌云的脸说道："外面冷吧。"凌云抱着他，把双手插在李西风的腋窝下面，"这里最暖和了。"

凌云冲完澡，围着浴巾走出来，"这个酒店怎么连个一次性拖鞋也没有，竟然用塑料拖鞋，差点儿滑倒。"

"嗯，让你别换你非要换，我也差点儿滑倒。"

"我哪知道环境这么差，从外面看还不错呢，里面……唉，早知道应该听你的，还住原来那家就好了。"

"你就是作。我住过那么多酒店，哪个酒店感觉好不好看一眼就知道。你电话里说在西环路，我就知道不是什么好酒店。还非逼着我订，居然还把我电话挂了。"

"知道啦，知道啦，你赶紧去刷牙，等你一起看电影。"

"这电影我才不看，谁推荐你看的？"

"啰唆死了，赶紧去刷牙。"说着打了一下李西风的屁股。

李西风踏进卫生间，在盥洗池那漱了一口水，开始刷牙，没刷两下发现淋浴间的花洒还在喷水，溅得半圆形集成浴间的底部发出噼噼啪啪的声响。李西风在农村长大，从小习惯了节约的生活，甚至有时候成为一种潜意识的强迫症，看到类似的情况就忍不住去说，去纠正。李西风放下手中的牙刷，探出头在卫生间门口说："你洗完澡怎么不关水啊？"

"啊？"

"你洗完澡为什么不关水？"

"可能忘了。你关一下不就行了。"

李西风站在盥洗池面前的脚没动，侧弯过腰身，一边关外面的开关一边念叨："太浪费了。"关完水，他又继续刷牙，没刷几下，发现花洒还是在喷水，打得半圆形的浴间地台噼啪作响。李西风含了一口水，漱了嘴里的泡沫，把刚才的动作又重复了一遍：站在盥洗池面前的脚没动，侧弯过腰身，发现冷热水是分开的，于是又关了另外一个开关。但，这一次侧弯的腰身没那么幸运，随着脚下塑料拖鞋的滑到，啪的一声，他的左侧肋骨狠狠地砸在半圆形的浴间地台上。这一砸，瞬间让李西风觉得一口气怎么也倒不上来，好像随时要吞进去那口气一样。眼前一阵晕眩，他想喊叫，但是发现自己的那口气还是倒不上来。听见啪的一声，凌云赶紧从床上跑过去，发现李西风趴在地上无法动弹。

"怎么了？"凌云一下子就被吓哭了。

李西风想回答，但是挤不出一个字，只能一个劲儿地摆手。凌云伸手过去拉他，他一直摆手，使出浑身的力气，从喉结深处嘶哑地蹦出几个字："别动……让我……让我倒口气。"大约过了三分钟，李西风终于把那口快要吞下去的气倒了回来，"没事儿……就是滑到了……拉我起来。"说着李西风就去够凌云的手，凌云托着李西风的胳膊，李西风刚站起来，腿一软，又差点儿一头栽下去。

"你把马桶盖放下来……我坐上面歇会儿。"李西风有气无力地说道。

凌云抽泣着说："怎么办怎么办？去医院吧。"

李西风摇摇头，"等会儿……等会儿"他断断续续地从嗓子眼儿蹦出话来。大约在马桶盖上坐了五分钟，再一次尝试站起来，凌云架着他的胳膊走出卫生间，他感觉比刚才舒服些许，呼吸顺畅许多，低头看看砸到的左侧肋骨，没发现任何伤口或者流血，甚至，自始至终一点儿疼痛都没有。他一手扶着墙一手抓着凌云的胳膊走到床边，深深地喘了一口气。

"我怎么觉得脖子好酸呢？"

"哪里？"凌云盯着他的脖子仔细观察。

李西风摸着自己的脖子两侧，"就是这两边酸，很酸，脖子无力。"

"那你躺下来。"躺下来的李西风呼吸平缓，没有了那种筋吊着的感觉。就这么躺了大约一刻钟，李西风觉得肚子发胀，而且，脖子越来越酸，躺着都酸，便说："亲爱的，送我去医院吧。"

凌云慌张得又哭了起来，"不会出什么事吧？"

"不会……让医生看看。"李西风断断续续地用微弱的气息说道。

他试着挺起腰从床上爬起来，挺了两次，都以失败告终。

"帮我一下……我腰一点儿力气也没有。"

凌云拽着李西风的胳膊拉了两次，又以失败告终。

"怎么办？我拉不动。"凌云抽泣着说。

李西风喘了几口气，做了个深呼吸，开始用屁股跟腿往床边挪动，挪一下深吸一口气，终于把自己的下半身挪到床下，说："帮我托一下腰……不要用力，我自己来。"凌云从后面托着他的腰，他自己一只胳膊撑着床边，慢慢地站了起来。

站着缓了两分钟。

凌云从椅子上拿起裤子，先让李西风扶着墙，帮他从脚边套上，两手提到腰间，然后架着李西风的胳膊，李西风自己扣好皮带。两人依靠着墙壁沉默了两分钟。凌云拿起衬衫准备帮他穿，李西风摇摇手，"胳膊抬不了，不穿了，你把外套给我套上。"

"能走吗？"

"没事儿，你扶着我就行。"

关上415的房门，两个人踱步进了电梯，凌云摁下按键，电梯门徐徐地关上。

第 十 章

　　术后第七天，输液开始递减，从一开始的每天十一袋调整到每天五袋，主要针对感染和预防血栓。主任查房时主治医生汇报说，晨血的化验数据不太理想，血小板聚集率持续升高。李西风问腹部的引流管能不能拔掉，主任推了推眼镜说："不能，至少还要三四天，明天先做个'淀粉酶'的化验看看什么情况。"李西风用落寞的眼神望着主任"哦"了一声。主任看他那个可怜样，接着说，"你小子喝了两天粥开始精神了，嫌这引流管碍事？不是已经给你把导尿管拔了嘛，得一样一样来，着急没用。动了手术，恢复是很慢的。你也是命大，腹腔失血那么严重竟然没有休克，还能自己打车过来。我告诉你啊，你再迟来一刻钟，神都没法救你。"李西风看了看自己两只淤青的手臂，动了动脚面淤青的腿，说："我这样还命大？"主任摘下眼镜抓在手里，笑着说："大难不死必有后福，心态要放好，积极配合我们的治疗，什么都别想。"说完就要转身出病房，扭头又说了一句，"我行医二十年，腹腔失血那么多没休克的你是第三个，你小子还自己签的手术同意书，对了，签名很帅啊，练过？"李西风不知该用什么表情来面对微胖的主任，牵动着嘴角微微一笑。

　　小瞿每天去菜场买新鲜的食材给李西风煲营养汤，他从路子文的助理升级成为李西风的专职保姆，路子文给他的任务就是照顾好李西风的一日三餐，满足李西风的所有要求。工作上的事暂时交给了顾好。小瞿问："为什么不让顾好照顾？女孩子照顾不是更仔细吗？"路子文白了他一眼，"你傻啊，凌云白天虽然没时间去医院，她每晚都陪床，天天看到顾好在那不会吃醋吗？吃醋都算小的，指不定出什么乱子呢。女人心海底针，知道吗？"

　　小瞿煲了一锅黑鱼汤，用保温壶送到医院，电梯刚要关闭，路子文拦着电梯门窜了进来。小瞿愣了一下，问他怎么来了，他咂咂嘴，深吸了一口气，说："好几天没来了，来看看他恢复得怎么样。"小瞿回道："好像没什么变化，给他煲的汤也只喝一点。"说着两人出了电梯。

"怎么样？还输着呐，还有几袋啊？"路子文一屁股坐在病床上，看了看李西风青紫的脚面接着说，"这脚不能再扎了。"

小瞿边说边拉起床尾的台板，"已经跟护士说过了。手上也紫了，只能用热毛巾敷一敷。"

"为什么不用留置针？"

"不方便。吃饭、上卫生间都怕碰到。"李西风倚着半躺的床，"小瞿，等我输完液再吃。这最后一袋了。"他让小瞿把刚打开的保温壶又盖好。

"还疼吗？"路子文看了一眼束带缠着的腹部问道。

"已经麻木了。好像比前几天好点儿。"

"小瞿，风子这小拉链一装，以后吃饭什么的就方便多了。饿了，拉链一拉把菜倒进去就行。"路子文又开始拿李西风开涮，他是一日不涮，如隔三秋。

"哎，还真是啊。风哥，你挺前卫呀，太潮了。"说着两个人开怀大笑，李西风像个无心的人似的，也跟着一起傻笑。

"不行不行，不能再笑了，刀口疼。"李西风边笑边说，"你们俩也赶紧装，要紧跟世界潮流。千万别落后于世界的步伐，要做时尚的弄潮儿。早装早得利，早装早享受，一般人我不告诉他。"

"嘻，你看这装了拉链的人就是不一样啊，口才越来越好，小词儿蹦的一套一套的。"

"那是那是，高科技啊。"小瞿咧着嘴附和。

"你们俩是专门过来观摩拉链的？"李西风好不容易控制住气息，问道。

"我在楼下才遇到小瞿。一团乱麻，到你这安静会儿。"路子文说着掏出烟，意识到是医院又放了回去。

"风哥，给你点一根呗，先抽起来。抽完马上刀口就不疼了，比药管用。"小瞿说着自己忍不住先哈哈大笑起来。

这一次路子文没跟着开涮，若有所思地苦笑道："能有你说得这么灵光就好了，昨晚我抽了两包，也没见效。"

"你这情绪不对。怎么了？是苏莉还是刘眉眉？"说着李西风让小瞿把床再摇高一点，他试着找个更舒适的姿势跟路子文对话。

"都不是。"

"汗蒸房的案子进展不是挺顺利的吗，顾好昨天打电话告诉我，说依然按照风哥做的方案执行。"小瞿补充道。

路子文摇摇头。

"你除了在女人方面出幺蛾子，应该不会有其他事。"李西风调侃道。

"常在河边走哪有不湿鞋的。"

"呔，小瞿现在进步神速呀，说话也一套一套的。"李西风也涮了一把小瞿。

"天天跟两个大师混在一块，不进步说不过去。"小瞿嘿嘿地笑道。

"你们俩涮完了吧？"路子文看看面前的两个兄弟无可奈何地说。李西风跟小瞿都没回应，等着他继续，"波波要撤股。"

"撤就撤呗，上次开会不是就要分吗？"

听到路子文这样说，李西风并不惊讶，"天下没有不散的宴席，你挡也挡不住。就是分得不是时候，我现在躺在医院里，小瞿还要照顾我；顾好虽说比较干练，但毕竟是个女孩子，有的事她没法扛；如果波波再带走几个员工，单单靠你一个人真玩不转。"李西风说完，路子文与小瞿都没开腔，他接着说，"还有，波波撤股就会抽掉一大笔的资金，本来还能正常运营，这一抽，运营都成问题。"

"是啊，不是怕他撤股，是这个时候不对。汗蒸房的案子才进行到一半，这时候他撤股，就是釜底抽薪。我是担心要人没人，要钱没钱。"路子文从床尾站了起来，走到窗户边，接着说，"都是许大基在后面挑拨离间，跟波波说，你住院了，一时半会儿没法继续工作，只要波波一走，他手里有大把的设计案子等着波波做。对于波波来说，许大基手里的设计案子就是摆在波波眼前的钞票。"

"你们合作也好几年了，怎么一点儿凝聚力也没有呢？就算没凝聚力，共事这么长时间，就没一点儿合伙人的感情吗？"

"感情？在波波眼里一文不值。他只对钞票有感情。"

"许大基在忽悠他吧，他哪有那么多设计案子。谁不知道许大基是个不吹牛会死的人，难道波波不知道他的口碑？"小瞿犹疑地说道。

李西风抬头看了看输液袋里的药，继续道："许大基忽悠他好长时间了，如果不是我出了事，估计波波不会撤股。一看我这样，他觉得你没有价值，与其跟你这么耗着，还不如在许大基那里赌一把。"

"风子，你分析得挺有道理。我现在能做的就是延迟他的撤股时间，最好能拖到汗蒸房开业之后。这样，就是波波撤股，我也能保证平稳过渡。"

"这纯粹靠运气。"说完，李西风又抬头看了看输液袋的药，随着最后一个泡泡，药液缓缓从输液管下行，他伸手按下床头的呼叫铃。

除了李西风在病床上的煎熬，路子文在事业上的挣扎，与此同时，凌云也正在面临心理上的波涛汹涌。凌云天天待在医院，对家人的说法是住小姐妹家，但"侦探专家"二姐凌雨还是发现了蛛丝马迹。在凌雨的逼问下，她如实交代了李西风动手术的事，并把当天发生意外的前前后后、来龙去脉全部交代得清清楚楚。为的是能得到家人的理解与安慰。但是，她低估了血脉亲情的先天性、压倒性的力量。先是二姐凌雨，"除了之前说的'三无'，现在分手理由又增加了几条……"

凌云试着反驳："一个小手术，以后，注意锻炼就跟正常人一样。"

"你懂什么！后面有的是罪给你受。不信，你问大姐。大姐说话你总信吧？"

凌雨接着把抽人的鞭子甩给了大姐凌风。大姐凌风早已成家，膝下有个7岁的儿子，生这个儿子的时候没少吃苦。

大姐是这么跟凌云说的："我们不能在西风这个时候提分手，我知道，你们感情挺深的，当然，你二姐让你现在就提出分手也不合适，毕竟他还在医院。我觉得等他醒了再说不迟。你一定要记住，哪怕是分手，也要好好地跟西风说，把这里面的利害关系跟他讲清楚，这么长时间以来，我也看得出他是个很通情达理的人，相信他不会为难你。"

凌风说到这的时候，凌云已经泪流满面。这泪不是因为她舍不得李西风而流，也不是因为自己要离开李西风而流，而是，大姐的这一番话确实击垮了她。她没想到这些话能让她触动，没想到这些话能让她有了一丝对未来的恐惧，她为自己对这些话的反应而羞愧，为对这些话的恐惧而心碎。她害怕这种看不见未来的感觉，像在黑夜里四处游荡，遍寻不到自己的藏身之所，通道里的一阵风便能吹散自己。对于一个女人来说，没有这种安全感抑或是这种安全感在流逝，那说明彼此的关系已经走到尽头，仿佛要消失在那幽暗的通道里，一阵风席地吹过，就没了声息。

"你哭什么？哭管什么用啊。你看看你，这几天在医院成日成夜地不睡觉还有没有个人样？谁会念你的好啊？他父母呢？让他父母去照顾，你不要再去了。云啊，我们都是为你好，你看，你这几天没回家，我们也跟着没休息好，替你担心，你看爸爸妈妈眼睛都有血丝了。你就是不为自己着想，也替爸爸妈妈想想，他们年纪也这么大了，你还让他们操心，你忍心吗？就算我跟大姐说得都不对，那你也应该听爸爸妈妈的意见吧？爸，妈，你们说呢？"凌雨看似语重心长地说完，接着把鞭子扔给了父母。

凌云的爸爸跟他的外表与职业一样，是个粗壮的老头。那成天提刀的手又肥又厚，一巴掌能拍死人。凌雨在他面前煽风点火说李西风的坏话，他总是嫌她啰唆，就丢了一句话，凌云的事她自己决定。实际上，在他心里，还是觉得李西风这小子挺不错，从那喝酒的阵势就能看出这小子能成事，是个人才，所谓酒品见人品，大概就是这么个意思。所以，每次凌雨让他禁止凌云跟李西风谈恋爱的时候，他总是问自己，这么好的女婿不要，还要找什么样的？但是，现在李西风被切了脾，他犹豫了，他动了放弃的念头，虽然不懂什么医学，但是他认老辈人传说的死理，那就是动了刀子，开过膛破过肚的人就跑了真气，这人一跑了真气也就是个废人，不能干活，也不会有什么出息。

想到这，老头子悠悠地从油腻腻的围兜里掏出一包"红南京"，打着沾满猪油的打火机，把烟点上，深深地吸了一口，说道："这小子是个不错的小子。可惜啊，怎么摔个跤就把脾摔破了呢？"轻轻地叹了口气，接着说，"这人啊，一开膛破肚就泄了真气……"老头手抖了一下，半截烟灰掉在了围兜上，赶紧用手去掸了掸。

凌云泪水翻涌的眼眶开始慢慢收敛，抽了两张面纸，擦了擦鼻端泪水与鼻涕的混合液。老头看她没表态，便接着说："你要相信爸爸，你妈跟我都很喜欢这小子，可是事实摆在眼前呐，做爸爸妈妈的不能害了你。一辈子的事可不能开玩笑。老太婆你说是不是？"

"云啊，别哭了。你这一哭，妈妈也难受。妈妈也替你可惜，西风是个好小伙子，但是千好万好，不如身体好。我们不图嫁个有钱有势的人家，起码要找个身体健康的，你说是不是？妈妈也知道，让你现在离开她，一时半会儿肯定接受不了，你外婆有话说得好啊，忍了一时痛，才有银子用，要不然，将来苦的是你自己，到时候真是哭都来不及。你放乖了，听爸爸妈妈的话，早了早散，没有负担。"

凌云刚刚守住的泪水在妈妈的话语里又一次决堤，这次决堤不是因为某句话，恰恰是这种血缘里的某种基因挑动了某个根源的念头。而在家人的轮番轰炸与苦口婆心下这种基因慢慢开始接受这种同源的言辞，甚至有一瞬间的认同。但是这种同源的言辞与瞬间的认同，却使理性下的另一个自己完全不能接受，这种来回纠缠，反复侵袭，驱使泪水以无奈的形式溢出眼眶，里面有不甘心、不舍得、不健康这些关键词在倾泻，泻落地面，砸碎沉闷的大地，那鞭子抽在身上的声音，如惊雷般响彻云霄，她听到一声心脏碎裂的巨响，她明白：她害怕了，怕看不见的未来；她妥协了，为了抚平爸妈的担忧；她心凉了，再也捂不热那颗滚烫的心；她失魂了，像一个空灵的行尸走肉。

收拾好心情，第二天凌云没有去公司，而是打电话让小瞿休息，说由自己照顾李西风。昨夜家人的千言万语还停留在心里翻江倒海、犹豫不决。见到李西风她强装微笑地打了招呼，然后去洗手间放一盆热水给李西风擦了一遍身体，李西风顿觉通体舒畅。

她看着李西风，眼窝深陷、脸色惨白、嘴唇翘起干燥的皮。想一想，要跟面前这个男人说分手，心脏就一阵抽搐。她不知道该怎么开口，怎么跟一个刚从死亡线上回来的人说另一件更残酷的事。更重要的是，面前这个输着液的、孱弱的男人还是自己一直深爱的人。这个男人在最冷的季节里给了自己最温暖的怀抱，而眼下，春风柔和、春花烂漫的时候，却要跟这个陪了自己不久的男人说再见，一想到这，眼泪便要决堤。虽然从时间上来说，只有不长时间，但爱情的深浅与时间的长短不一定成正比，此时，他们是坚信相爱的；彼时，相爱也只是一场雪夜浪游，也许这就是宿命。所谓宿命，就是含着泪听春风吹过，看春花飘落。

"怎么了？怎么哭了？"李西风发现了她眼泪滑落。

凌云用手擦了擦面颊的泪，说："没事儿。就是看你的样子心疼。"说着伸手摸摸李西风的脸，极廋，摸不到肉。

"我这不是活着呢吗。一天比一天好，很快就会好起来。"李西风看着她的眼睛说，四月里的阳光从窗户铺洒进来，衬得凌云的头发闪着温暖的光。

凌云没有接话。内心的两个自己在互相碰撞，像两支橄榄球队在拼命厮杀，是理智战胜情感，还是情感打败理智，都在一念之间。无论是哪边的心弦一断，必将如潮水般涌入，填满无底的深渊，往后的日子无疑是灰暗遮蔽，已经不奢求能再见春光。看上去是一道无比正确的选择题，可她自己心里清楚得很，无论怎么选择都将背负"抛弃"的骂名。哪怕是自己一点儿都不在乎别人在背后的唾骂；另外一个声音却在说：你骗得了别人，却骗不了自己。最难过的还是自己的那道"关"，那道所谓的"道德关"。

中午，两个人吃着从医院食堂买的饭菜。李西风盯着凌云吃的莴苣炒肉丝，只觉得口水在舌根蔓延，忍不住地说："我能不能也吃一口？就一口。"凌云认真地回道："不行！医生说了现在还不能吃荤腥。"李西风在她面前一直就像个听话的孩子，只好无奈地说："主要是看你吃得那么香，好想尝一口。"凌云摇摇头。他只好继续喝粥，由于喝得太快，左肩部的一根筋又吊着疼痛起来，吃到一半就痛得满头虚汗。凌云又给他擦了一遍身体，看着他虚弱地半躺在床上，双眼无神，后牙槽不停地翕动，看得出来他在沉默地忍受疼痛。凌云在卫生间一边洗毛巾一边落泪，这一次的落泪，不是因为李西风的疼痛，而是心里另一个理智的自己在说话：吃个饭就疼成这样，往后的日子怎么办？能恢复如初吗？会影响未来的生活吗？大姐凌风的话、二姐凌雨的话，爸爸的话、妈妈的话，一下子全都冒出来。是的，家人肯定是爱自己的，他们肯定是为了自己好，为了自己将来的幸福着想。就是不为自己考虑，也要为家人考虑，不能为了这样残缺的爱情而连累了家人。爱得再深，感情再好，也抵不过现实，将来的日子还是要自己过，守着这样一个男人，假如恢复不好，生活怎么办？再生个孩子，自己无法工作，怎么养孩子？怎么给孩子一个良好的家庭环境？再美的爱情也抵挡不过残酷的生活！到时候叫天天不应，叫地地不灵。想到这，凌云用尽全力拧干毛巾。

"喝点水吧！"凌云一手端着杯子，一手把吸管支到李西风的嘴边。

李西风虚弱地摇摇头。

"还疼？有没有好一点儿？"

"好多了，我再歇会儿。"

凌云把杯子放到床头的柜子上，摸了摸李西风的脸，说："我们说说话吧。"

李西风点点头。

"我今天陪你到晚上，然后小瞿来照顾你。"

"你晚上又要到酒店开产品推荐会？"

"问你个问题呗？"她没有直接回答李西风的话。

"嗯。"

"假如……我说的是假如啊，假如我们分手了，你会不会恨我？"

李西风被她的问题问到愣住，瞪着两只空洞无神的眼睛望着凌云。

"哎呀，我不是说了嘛，说的是假如。"凌云娇嗔道。

李西风回过神来，"假如啊……我没想过假如啊。"他充满疑惑地看着凌云。

"哎呀，你就假设一下嘛。"

"我想想啊……应该不会吧。"

"为什么？"

"没有为什么。我为什么要恨你呢？"

"因为分手了呀！"

"分手，你肯定有自己的理由。我恨也没用。是不是？"

"假如没有理由呢？你也不恨？"

"这样说吧，如果你要分手，谁也拦不住。我恨你又有什么意义呢？"

"真的？我不信。"

李西风笑笑，"真的……我是说我回答的问题是真的；你不是说'假如'吗。"

凌云再一次摸了摸李西风惨白的脸，"亲爱的，我要告诉你一件事，你不要怪我……好吗？"

李西风疑惑地点点头。

"我爸爸妈妈知道你动手术的事了，他们不同意我们在一起。"凌云说完盯着李西风空洞的眼睛，等待他的反应。

李西风听完凌云的这句话，终于明白刚才她问的那些"假如"。头皮一阵酥麻，紧跟着左肩的那根筋一阵痉挛，只听见心脏"咚咚咚"的一阵悸动。本来就羸弱的身体，在听完这句话之后，像一堆摊开的猪肉，四肢散落在床上，没了任何生息。

"我知道，你说不恨我是假的。不企图你原谅我，但请你理解我的家人，他们也是为了我好。毕竟，将来的日子是现实的。"凌云说着泪水溢出眼眶。

李西风依然没有反应。

"你能理解吗？"凌云哽咽着问。

李西风努力地让摊在床上的肉体有所反应，可心有余而力不足。

"真的。我真的不指望你原谅我。我希望你恨我。"

隔壁病床的大姐进了手术室还没回来，第一床的大爷请假回家给孙子过生日，空荡荡的病房里，除了那股强烈的消毒水味儿，就是四月天下午的阳光照在对面惨白的墙上，像电影幕布一样，反射的光落在凌云的头发上、李西风飘忽的睫毛上。

"你说句话好不好？"

对面墙上反射的光刺得李西风的眼睛干涩，他眨了眨，飘忽的睫毛随着光在煽动，"我累了。你帮我把床摇平吧。"

凌云摇平了床，用脸颊靠着李西风的脸摩挲着说："恨我吧。是我对不起你。"这一次她的泪水濡湿了李西风的睫毛。

李西风仿佛入定一般，平静地说："我不怪你。我理解。我现在这个样子，也给不了你幸福，更给不了你稳定的生活。也不怪你家人，他们也是为你好。没事儿，我会好好的，我累了，想睡觉，你回家吧。"

"你真的不怪我爸爸妈妈？"凌云再次问道。

"你说'假如'的时候，我已经回答过。"李西风自己也没想到，在听到凌云说分手之后，除了那一瞬间的悸动之外，内心风平浪静，没有一丝波澜。甚至，没流一滴眼泪。自己也奇怪，这是怎么了？没有责备，没有愤怒，没有幽怨，没有激荡。

"你为什么不恨我？求求你，恨我吧，你恨我，我心里才会好过一点。要不然，我不知道怎么活下去。"

李西风再次有气无力地重复："我说了，我能理解你。所以，不恨你。"

"可是，我要你恨我。"

"你对我这么好，我恨不起来。我要谢谢你，谢谢你这段时间照顾我。谢谢！"

凌云的泪水汹涌如潮，从眼窝流到嘴角，从嘴角流到脖子。

"求求你，恨我吧。"她哭着趴在李西风的身上，肩膀抖动。

李西风拍了拍凌云的后背："别哭了，既然决定了，哭又有什么用……回家吧，放心，我会好起来，你自己照顾好自己，骑车慢点儿，记得戴手套；按时吃饭，别吃方便面；晚上一个人别出去；总之……对自己好点儿，要幸福！要快乐！"

李西风眨眨眼，看着顶棚一圈输液的轨道，像人生轨迹一样，终点又回到起点。

凌云两手摩挲着他的脸，"答应我最后一个要求，行不行？"

李西风在嗓子眼里哼出一个"嗯"。

"如果你爱我，从现在起，要恨我。你不答应，我就不走。"

李西风叹了口气，"我恨你！"可能是觉得自己气力不够，又补了一句，"我恨你！"

凌云用咸咸的嘴唇用力地亲吻了李西风，"对不起，亲爱的！"

晚上，小瞿带着煲好的鸽子汤，李西风一口未喝。他不知道下午发生的一切，李西风支走了他，让他回家睡觉，说要一个人安静地待着。李西风觉得那张病床才是他温暖的窝，属于他的世界，是别人夺不走的世界。他要在这个窝里舔舐自己的伤口，像个孤独的孩子一样，自我取暖。看着自己亲手搭建的世界，在眼前崩塌，他茫然无措。他不知道接下来该怎么办，要怎么办，能怎么办？他发现之前全身的气力全部消失殆尽，怀揣的那支充满激情的火苗，好像油尽灯枯，没有了一丝光亮。他开始怀疑人生，他责问自己，是不是不该回来？是不是不该相遇？是不是不该去爱？

他想起了第一次顾好介绍凌云的场景；他想起了喝醉之后凌云照顾他的细节；他想起了那些与凌云雪夜同行的画面；他想起了凌云撒娇跺脚甩胳膊的样子；他想起了给凌云拔火罐的情景……他也明白有些事不该苦苦追问，有些事自有定数。他甚至想到路子文的警告很有先见之明——爱情是两个人的事，但婚姻是两个家庭的事。他无法挣脱这个世俗的枷锁，它像一道诅咒禁锢着他们的情感，越努力挣扎刺得越深。没有胜利者，只有两败俱伤的妥协。

想着之前刻意回避的现实，假装告诉自己：爱才是婚姻的本来面目，房子、车子、票子那些都是身外之物；潜意识地引导自己只要努力奋斗，就可以赢得爱情，就可以拥有幸福的婚姻。骗着骗着，自己当真。其实，内心的惶恐，一刻也未停歇。每天扛着沉重的现实包袱，在虚幻里行走，焦虑反而成了生活的重心。即使这样，当他手术后醒来时，都没忘记哄骗自己：经历这么大的事儿，会让感情更加结实。

直到，直到下午的那一声晴天霹雳，才把他从这种长期的虚幻中、焦虑中、哄骗中一巴掌打醒。这种打击不仅仅让他从虚幻中醒来，甚至有那么一丝丝从焦虑中解脱的意味，他感受到一种从未有过的平静与安然。有那么一瞬，仿佛自己已经完全释然，人生观都发生了改变。他不知道，也不清楚这种改变是好是坏，总之，它真的发生了改变。

他对凌云说的话，是真话。他内心的确没有一点点恨她的意思。如果非要说有，那就是她与其说她爸爸妈妈不同意，不如直接说自己想分手更好。这也是凌云希望李西风恨自己的缘由，一来，如果不是自己折腾李西风非让他换酒店，就不会发生切除脾脏这样的意外；二来，在这种差点儿害李西风丢了性命的情况之下，伤愈尚未恢复之前提出分手，背负的是抛弃爱人的骂名，起码是内心的自责煎熬。可是，他不愿意他所爱的人深受这种煎熬。

这四月的夜晚，乍暖还凉，月光倾泻在李西风的瞳孔上，心里平静的那片水面泛起点点涟漪，荡漾至眼角，在月光的掩护之下，清澈、透明。

今夜，李西风突然很想爸爸妈妈。

李西风虽然是个病人，但是脑子没坏。波波跟路子文闹撤股的事被他一语中的，路子文这一次没抽到那张幸运的牌。在顾好汇报"汗蒸房案子"推进工作的会议上，波波与路子文再次发生冲突。

由于许大基的催促，波波再一次当着全公司员工的面提出撤股。路子文本来就已经是一种焦头烂额的状态，胸腔里集聚了好多怨气无处发泄，波波变成一根导火索，瞬间点燃了他胸腔的炸弹。话音未落，路子文就急眼了，"说过多少遍了，等这个案子结束。你非跟我过不去是吗？"

波波也是个血气方刚的年轻人，哪受得了这个气，想都没想站起来冲路子文过去了，路子文也不甘示弱，更是急火攻心，往波波这边冲过来，员工们一看这情形，都涌上去拉架。

"你个傻子，听许大基忽悠你。我们合作多少年了？你在这个时候跟我谈撤股？你对得起我吗？"路子文咆哮道。

"你对得起我？你自己心里没数吗？这么多年赚钱了吗？赚钱了吗？"波波反驳道。

"好好好，我没工夫跟你扯淡。你不是要走吗？赶紧滚，赶紧滚。滚！"

"把钱给我，我一分钟都不想待在这。"

"够了……"顾好大吼一声，"你们能不能别吵了，两个大男人就知道吵架算什么本事？"

顾好的这句话，算是掐住了男人的七寸。她明白，男人都是好面子的动物。她的情商在全公司来说是比较高的，只是，情商再高，也不一定能在感情面前游刃有余。面对李西风，她就只能举手投降。

冲突并不能阻止波波撤股的脚步，反而成了催化剂。另一方面，许大基在海华银座的公司给波波扩了一间办公室。事情并没有朝着路子文的设想去发展，变得越来越糟糕。顾好跟他说，与其这样拖着闹心，还不如跟波波坐下来谈一下，同意他撤股，至少给事情做个了结，集中精力把眼下汗蒸房的案子执行好，不要在这种无望的事情上再浪费精力。更何况，他们冲突之后，他是铁了心要离开，一个想走的人留不住。路子文听到这些话，苦笑着说："你这是劝自己呢吧？"顾好没说话，白了他一眼。

顾好的话，多多少少路子文还是听了进去。他约波波在办公室当着会计的面把账目过了一遍，双方都没有异议。波波从公司账上抽走了7万块。这一天，路子文显得特别平静，自始至终都没有说话，除了点头就是抽烟。波波起身要走的时候，他开了腔，"波波，我们合作这么长时间，不管你怎么看我，还是跟你说一句'好聚好散'。"

波波一撤股，公司立即面临资金紧张的局面。路子文打了一圈电话，那些平常天天叫兄弟的人，都有着各自不同的理由把路子文挡在了门外。办公桌上的烟缸已经堆积如山，周边到处是散落的烟灰，一颗颗烟头直立竖着，宛如一具具无声的尸体，沉默、无望。他有一种濒死的感觉，整个支气管像一杆烟枪，熏满烟垢，掐着他的喉咙，让他喘不上气。他失魂落魄地离开公司，走到一楼大堂，发现自己竟然没有可去的地方。

此刻李西风所受的煎熬一点儿也不比路子文少。他在床上躺了两天，四肢像离开身体一般那么摆着，小瞿煲的汤始终一口未喝，问他怎么了也不说话。就在小瞿不知道怎么办的时候，凌云打来了电话。

"小瞿，你听我说。你现在从病房里出去接电话，我跟你说点儿事。"

小瞿莫名其妙地走出病房，进了安全出口的楼梯间。

"云姐，什么事？搞得这么神秘。"

"没什么事。我就问问他这两天怎么样？有没有好一点？刀口还疼不疼？"

"好是好点了，就是这两天不吃东西，粥也不吃，汤也不喝，也不说话，不知道怎么了。"小瞿如实地回道，"对了，你这两天怎么没来？要不，你抽空来哄哄他，可能有效果。"

凌云听到小瞿说李西风不吃不喝，立马就红了眼眶，"小瞿，你……我……你好好照顾他，以后出院了也好好照顾他。任何时候都要好好照顾他。答应我好不好？"

"什么意思啊？云姐，被你说懵了。"小瞿有些摸不着头脑。

"小瞿，我跟他分手了。"

"啊？什么？"

"我跟李西风分手了。"

"啊？什么时候的事？"小瞿追问道。

"小瞿，以后要麻烦你照顾好他。也请你转告路子文，请好好照顾他。他的身体以后不能喝酒，请你们帮他挡酒；也不能熬夜，你们工作的时候，让他早点休息；还有……还有……"

"好端端的，干吗分手呢？"小瞿自言自语。

"总之，我打这个电话，就是请你们照顾好他。麻烦你了！"

"放心吧！"小瞿挂了电话，终于明白李西风为什么两天不吃不喝。正准备给路子文打电话告知这个事，路子文从电梯口恍恍惚惚地走出来。

"文哥，你怎么来了？"

路子文被背后的声音吓了一跳，身体潜意识地一战，扭过头，"怎么跑通道里去了？"

"接个电话。"

"躲这打电话？这么保密？"

"出事了。"

"出啥事了？"

"凌云跟风哥分手了。"

"啊？"路子文本就僵硬的脸又皱起了眉。

"怪不得风哥这几天不吃不喝。"

"不吃不喝，你怎么不告诉我？"路子文气愤道。

"公司那么多事，波波撤股这事就够呛了，告诉你有什么用？不是让你更烦。"

看着床上的李西风嘴唇爆皮、眼窝深陷，路子文咂了咂嘴，"怎么着？装了拉链就不用进食了？真拿自己当机器人啦？就算是机器人，你这电量不足的样子，也神气不起来啊。"

李西风嘴角牵动了一下，却没有接话。

路子文便接着说："我们兄弟俩真是难兄难弟啊。波波撤股了你知道吧，我也在等死。"

李西风没有任何反应。

"不过呢，我想了想，我这事儿不算啥。你这才是大事，知道吗？风子，只要活着，什么事都会过去。"路子文只能继续自言自语。

"只要活着，什么女人啊、车子啊、房子啊、票子啊都会有的。所以，你现在最大的任务就是好好活着，好好活着的前提就是要吃饭。当然了，你现在喝粥就行。"路子文不忘调侃他一下。

"你干吗非跟自己过不去？你要是真厉害，就应该尽快让自己好起来，给她看看，你没残废，也没要饭。这口气，你总得争吧。"

"就是，风哥，你不恨她吗？恨她就要好好活着。"小瞿倚着床头的栏杆打抱不平。

"你看，连小瞿都懂。"

"我也在争气，我就不信没了波波，公司就不转了。风子，人在遇到大事的时候，才能看明白人性，今天打了一圈电话，呵呵，没一个人愿意帮我。看来，我的人品有问题。"路子文自嘲道。

李西风当然知道路子文的意思。虽然他有些话说得糙，但是不影响切中要害。毕竟这么多年的朋友，最了解自己的肯定是路子文。同样，回到盐海的这半年，总归有些平时称兄道弟的朋友，可现实是，一周以来除了刘眉眉与汗蒸房的马总来过，再也没有其他人来看望过他，连波波都没出现过。李西风不想在这个时候给路子文添麻烦。不过，他想要一个答案，就一个答案，一个值不值得的答案。否则，他不会放过自己，甚至恨自己，恨自己没出息，恨自己给不了深爱的女人幸福。他想知道，这样的付出究竟有没有意义？难道，到了最后就落得一具破损的身体吗？作为一个男人，这毫无疑问是彻头彻尾的失败，再没有比这种失败更耻辱的失败。他从嗓子眼冒出一句："你靠近点，我想说句话。"

路子文往床头靠了靠，"我听着。"

"我是不是很男人？自己把自己送过来动了手术。自己爬上的手术床，自己签的手术同意书。"说到这，路子文并没有回答。

"我就想问问，我够有种吗……我够有种吗？"他盯着路子文的眼睛疑惑道。

"你够有种，你够有种！够有种有用吗？人家不还是甩了你！你就是大傻子。"这一次，路子文用肯定的语气回道。

李西风竟然嘴角上扬，微笑道："不重要了。"

"当然不重要。你为了她都躺在这了，刀口的线还没拆，就甩了你。够有种有个屁用。"

"我不怪她，也不恨她。"

"是，你多伟大啊！你多够有种啊！你就是人间极品，古董里的珍宝！"

"我找不到恨她的理由。"

"风哥，你这是真爱她啊。可是她一点儿也不爱你，你为了她动了这么大一个手术，还没恢复呢，就提分手，这根本就不是爱。"小瞿气不过地说。

"是我自己摔倒的，怪不到她。"

"风哥，你真……我真没话说了。要不是她没事儿在那作，你会跑到西环路那个酒店去？再说了，手术费都是我们几个凑的，人家2000块都没舍得往外掏，说没钱，呵呵。这是真爱！"小瞿平时话不多，看到李西风这样，实在忍不住说了一大串。

"我跟你说，不给你颁个'年度情人奖'真的对不起你。"路子文被气得笑起来，掏出一根烟放在鼻子下嗅着。

"对了，我们去派出所调过视频，的确是凌云搀着你穿过大厅，只有这么一段，几秒钟的样子。警方说，那家酒店的视频没跟公安系统联网，只是从酒店方面提取的这一段，重要的是酒店不承认你是在他们酒店浴间里滑倒的，因为那一段大厅的视频你还能自己走路。警方说，我们只能通过民事起诉的方式争取赔偿。我也咨询了律师，那一段视频也不足以证明你是在酒店里滑倒的。"

"风哥，你当时应该打110报警，然后打120去医院，这样就有了证据。"小瞿接着路子文的话说。

"不重要了。"李西风叹了口气。

不恨凌云，自然是李西风真实的内心反映。一个深爱的女人，在自己刚从死亡线上挣扎回来的时候，跟自己提出分手，这分明是只能同甘不能共苦。这个道理路子文他们不说，他自己心里也很清楚；在他看来，这样的一个女人，是不爱自己的。既然不爱，那么，就不值得恨。因为，恨要恨得值得。她所谓的爱，即使真实可信，也不足以经得起岁月的打磨，迟早是大难临头各自飞的结局。那么，在没有结婚之前分手，也许，是上天给的警告：一来警告，爱，岂是随便说说而已；二来警告，用生死的代价告诫你，经不起生活磨难的爱，不必挽留。

李西风也许还未察觉，他的感情观在悄然发生变化。

第十一章

关键时刻，还是顾好拉了路子文一把，拿出自己的存款给路子文维系公司的日常运作。起初，路子文猜测，是不是因为汗蒸房的案子是由她负责，所以不想就这么半途而废。顾好笑着摇摇头，"我只是看不过小人得志。"其实，她没说的是，那是她给自己攒的嫁妆钱，这么些年，每年给自己攒个两万块，她一直的观点就是不花父母的钱，从大二那年就开始自己做家教挣学费，毕业到现在，没有什么大起大落。她说，自己不想过什么繁华的生活，只想日子平平淡淡，开开心心，能跟自己喜欢的人平凡地过一辈子。

顾好，真的跟她的名字一样名副其实，总是默默地在做一些事。每天努力工作，努力提升自己，努力享受生活。她的名言就是：什么时候都不要亏待自己。好好吃，好好玩，好好爱，不负此生，不畏将来。唯独在对待李西风的问题上，耿耿于怀。在得知凌云跟李西风分手的时候，她什么话也没跟凌云说，私底下只是默默地给李西风发了一条短信：雪下过了，就下过了，还有春风明媚，要好起来，等你喝咖啡。

汗蒸房在顾好的全程对接执行下，终于如期开业。平媒、纸媒、门户网站等推广按期出街，一切有序地推进。开业那天，李西风让小瞿去帮忙，说自己现在就是打点滴，没有客户的项目开业重要。小瞿乖乖照做。

开业当天开卡达到330张，得到甲方老板的肯定。庆功宴自然是少不了，这是路子文的公司文化。用顾好的话说，公司执行的最好的就是企业文化。

路子文说了个开场白："我尽量简短，这个项目能做到现在这样，是各位辛苦努力的成果，唯一没有为这个案子付出努力的就是我本人。要感谢两个人，一个是顾好，全案都是由她对接执行，这算是她第一个全案执行项目。"说到这，路子文带头给顾好鼓起了掌。的确，因为刘眉眉与苏莉的事，他是焦头烂额，加上后来波波釜底抽薪，要不是顾好的帮助，不会有现在这么顺利的局面，"另一个人，我要感谢风子，虽然他现在还躺在医院，算是捡了条命。汗蒸房这个案子前期的营销策划都是由他一手完成，没有他的策略先行，也不会有今天这么好的成绩。来，我们祝他早日康复吧！"说完，看了顾好一眼，眼角有些许温和的意味，这种温和很少会出现在路子文的脸上。顾好反而觉得奇怪，一时竟未能解码，但跟着举起了杯子。

其实，路子文是希望顾好能给李西风一点儿温暖，让他尽快康复。一方面是担心李西风的身体；另一方面是李西风康复后能帮助他开展业务；还有就是他内心里希望李西风能抓住顾好，别再次受到女人的伤害。一个人的心力有限，受过一次伤，能愈合好已算是万幸。他想他的兄弟能幸福，最起码，不要像他这样折腾。路子文已经不是之前的路子文，经过李西风这个生死的例子与波波撤股的事，让他的内心悄然发生了某些转变。

把庆功宴真正推向高潮的是"围炉大厮杀"游戏：桌上摆满酒杯，把所有酒杯倒满，凡是喝酒的人，从第一个开始干杯，顺时针旋转，谁要是喝不了，直接出局。路子文一直紧绷着的那根弦终于松了下来，他要好好放松放松，毫无疑问酒是最好的载体。四圈下来，出局了三分之二的人，第七圈下来，路子文也出了局，一阵眩晕，舌头越发变硬。这时，只剩两个人：一个是小瞿，另外一个是谁也没想到的玫玫。玫玫是汗蒸房的员工，因为这次的项目和路子文、小瞿等熟络起来，所以庆功宴路子文也把她叫上了。

玫玫两颊绯红，眨着眼睛说："你行不行啊？不行就投降，姐姐我奖励你一个吻。"听到玫玫这么说，众人都跟着起哄，"认输吧小瞿，认输吧小瞿，哦哦哦，认输吧……"

"我不行？哼。走着瞧吧！"小瞿瞳孔发光，哈哈大笑。

几圈下来，最终小瞿还是输给了玫玫。

熬了十天，早晨主任医师查过房之后，那位戴金丝眼镜的医生端着一个不锈钢盘，里面有镊子、纱布、棉球等一些东西走到李西风的床边，说："给你拆线，拆完线你就可以下床走走，锻炼锻炼。"

李西风问："疼吗？"

金丝眼镜医生笑着回道："不疼，跟蚂蚁咬似的。"

总结了上次拔尿管的经验，李西风不再相信眼前这位医生的话，便说，"你的话不能信，肯定又忽悠我。"

医生依然笑着回道："你看，还记上仇了。"说着，套上胶皮手套，先拉开勒住腰部的束带，然后挨个撕开横粘在专用纱布上的胶带，接着揭起覆盖在刀口的专用纱布，用镊子夹起碘伏棉球擦拭刀口。由于李西风是平躺，所以看不见医生操作的过程，只觉得一股凉丝丝的东西在腹部游走，有那么一瞬他甚至觉得像女人的手指在摩挲。医生把棉球放到不锈钢盘里，又夹起另一只棉球，一边擦拭一边说："别着急啊，还得擦一遍消消毒预防感染，要把上面结痂的血疤给擦干净。"

李西风"嗯"了一声，接着问："刀口长得怎么样？"

医生回道："还可以，现在只是表层愈合，下面的肌肉层还需要一段时间的生长。到时候，你会很痒的。"

医生说话的时候，已经拿起剪刀跟镊子开始拆第一排的线，李西风能感觉到肚皮抽动了一下，但是不疼，真的像蚂蚁咬似的。

"真像蚂蚁咬。"

"对吧，没骗你吧。"医生嘿嘿地笑道。

因为不疼，李西风便生出些许好奇，想看看刀口什么样，就问："我能不能看看刀口什么样？一会儿你敷上纱布又看不见了。"

医生额头有点微微出汗，用自己的胳膊肘推了一下眼镜框，顺带擦了下额头，说：“你腹部不能用力。”转头对着小瞿说，“你托着他的背让他看一眼，还剩三条一会儿接着拆。”

小瞿一手托着李西风的后背，一手用肩膀抵着他的脖子。这是李西风第一次看见腹部刀口的样子。看了一眼，却把自己给吓着了，瞳孔里呈现的都是讶异的光。刀口中间像一条粉红色的大蚯蚓在肚子上趴着，从肚脐向上漫游至胸口肋骨处的中间，那尚未拆掉线的针口，凸出肚皮有一个指甲那么高，左右两边的肉勒吊着，跟小时候邻居大哥哥做手工皮鞋一样，套在鞋机上内外穿线，然后使劲拉线，把鞋底与鞋面紧密地缝在一起。

医生又用胳膊肘推了一下眼镜框，嘿嘿笑道：“看到了吧，躺下吧，是不是有点恐怖？”

李西风“嗯”了一声。

医生接着说：“正常。你们见得少，所以觉得恐怖。别着急，长两三个月再看，就舒服多了。”

“那凸出来的地方可以长平吗？”李西风着急地问道。

“会的。再过两周左右就会长平。”

“那他这个刀口的疤痕会长没了吗？”小瞿好奇地问。

医生抽出最后一根手术线，“这个不好说。每个人的皮肤体质不一样，如果是疤痕体质，这个疤痕就去不掉；非疤痕体质的话，随着时间的生长，就会长得很平滑。”

人的欲望总是永无止境。刚拆线的第一天，李西风就想把插在腹腔的引流管也拔掉，跑到医生办公室追着主任让他把引流管拔了，主任被他缠得哭笑不得，出于尊重医学的目的，坚决地肯定道：“能拔的时候会给你拔的，慢慢来呀，你现在上午打点滴，下午就可以下楼走走嘛，别出医院就行。还可以洗洗头，刮刮胡子。”

“吊着引流管的袋子下楼逛街？”李西风郁闷地回道。不过听说可以洗头、刮胡子，多少还是有点小激动。那种生活萌动的欣喜由内而外散发，就像没完成作业的孩子被批准可以再看十分钟动画片一样。可想而知，一个以前每天都洗头的人，突然十几天不让洗头是多么煎熬的一件事。于是，他打开病房里的柜子，拿出发生意外那天穿的条绒外套，在睡衣外面先套一个胳膊，然后吃力地再套另一个胳膊，套好之后已经满头虚汗。拉开床头柜的抽屉，一部手机与充电器在里面安静地蜷缩着，他移动手机，拿出压在手机下面的一沓钞票，随手捻了一下，最大的面额是50。

提着引流袋，李西风往电梯口走去。说是走，实际上也就是"挪"或者叫"踱"，那姿态、那造型跟一个80岁的老头基本没区别，提着引流袋就相当于提着鸟笼，右手就差两个铁球了。到了一楼，先是在病房下的小花园里转了一圈，正常人一圈也就七八分钟，他花了近半小时。不过，他的精神状态还是不错的。这是十几天以来第一次见到夕阳，虽然五月天的夕阳有点惨淡，但对于李西风来讲已经足够绚烂。生命是个很奇怪的东西，经历过这一场生死之后，他站在这个小花园，看着傍晚的夕阳，第一次觉得一切都是那么生动活泼。不由得在心里感叹：活着真好。就连医院大门外嘈杂的车流、人声都是那么动听，那卖水果的小贩大嗓门的叫卖声，都能把他听笑了。虽然这个傍晚里的一切都显得那么温暖，可还是有那么一瞬间会抽离，会闪现出"凌云在干吗？"的念头。

踱步到医院的大门口，李西风发现剧场路的梧桐叶子已经翠绿水嫩，充满生命的勃发。两侧停着的人力三轮车上，几个老年车夫在后座上打着牌。一个黝黑的车夫看上去得有60多岁，咧着嘴喷出一口香烟，露出土黄的牙齿，拍出手中的牌，哈哈大笑，那笑是发自内心的欢愉、满足、生动、朴实，很明显，他赢了；大门的右手边是一排小饭店，基本上都是做医院病房的生意。还没到上客时间，穿着工作服的厨师倚着门框抽着烟，也有一两家会偶尔进去客人，手里都提着保温饭盒，一看就知道那是专门来取为病人定制的汤；隔着剧场路的对面是一家连锁药店，不用说，这是医院周边商业的基本配套；药店的左侧是一架拱形的大门洞，穿过去就是盐海市工人文化宫，里面是各类艺术培训班。拱形大门旁边一个大炉子在冒着热气，李西风闻着味儿走了过去，一看是焦香的锅贴，顿觉舌底一股酸水溢满口腔。可是医嘱还不允许他吃大荤的食物，只能眼巴巴地看了看，喉结在脖子上下滑动了几回。

李西风走出医院大门的时候，没注意到路上的行人与两旁做生意的小贩们都好奇地盯着他，像在动物园里看大猩猩表演一样，只见他手里还拎着透明的袋子，不慌不忙地随着车流越过马路，虽然这马路只有窄窄的两股车道，两侧还被小贩们占道经营。这个提塑料袋的年轻人成了那个傍晚一道独特的风景。

李西风在便利店里买了两袋洗发水，又慢慢踱回到8楼的病房。进了房间，发现小瞿已经带着煲好的汤到了。

"能走啦？"

李西风笑了笑没说话，笑容虽然很轻，但却很舒服。

"去哪了？到处找你呢。护士说你下楼了，我到小花园找了一圈也没发现。又打电话，手机在床头柜里响。"

李西风掏出刚买的洗发水，"去买洗发水了。"

"你拎着个袋子就出去啦？"

李西风再次笑着点点头。

"风哥，挺牛啊。你这是上海滩大哥啊，一手拎着引流袋，一手握着洗发水，就差个烟斗了，等出院，我送你个烟斗。"小瞿说完哈哈爆笑。

李西风嘿嘿笑道："还行还行。"

喝了黑鱼汤，小瞿开始帮李西风洗头。因为腰部有束带扣着，弯不了腰，他就趴着，在床边的椅子上放个盆，洗了一遍冲干净之后，李西风用手指梳了一遍头发，还是觉得有点痒，便让小瞿把那第二袋洗发水也用了，又洗一遍。两遍过后，是清爽至极，擦干头发站起来，透过窗外剧场路的车水马龙，他有一种焕然新生的错觉，仿佛回到了五年前的苏州十全街，仿佛董珊给他打开的新世界。

摸着柔顺的头发，他又觉得头发过长，应该下楼理个发。人要是一旦有了希望，看见曙光，就会嗖嗖嗖地顺杆往上爬。所谓生命不歇、折腾不止，就是李西风这时的状态。好不容易在小瞿的劝说下，他才答应隔天再去。

自从拔了尿管，晚上不再输液，李西风就不再让小瞿陪护。一个人躺在床上，能闻到洗发水的香味，淡淡的，他判断是桂花的气味。一想到桂花，就冒出董珊家楼下的香味，跟这个洗发水一样。虽然时隔多年，他还是会偶尔想起董珊。气味是有记忆的，它跟当时的人与事紧密地联系在一起，你强行分割都不可能，即使事已淡、人已远，只要一旦再次遇见相同的气味，就会瞬间激荡起记忆，然后翻箱倒柜地找出每一个细节。你以为那些细节已经发霉了、生锈了、褪色了、磨平了，但当这些气味跟那些抽屉里的细节再次相遇时，依然暗流涌动。岁月无声，像个小偷一样，总是在你不经意的时候偷取你最珍贵的东西。董珊离开了，现在凌云也离开了，他有点恍惚，上天给了自己最美好的礼物，为什么还要收回？难道是自己做得不够好？李西风想着……

他摸了摸腹部的束带，束带下是厚厚的纱布，纱布下的刀口在默默生长。每每生长一个细胞，他就痒得想挠。远处的剧场路霓虹闪烁、人头攒动，而此刻的8楼病房岁月寂静。他在想此刻城市的另一端凌云在做什么？从鱼市口到双元路，从双元路到青年路，然后一路向西，西风有暖昧与暖心，骄傲与开怀，车飞驰而去带不走一身尘土，心丢在尘土里，埋得那么深，深不可测。床上，肚子上长长的束带硌手，摸着起伏的刀口，默默数着每一刻的温暖。哪里数得尽？每一条热毛巾，每一次摇床，每一夜陪护，每一个眼神，每一段哼唱，每一晚散步，每一回跺脚甩胳膊……有时候真的希望不要认识，那样就不会那么为难，那么无奈。选择沉默或许是最好的方式，是否应该看开，让自己的生活变得简单，而后轻松上阵？也许多年以后，心就不会那么生疼。

心，每个人都有一颗心。而原始的心应该是真诚的，只是在掏心掏肺的过程中，出了岔子。于是，世间便有了那么多的负心、变心、无心。凌云当然知道李西风的心还在跳动，她不知道的是他丢了现在。即使这样被丢弃的心，依然真诚如初。无心就不会动心，不动心就没牵挂，没牵挂就没记忆，没记忆就没念想，没念想就不会失眠。但是爱这个东西一旦遇上又岂是自己说了算的？就像张雨生所说："我最深爱的人，伤我却是最深。"

即使早已明白，依然还会迎头而上，无所畏惧。因为人们总是寄希望于这一次遇到命中人。也许有时候施更胜于受，当全心全意地付出时，那何尝不是一种收获？翻阅整个雪季，每一个眼神和动作都被李西风读出了无限的柔情和忧伤。

腰部的束带使李西风只能保持一个姿势，就是躺着，笔直地躺着。隔壁床的大姐已经入睡，呼吸声均匀。李西风辗转反侧无法入眠，拿起手机打了很长很长一段文字，又删去；望了望窗外，城市的灯火通明，胜利剧场的户外大屏在轮播着广告；又看了看病房的门，透过门上小小的玻璃隐约看见一个面孔，有长发遮蔽。李西风本能地昂起头，可是门外的黑影倏忽不见。再次躺下，又在脑子里过了一遍门外的那个黑影，他决定出去看看。拉开门，左右扫视了一遍，通道的顶灯亮着，护士站值班的护士盯着电脑。整个通道在晚上十点钟过后特别安静，连病人的呻吟声都没有，更别说走动的人。右侧是护士站，左侧是步行楼梯的出口，挨着出口是公共区的卫生间，正好与李西风的病房门斜对面。他推开步行楼梯的安全门，往楼下看了一眼，屏住呼吸用耳朵辨别细碎的声响，没有发现身影与脚步声。既然步行楼梯没发现，那么这个黑影哪去了呢？难道真是自己精神恍惚所致？李西风皱起眉头，眼球左右滑动了一圈，他跟自己对赌了一个判断。

李西风悄悄地移动到出口旁边的卫生间对面，靠着墙，一手提着引流袋，一手抓着墙壁的扶手，歪着头，眼睛直直地盯着卫生间的门，呼吸均匀、眉目平静。

时间在流逝，空气在凝固。通道里安静得可以听见护士站墙上挂钟的"嘀嗒"声。就这样大概过了5分钟，从卫生间的门里走出一个人。

凌云吃惊地望着倚在扶手上的这个男人。

李西风歪着头，嘴角略微有些上扬，神情里露出胜利的狡黠。彼此都没有说话。

"站这干吗？"凌云假装平静地问道。

李西风认真地说："不干吗。睡不着，瞎溜达。"

"呃……我以为你回房间了。你这家伙太狡猾了。"凌云忐忑地说。

"你溜得也不慢啊。"

"我一看见你抬头，吓死了，赶紧跑进卫生间。"

"我又不是鬼，有那么吓人？"

"没想到你会突然起床，一点儿准备都没有。"

"你要准备什么？"李西风追问道。

凌云摇摇头。

李西风接着问："你什么时候来的？"

"没一会儿。一直偷偷地站在门外。"

"想干吗？"李西风淡然地问。

"没什么。来医院看望一个朋友。顺便……"

"哦，是吗？"

"好了，我要走了。你进去睡吧。"

凌云说着就往过道的电梯口走去。李西风也不说话，在后面紧紧跟随。凌云摁亮了电梯的按键，"跟着我干吗？回去睡吧。自己照顾好自己，多大的人了，别像个孩子似的。"

"能不能再陪我说会儿话？就一会儿。"看凌云真要走，李西风一下子怂了，抓住凌云的手说。

凌云盯着他，鼻腔一阵酸麻，"听话，这才刚刚开始恢复。"

"再陪我一会儿吧，我太难受了。"

凌云摩挲着眼前这个男人的脸，极力控制着自己的眼泪不溢出眼眶，"乖，听话。我们这样不好，对彼此都不好。我们不会有结果的，都死心吧。"

又是这句极富杀伤力的"乖，听话"，多么熟悉又陌生的一句话，四年前也是因为这句话，李西风选择出走北京；现在这句话又一次重现，历史总是这么惊人的相似，上天像个顽皮的孩子，总喜欢跟世间的人们玩着"温柔一刀"的游戏。

"你骗得了别人骗不了自己，这大半夜跑到医院来，难道不是在乎我吗？"

"我是来看望朋友的，三病区的。"凌云假装反驳道。

"呵……"

电梯显示面板上的8字亮起，凌云跨进去，顺手按下按键。李西风也跟着跨了进去，因为他一直抓着凌云的手没放。凌云抬起头盯着这个男人的下巴，"好吧，我承认，被你看穿了。不但是今晚，昨晚、前晚我都来了。"

李西风一把搂住她，"你还敢说你不爱我？这样互相折磨有意思吗？亲爱的，别离开我。求求你，别扔下我。"

凌云摸着他的脸，"对不起。家人不同意，我们不会有结果的。你能理解吗？你恨我吧。"

"等我出院，我去跟他们谈。给他们看看我的样子，我没残废。"李西风急着说道。

凌云眨了眨眼，泪水还是顺着眼角流了出来，不忍心地望着眼前这个傻男人，一时不知该怎么往下说，便把脸凑过去亲吻李西风。

李西风被她这突如其来的行为弄得有点懵，不过还是立马抱着凌云的头狠狠地回吻下去，心想，自己的说服起到作用，有了让凌云心回意转的机会。吻了不到5

秒，李西风拍了拍凌云的后背，"亲爱的，你不怕被人看见啊？"

凌云舔了舔嘴唇没接话，再一次吻了上来。

李西风一边配合着吻下去，一边观察有没有其他楼层的灯亮起。一手提着引流袋，一手搂着凌云。抬眼看了一眼轿厢顶的摄像头，说了句："有监控。"

"看到就看到吧。"凌云一副视死如归、大义凛然的语气。这不符合她的性格，与她平时的作风完全不同，这让李西风有点儿诧异。

走出电梯，李西风依然抓着凌云的手不放。

"我走了，你上去吧。"凌云企图挣脱他的手。

"我知道，你心里是很在乎我的。谁也骗不了自己，我们都明白，我们不要互相折磨了好不好？像刚才那样不是很幸福吗？"说着把凌云往一楼大厅的休息处拉去。

"西风，真的，你别这样。我们都现实一点儿。"凌云肯定道。

"亲爱的，你相信我，再给我一段时间，等我出院就去跟你爸妈谈，他们看到我的样子就能看到我不是残废。求求你，别丢下我！"

凌云叹了口气，沉默着。

"如果你不要我了，我以后怎么办？我就一点希望都没有。求求你，别丢下我一个人。"说这话的时候，李西风鼻腔并没有酸楚，只是语气变得柔软。

听李西风这样一遍又一遍的乞求，凌云除了叹气不知道说什么。正如李西风所说，她的确很在乎李西风。因为舍不得，所以连续三晚都去医院。在病房门外偷偷地看，陪他待半小时，而那道门隔着他们俩，咫尺天涯，就像隔着两个世界。一个是相爱的欢愉世界，一个是纠葛的家人世界。她不忍、不舍、不愿。

可是一想到那些所谓的现实，她不确定自己有那么强大的承受力。她怕了，她慌了，她无力抗争，她选择妥协。

"乖，听话。照顾好自己。我走了，以后不会再来了。"她冷酷地说出这句话，

"你放手。"凌云拍拍李西风的手。

"你不应该是这样的人。你那么洒脱的性格，应该做到干脆利落。"

"我了解你就像你了解我一样，我相信你可以做到……做到也没关系，就恨我吧。"凌云连续说了几句，李西风的心又重回死灰的状态，松开了凌云的手，绝望地盯着凌云的瞳孔，能看到眼白的血丝。

他提起引流袋，再次抱了抱凌云，什么话也没说，只摸了摸她的脸。同样，凌云也摸了摸他的脸，"好好照顾自己，再见……还是不见吧。"说完，转身离去。李西风看着她的背影消失在春末清冷空旷的午夜。月光晃呀晃的荡漾在空旷里，荡起微凉的皱褶。

路子文难得回家一次跟儿子亲近亲近，路奇奇却不理他。苏莉对他的失望已经到了无语的层面。别说交流，都不愿拿正眼看他。他只好一个人睡在书房的单人床上辗转反侧。他终究是不想放弃这段婚姻，但是又不知如何面对苏莉，一时进入两难的境地。刘眉眉那边他也决定断干净，现在只是差一个合适的时机。

想着想着，疲惫不知不觉打败了他，握着手机沉沉睡去。

化验过"淀粉酶"之后，医生终于要给李西风拔腹腔的引流管。金丝眼镜医生揭起插管处的纱布，小心地用碘伏棉球消毒。李西风半躺着张望插管处三角形的口子，心里在想：医生真厉害，这么硬生生地就把一根铅笔粗的皮管给插了进去，想想都觉得疼，激起了一身鸡皮疙瘩。他习惯性地问："这要打麻药吧？"

医生不慌不忙地回道："不用，消好毒，直接拔掉。"

"啊？那不痛死！"

"痛嘛，总归有点儿痛。你别紧张，也没多痛。"

"这都看见肉了！直接拔，会不痛？"李西风着急地皱起眉头。

"看把你紧张的，大男人，怕什么。这点儿痛是可以忍受的。"医生轻描淡写道，说着放下手里的镊子，看了一眼李西风，"屏住一口气，我要拔了。"

　　话说到这，李西风已经没了任何退路可言，他成了刀俎上的肉，任人宰割。他绷紧脚背，咬紧牙关，左右手紧握着床两侧的护栏，恨不得要把护栏捏碎。

　　是在"啵"的一声后，引流管拔了出来。

　　"你看，不是太疼吧？"

　　"还行还行。"

　　"你就是太紧张。"医生边说边给插管处消毒。

　　"你不打麻药就要缝针吗？"李西风刚放下的一口气又提了起来，因为他立马想到，拔管之后的三角形伤口怎么办？

　　"谁说要缝针的？"

　　"不缝怎么愈合？"

　　"放心好啦，一周左右自然愈合。再说了，我们每天都会给你检查的。"

　　虽然腹部多了个血糊糊的洞，但全身再无牵绊的感觉特别好。纵然凌云在心里扎的一刀还在隐隐作痛，可没有各种皮管的束缚，多少让李西风有自由飞翔的轻松感。小瞿陪着他去对面希沧步行街的理发店剪了个清爽的短发，从镜子里看，脸色还是白得没有血色，眼窝深陷，但精神了许多。小瞿要送他回病房，医生嘱咐散步不要超过一个小时，避免感染。可敌不过李西风的坚持，只好随着他的愿，像两个年迈的老人在街区里踱步。

　　步行街的每一间男装店李西风都要进去逛一圈，像哥伦布发现新大陆一样。橱窗里模特身上只要是紫色的衣服，不管是衬衫、外套、线衫他都要试穿，小瞿好奇地问道："这适合吗？不是你平常的穿衣风格啊。"

　　李西风微笑着没接话。因为他不知道该怎么回答，连他自己都理解不了这个行为。以前自己的穿衣风格都是以黑白灰色系为主，怎么突然就对紫色这么敏感呢？看见女装店里紫色的包都要进去瞧一瞧，想买，就是想买，莫名其妙地想买。

　　吃饭的时候，小瞿让他点菜，他看都不看菜单，脱口而出："先来一道毛血旺，再来一道水煮鱼片，其余你随便点。"

"不行不行。风哥，医生说饮食要清淡，不能吃辣。肯定不行！"

李西风可怜巴巴地咂咂嘴，"可是我想吃辣的。"

"咱们还是点两道清淡的菜。你以前也不吃辣，怎么突然就吃上辣了呢？"

"不知道啊……就是想吃。"

这一天李西风逛了3个小时，有点疯。买了一套衣服，白底紫线条的衬衫与一件纯紫色的羊绒马夹，还有一条牛仔裤。他跟小瞿说，把手术那天的衣服全部扔掉，这一套留着出院那天穿。

各项化验指标都很正常，医生通知李西风可以出院。顾好与小瞿收拾东西，路子文去办理出院手续。在医生办公室拿出院小结的时候，主任再三叮嘱李西风："从今以后禁止喝酒！"

"红酒也不行吗？"李西风无奈地问。

"什么酒都不行！"

"过几年康复了能喝吗？"

"你小子是命大，现在活过来了还不珍惜。跟你这么说吧，如果你现在是60岁，你随便喝；但你现在是28岁，你还想不想活到60岁？要是不想，你就喝。"

看着顾好打包的东西，李西风抿了抿嘴，"小瞿，帮我把这些都扔了。"

"全扔？"

李西风点点头，"全扔！"

路子文给小瞿递了个眼色，也许只有他最了解李西风是怎么想的。他是想忘了从前，一切从头再来。可哪有那么简单的事，路子文在心里苦笑道。

"扔了吧。扔了，咱都买新的。"顾好强调了一句。

听到顾好这么说，李西风的鼻腔一阵酸麻，强忍着眨了眨眼，愣是把眼泪在眼眶里稀释掉。然后突然抱着顾好拍了拍她的后背，"谢谢你！"

"赶快好起来，请我吃饭。你已经欠我好多顿饭了。"当着路子文跟小瞿的面，顾好还是有点害羞，迅速地挣脱了李西风的拥抱。

路子文开着车，穿过剧场路进入解放大道，一手握着方向盘，说道："今天天气好吧，阳光明媚，是个好日子。你啥也别想，回家这段时间最重要的事就是把身体养好。回来咱兄弟接着干。"路子文平时是个话很多的人，唯独在李西风面前说的比较少，除非互相开玩笑的时候。也许是因为他们之间太熟悉的缘故，熟到一个眼神就知道对方心里怎么想，这种默契已经不需要太多的语言。所以，大多数只有他们两个人的时候，基本上是一种沉默的状态。可是今天路子文却想打破这种沉默，他想说点儿什么，却又不知从何说起。

李西风透过车窗望着解放大道两侧的楼宇，熟悉又陌生。忽然想到一首歌，那首歌里有句歌词很切合他当下的心情："陌生的城市啊，熟悉的角落里……"

"明白……你也别瞎折腾。"

"我能折腾什么？不会的。"路子文苦笑道。

"你知道我是指什么。"

"放心，我有数……哎，怎么说到我了？"说着顺势转弯拐向新都路。

第 十 二 章

生活，一如既往。

李西风在家的日子，从之前的黑白颠倒变得作息规律。一方面是父母无微不至的照顾，另一方面是他想尽快康复，必须从饮食调理、作息时间、锻炼幅度等方面去考虑。但他并没有与这个社会彻底脱离，每天依然在网上与顾好、小瞿他们保持联络。顾好对他的关心让他在这段时间里感受到很多温暖，但这温暖并没有融化他心里的冰。顾好不断地让路子文带她去看望李西风，路子文总借口说等有时间再去。她不知道，在路子文征求李西风意见的时候，被李西风一口拒绝。路子文不想让顾好难受，就一遍又一遍地找各种托词。至于李西风为什么拒顾好于千里之外，也是路子文没想明白的。他也很好奇，究竟为什么？

一个人的心理承受能力毕竟有限，李西风也不例外，独自待着的时间过长，人会变得非常固执，钻牛角尖就成了家常便饭。比如，有一天他竟然在QQ上把他多年的合作搭档骂得半死，网络那边的搭档只好忍气吞声地说了一句："哥，你说什么就是什么，我不跟你争论，只要你觉得心里舒服就行。"

七月，骄阳似火，李西风却在床上铺了一层湖蓝色的老棉布床单，母亲心疼地问："不热吗？会捂出痱子的。"

李西风拍拍自己的胳膊说："你看，今天33度，我一点儿汗也没出。"

母亲心疼地自言自语："这怎么办，什么时候才能好？"

"慢慢恢复呗。"

李西风每天做得最多的事就是研究各种汤品的煲炙方法。比如：枸杞并不能在鸡汤里起到提鲜的作用，也就是让鸡汤看上去美一点，而放上几粒瑶柱会使味道更加鲜美，提升鸡汤的层次感。

说到底，是日子太无聊。其实，是不是无聊他自己清楚。他是想把时间填满，不让自己去胡思乱想。即使这样，半夜还是辗转难眠，毕竟心里有个洞尚未补上。能不能补上谁也不知道，也许一两年，也许一辈子。这个破洞，风一吹，边边角角地抖动，牵动身体里的每一根神经，痛得无法形容。

他偶尔也在反思，我们为什么要背负那么多东西在身上，压得自己无法喘息，每天像蜗牛一样背着沉重的壳，缓慢踱步？乍一看，我们背上什么也没有；仔细看，又什么都有。看着马路对面的姑娘近在眼前，可走了半天，发现还没走过路牙。隔路观望，一声叹息，用尽所有力气，汗水结霜，泪水干了又湿，酸、甜、苦、辣、咸斟满杯，一口喝下。走到筋疲力尽的时候，回头看了一眼，原来，也仅仅是刚过了路牙。

巧合还是宿命，一点儿都不重要。李西风为了对面那个叫作"爱情"的东西一路仰仗、一路攀爬，把生命当作赌注押下去，输赢不由自己。当他意识到的时候，爱赋予的疼痛、生死、欢笑、泪水，却早已像个小偷无声地偷走了一切，留下的仅剩一点回忆罢了，仿佛宇宙的尘埃，比蚂蚁还小、还细、还轻。

书上说：爱情这条路不可能是直的。所以又拐了个弯，经历一下什么叫作生死。在转弯的时候，要学会减速。否则，就会像李西风这样，陷入爱的黑洞，连尘埃都不会扬起。他忽然发现，自己"心气"没了。这才是爱情的撒手锏，可怕又可悲。想了千百种方法，依然无解，爱情这道题太难，李西风当下的智商明显不够，爱的这道方程式他解不开。

李西风半夜闭着眼睛胡思乱想的时候，会感觉肩膀有点冷，总是习惯拽着羊毛毯把自己裹得更紧一点。能在盛夏的夜里裹毯子的人也算厉害之人，他套换了一句名言：没有在盛夏裹过毯子的人，不足以谈论人生。

"滴铃铃滴铃铃铃……"一阵清脆的电话铃声把他从胡思乱想中拉了回来。瞄了一眼来电显示，是一个陌生号码，他并没有接听的打算。切脾这个事让他看清楚很多事，更看清楚很多人。他想用这段时间来清理一下人脉关系，清理那些阴暗角落里的龌龊东西。

"怎么不接电话？"父亲推门问道。

"半夜的陌生号码不是骗子就是拨错了。"

可是电话并没有因为他这样的判断而保持沉默，再一次响起。

定睛一眼，还是刚才那个陌生号码。这一次，他拿起听筒，"喂，你好！哪位？"电话那头并没有人说话，他又补了一句，"哪位？说话。"依然是一片静默。李西风确定是对方打错，便挂掉电话。

可是这烦人的"滴铃铃滴铃铃铃……"又一次响彻在盛夏的夜里，显得尤其清脆。

"哪位？"李西风利落地抓起听筒，语气很冲地问道。

跟刚才一样，还是没有任何语音。一气之下，李西风拔掉电话线。

这样的情况在一周之后再次发生。他已经能清楚地记住那个号码。这一次李西风换了方式，不再急于跟对方说话。心想：反正我无聊，就跟你玩玩儿。

"不说话是吧？"李西风用明显挑衅的口气说道。

听筒那头静如死灰。说完这句话，他也开始保持静默，让自己呼吸均匀，像个间谍那样辨别来自对方听筒里的细微声响，企图能听出什么端倪，找出对方的破绽，然后一举拿下。

这一招果然管用，在李西风保持静默的30秒之后，他听到了听筒里传来窸窣的呼吸声，对方的周边环境同样安静，呼吸同样均匀，没有丝毫粘连。

"既然你不想说话，但是你又不想挂，那么我就啰唆几句。虽然我不知道你是谁，但是总这样半夜打电话也不好吧？你一直保持沉默，但我能确定你能听到我说的这些话。因为，就在刚才我听到了你的呼吸。"李西风清了清嗓子，接着说，"这个呼吸呢，对我来说，特别重要。我知道，这个呼吸可能想我了……想我就要承认，没必要藏着掖着，这不是什么丢人的事。不管怎么说，我还是……我还是要感谢这个半夜来电，感谢这个呼吸，谢谢她想念我，谢谢她惦记我……早点回家，一个人骑车慢点儿，不要总是骑那么快……"

说到这，听筒里传来的不再是呼吸，而是突然的一声抽泣，随即传来"嘟嘟嘟"挂掉电话的电音。

李西风放下听筒，深深地叹了口气，他能听到心脏的跳动，生疼，像麦芒来回摩擦，一粒粒毛孔往外冒血。他点了一根烟猛抽了两口，这是三个月以来抽的第一根，他企图用香烟来缓解一点点麦芒的刺痛。一根烟快要抽完的时候，电话铃声像幽灵一样再次在深夜响起，如同蜕变的飞蛾，不顾一切扑向烈火。

"你怎么猜到是我的？"这一次由对方变主动。

"不知道。"

"那怎么知道一定就是我？"

"我也不知道，就是一瞬间，一瞬间我认定是你。"

"天啊，你就是我的克星。"

"呵，克星真不敢当。最多也就是个妖孽，没死的妖孽。这段时间半夜的电话都是你打的吧？想干吗？玩午夜凶铃？"李西风自嘲道。

"怎么？不能给你打电话吗？"

李西风听到这话，竟不知道如何回答，苦笑道："既然分手了，还打电话干吗？有什么意思？"

"我就想听听你的声音。"

"没必要了，听了又能怎么样？"李西风心灰意冷地反问道。

"你开始讨厌我了是不是？真好，讨厌我慢慢地就会恨我。"

"我说过，不会恨你，也没有讨厌你。用你的话说，就是面对现实。"李西风的每句话都带着刀子飞到电话那头。

"既然这么烦我，那好，从现在起我绝对不会再打了。你照顾好身体，别让你爸妈担心，找个人早点结婚吧。"

"不用你费心！"李西风也不明白为什么要这么呛着说，明明自己特别想念，却把自己裹得严丝合缝，把头深深地埋到尘埃里。

他再一次见到路子文是两个月之后，最后一股暑气刚刚消散。

从出租车下来，李西风老远就看见小瞿站在MOMO咖啡馆门前。一旁的路子文坐在路牙上，头发乱成一个鸟窝，眼袋能夹住五毛的硬币，像个累了一天的民工，看上去一副狼狈不堪、心有余悸的样子。

李西风走路的步幅还是很慢，但是与住院那会儿相比利落很多。腰部依然不太能弯，略有一点别扭，像是端着肩膀的机器人。不过，气色恢复得不错，脸色红润许多，嘴唇也有了血色。

"怎么这个死样？"李西风与小瞿相视一笑，踢了路子文一脚。

"我就不能坐着歇会儿？"

"哎哟，不错哦！"李西风学着周杰伦的口气说。接着又问小瞿，"喝醉啦？"

"唉，一言难尽。"

"那就多言。"李西风在鬼门关走一遭，现在又活了过来，话也越发变多。

"风哥，咱换个地方呗。一个人实在拉不动他，只能把你叫过来。"

李西风点点头，"当然当然，这地儿怎么能待呢。"

到了尚美酒店，路子文昏昏然的一头睡了过去。小瞿这才把来龙去脉告诉李西风。李西风叹了口气，说："不是坏事。挺好的。"

小瞿听到李西风这样说，瞪大眼睛，"啊？"

事情还要从刘眉眉说起。大概是李西风出院一个多月以后，苏莉再次跟路子文提起离婚，而彼时路子文也已经和刘眉眉提出了分手，可刘眉眉还是对他死缠烂打，让他焦头烂额。路子文当然不会答应苏莉离婚，他用了迂回的策略，自己先往后退了三步，说已经断了与刘眉眉的联系，再给彼此三个月时间，如果苏莉发现他与刘眉眉还有瓜葛，或者苏莉还是坚持离婚，那么他没意见。这样给大家都有个冷静的机会，给各自一个缓冲的过程。苏莉想了想，觉得也未尝不可。倒不是原谅路子文，而是给自己留一个余地。因为她还是在乎孩子的感受，无论双方达成怎样的和平协议或是补偿孩子再多的爱，离婚还是会在某种程度上对孩子的成长有所影响。苏莉向来聪慧理性，从这一点上来说，是她的优点也是她的缺点。

可他这边还没想好应对办法，刘眉眉那边又出了"幺蛾子"……

第十三章

"风哥，你刚刚为什么说他这事儿不是坏事呢？这次，吃的亏不小，你看，被弄得……"小瞿指指床上的路子文说。

李西风低垂着眼皮，轻声道："你有没有想过，这一闹，他才能跟刘眉眉彻底断了，才算死心。否则，猴年马月，指不定后面还出更大的幺蛾子。先不说他跟苏莉离不离婚，至少我认为他跟刘眉眉这样下去不会有什么好结果，倒不是说刘眉眉对他的感情是真是假，而是他们俩并不合适，无论从哪个层面看，都不合适。"

"不是一路人，你明白吗？"李西风又强调了一句。

"哦，不是很明白。"小瞿若有所思地点头加摇头。

李西风笑了笑，"行了，不去研究这些，先把眼前的事解决好。他现在这种状态估计十天半个月缓不过来，公司现在手里有什么案子在做吗？"

"他跟顾好在谈酒吧的营销项目，不知道进展情况，要问顾好才知道。"

"不行的话，我先出来工作吧，不能看见钞票不赚啊……对了，哪个酒吧？一般酒吧的老板都舍不得投入营销的费用，有钱直接请个明星就算是用心做了。"李西风皱了皱眉。

"你身体吃得消吗？不过，我看你气色还挺好。"小瞿问道。

"哪个酒吧？"李西风追问。

"就是那个'蓝色星空'。"

李西风恍然大悟。

"风哥，你确定要上班啦？"小瞿继续问。

"那怎么办？如果他们跟甲方已经达成协议，总不能半途而废吧。他现在这样的状态，肯定是做不出任何方案，更别提后面的执行了。让他休息一段时间也好。"

李西风重新回到公司上班，最高兴的莫过于顾好。照例，每天早晨的咖啡总在他坐下的5分钟之内飘然而至办公桌，顾好会微微一笑地来一句："早上好！"然后帮他拉开窗帘，九月的阳光穿过落地玻璃，铺满地毯。

如他所料，路子文的确已经跟酒吧签了协议，就在刘眉眉闹的那个星期。顾好告诉他，这案子是上次那个汗蒸房的马总介绍的，酒吧老板姓袁，是马总的亲外甥。知道这么一层关系在里面，李西风又多了一分把握。倒不是从项目本身而言，而是从马总能去医院看望他这一点上得出的结论。毕竟他与马总萍水相逢，并没有过深的交往。人，只有在遭遇生死的时候，才能看出身边一帮人的人品。可以毫不夸张地说，劫难——是检验人品的不二法则。

有了马总保驾护航，跟甲方的对接就显得顺畅许多，基本上属于无缝对接，李西风他们提出的方案策划，袁总都表示肯定。营销总方案还是由李西风一手执笔，在顾好他们做的市调数据上得出新的定位，走了一条另辟蹊径的路子。在盐海，酒吧都散落在市区的各条街道，并没有形成娱乐化的商业街区，不是慢摇就是清吧，要么就是演艺吧。市场份额就那么大，怎么让"蓝色星空"做出自己的风格、自己的味道，这才是李西风他们需要找出来的核心诉求。说白了，就是在一个大市场里进一步地细分市场，然后找出自己的目标客群，从一片红海之中脱颖而出，形成属于"蓝色星空"自己的蓝海战略。

李西风给这个蓝海战略提了一个有意思的主题，叫作"你就是大咖"。

在若干次的头脑风暴之后，他们总算披荆斩棘，发现了这把蓝色的伞。纵观整个城区，慢摇、清吧、演艺吧都已经存在，并且都已经形成自己的固定客户群。这也是为什么袁总他们生意不好的原因。后起之秀说得容易，实际要能真正达成，绝非豪华硬件、赠送酒水就可以轻易搞定。在死扛了三个月之后，袁总跟自己的舅舅倒苦水，这才有了路子文他们的出现。李西风发现，慢摇吧占据更大的市场份额，但不容易抓住客户，消费忠诚度很低；而清吧，以固定消费人群为主，基本上都是同一帮人来回几个酒吧转着玩，在这个小城还处在培育市场的阶段，要想扩张客户群短时间之内难以实现；只剩下了演艺吧，城区仅有一家，聚龙湖商圈的那个"串场Star"。李西风他们提案以Live House的形式整合"蓝色星空"，以一个全新的形象俘获客群。为此，重新设计一套VI系统，首先从视觉上让人耳目一新，让"蓝色星空"成为过去，替换了旧的店招名称，正式启用"蓝Live House"，让每一位进来的客人都有机会上台与乐队一起疯狂，成为闪耀星空的大咖。

为了锻炼小瞿，路子文在会议上提议让小瞿负责这个案子。一是因为小瞿对酒吧这个场所比较熟悉，对接起来更为流畅；二来，他也想让顾好休整一下，不能总让她冲在前线，多少有点于心不忍。这个决定也让顾好有了更多的时间与李西风相处，这也是路子文给顾好创造的机会。当然，不排除路子文的私心，他想看到李西风早点成家。作为一个聪慧的女人，顾好怎么会感觉不到路子文的良苦用心，便在心里跟自己说："胆子再放大一点，步子再跨大一点，也许这是自己最后的机会。"

在"蓝Live House"跟袁总确认完即将投放的媒体选择，袁总热情地把李西风与顾好留下来，并开了一支私藏的"巴罗洛"，李西风不好意思地拿顾好打趣道："袁总可是看在你工作尽责的分上给你的奖赏，咱恭敬不如从命吧。"

顾好瞪着俩儿大眼珠子，"这是你李总的面子好吧。"

"你可是媒体投放的负责人！"

"我说你们俩就别推辞了。这一点你们路总比较好，从来就不客气。每次来，自己就到我酒柜里翻了。"袁总笑着说，"你俩先喝着，我先出去处理点事情，马上回来。"

"你倒是喝啊。"李西风笑着说。

"你怎么不喝？"

"我倒是想喝，可医生不让，你忘啦？"

顾好解开了自己的头发，左右甩了几下，"哦对，差点忘了。那咋办？"

"你喝，我看着。"

顾好忍不住一阵笑，"那我可喝不下去，我傻啊？"

"那现在我们俩这样不傻吗？袁总这么好的酒，我们一口不喝，就这么看着，人家还以为我们嫌酒不好呢。"

"要不，你意思一下，就当陪我。"

李西风觉得这主意不错，点点头，"这个可以有。"

可事情从不向人们设想的那样去发展，顾好这一喝就收不住了，眼看第二杯见了底。

"能采访一下你吗？"

李西风点点头。

"我就没一点儿吸引你的地方？"

"酒喝多了吧，不是早就跟你说过吗。"

"知道吗？我现在特别后悔。"

"后悔什么？"

"明知故问。我后悔不该介绍你跟她认识，不然，你也不会受这么多苦。"

"都过去了。"

"在我这，过不去。你，也过不去，你这是自欺欺人。"顾好拍了拍自己的胸口。

"真的都过去了，不怪她，要怪就怪我自己命不好，运气太差。"虽然李西风是意思一下，但来回几次"意思"之后，也下去了半杯，这是他术后第一次喝酒，没发现有什么不舒服的地方，就觉得脸有点发热。他好奇地在想：这半杯酒不至于劲这么大吧，难道，酒量倒退？

"你真傻！"说完，顾好把杯子里剩下的酒一口倒进喉咙。

李西风再次沉默地笑了笑。

顾好欲伸手再次给自己续杯，被李西风一把抓住，"可以了可以了，不要再喝了。留着下次再来。"

由于用力过猛，顾好一下子就倒在了他大腿上，"不行，我要把它全干了，这么好的酒不喝完可惜。"

"坐好坐好，咱不喝了。送你回家。"

"不行……喝，继续喝，必须喝……没喝完不能走。我妈说了，不能浪费，浪费可耻。"

没见到袁总，跟吧台的酒保说了声，李西风架着顾好上了出租车。

"你知道钥匙在哪吗？"他拍着顾好的肩膀说。

"丢了……我不要回家，我不要回家嘛。"顾好语无伦次地说道。

李西风翻了她随身带着的包，除了笔记本电脑与面纸，什么也没有。

"得，啥也没有。送你去酒店吧。"李西风自言自语道，"师傅，麻烦去尚美。"

"我不去酒店，我不要去酒店……我要回家，回家。"

"耳朵还挺尖。"李西风无可奈何地嘀咕。

"没钥匙回不了家，估计在公司呢。不回家又不去酒店，你要睡大街上？"

"嗯，大街上好。我就要睡大街上，大街上凉快。"

没辙，遇到喝醉了的人，谁也没辙，跟她讲不了理。李西风只好让司机调头回自己的公寓。费了九牛二虎之力，总算把顾好扔到床上，直着腰站那长舒了一口气，发现后背已经汗湿，身体尚未恢复元气，人还是有点发虚，复查的时候医生说，估计要两年才能恢复如初。

看着躺在床上的顾好，李西风忽然不知该如何是好，定了定神，"要喝水吗？"

顾好哼了一下，没吐出半个字。

想了想，李西风先把她鞋给脱了，给她盖上毯子，然后跑去弄了个热毛巾递给顾好，"擦擦脸，好睡觉。"

"不要，不要。"顾好摆着手说道。

"你倒是很清醒啊，对答如流。我看一点儿都没喝多，来，坐起来，我们继续喝。"李西风拿她开涮地说道。

说归说，他还是展开毛巾给顾好擦脸，有那么一瞬间，他发现这个情形是多么熟悉，顾好哼了一声又把他从那个瞬间拉了回来。刚把脸擦好，脸颊更是润得剔透，他发现自己的心跳好像连续快速地跳了几下，如同超速的汽车，心律失常；不过，热气腾到自己的脸上，他觉得很舒服，他在想：顾好应该也很舒服。没想到的是，顾好忽然一把抱住他，"要了我吧！"

李西风下意识想要抬起身子，却没有成功，"你吓死我了！"

"我当真的，要了我吧。我没醉，我很清醒。"顾好来回蹭李西风的脖子。

"别闹别闹，你这明显是醉话，你先松开，先松开。"

"我不，我没醉。我就这么让你讨厌吗？"说着两手撩起李西风的衬衫，往上摩挲、游走。

"等你清醒之后有你后悔的时候。别闹了，赶紧松开。"李西风嗔怒道。

"我爱你，我爱你，你知不知道。我知道你知道，你就是装不知道，其实你都知道。"她一边吻着李西风的脸，一边含糊不清地自言自语。

李西风无奈道："顾好，你先放开……听话！"

顾好终于跨出了一大步，怎么可能因为李西风的几句话而轻易罢手，她揉搓着李西风的头发，说道："我爱你！"但身体的抖动还是出卖了自己。

"怎么抖了？害怕了？"

顾好大眼圆瞪，"有什么好怕的，我才不怕。"

"确定？"

顾好点点头。

望着顾好那视死如归的神情，李西风劝道："不要做让自己后悔的事情。"

"我有点怕。"

李西风定了定神，"怕什么？"

"不知道。"顾好没说的另外半句是：怕未来。其实，李西风自己也明白这一点。他们两属于同一类人，都怕自己给不了对方想要的。顾好明知道李西风对她没有爱，仅是欣赏，她怕的是不知道他们俩的未来在哪里；李西风也知道这不是爱，所以怕的是耽误顾好，伤害了她。

见李西风如此坚定，顾好说道："能问你个问题吗？"

"你说。"

"我还有希望吗？"

"能不谈这个问题吗？"李西风反问道。

顾好叹了口气，眼泪溢出眼眶，"好。"

"蓝Live House"按照李西风的营销策略，各项工作稳步推进，路子文也逐渐恢复生气。刘眉眉近期也不再缠着他，路子文则乐观地认为，他们从此就彻底断了。

李西风也慢慢远离感情的漩涡，至少暂时被工作填满，没什么空闲的时间让他再胡思乱想、不能自拔。路子文经常开解他："男子汉大丈夫，想拔就拔。"他则回一句："说得好像很有道理，就是坑太多。"

临近中秋的时候，一个陌生的电话打破了李西风刚刚平静的内心。那天刚好下雨，李西风在网上浏览了一则新闻，除了北京奥运会的后续报道，没什么其他重要新闻事件。于是，他起身走到窗边，望着窗外雨中穿行的路人。

"看什么呢？"顾好端着咖啡缓步进来。

他接过咖啡，"没什么。"

可能受天气的影响，多少有些感慨，便冒出一句放之四海而皆准的废话："你看，无论风霜雨雪、酷暑寒冬，人啊，一刻也未停止生活的步伐。"

这时，桌上的手机铃声响起，"我试着勇敢一点/你却不在我身边/我的坚强和自信/是因为相爱才上演/我一定会勇敢一点……"

顾好微微一笑，做了个接电话的眼神，转身走出办公室。

"你好，哪位？"

"是李西风先生吗？"一个女人的声音。

"你哪位？找他有什么事？"

"很重要的事。"这个女人说到这一句的时候，李西风已经听出了她是谁。

"你是哪位？不说，我就挂了。"

"呵，连我的声音都听不出来啦？"

"那你说你是谁。"

"既然你听不出来，那我挂了。"

"说吧，打电话干吗？什么事？"

"你这口气好像不太想接我电话。"

"是你自己说你不会再打我电话的。我也遵守得很好，再怎么想念的时候，我都告诉自己'不打'。"

"真想我了？"

"说吧，什么事？"

"你先回答刚才那个问题。"

"可以。你想了，那么我就想了。"

"狡辩。"

"说事，不说，我挂了。"

"我过几天回盐海，一起吃个饭吧。"

"听你这意思，不在盐海？在哪个城市呢？"

"杭州。"

"你们做直销的团队跑得够远的啊。"李西风偶尔一句带刀子的话扔过去，耳边都能传来刺拉声。

"行了，别讽刺我了。我是实在没法在盐海待了，走到哪儿都是你的影子。"

"看来，是我的错。"

"我下周回去，就周五晚上吧……你还记得那天是什么日子吗？"

"不知道。"

"呵，忘得挺快啊。谈恋爱啦？"

"这跟谈不谈恋爱没关系，我现在脑子坏了，什么事都记不住。"

"得了吧，你就是把我忘了。下周五是我生日。"

"哦，对，想起来了……我还是觉得我们不要再见了，你过你的日子，我过我的日子。见了面又能怎样呢？改变不了什么事实，徒增烦恼。"

"我就想让你陪我过生日。在一起的时候，没有机会给我过个生日，我不想留下遗憾，现在补一下，很过分吗？"

"不过分。但是，不合适。"

"这点情分都没有？我就要你给我过个生日。"电话那头不讲理地强调。

李西风笑了一声，"呵，你是不是又在跺脚甩胳膊？"

"你混蛋。"凌云扑哧一声笑道。

"说真的，不是不陪你过，这半年我也想通了很多事，我是怕自己到时候会难受，你不觉得这样很自私吗？你不觉得这样对我来说太残忍吗？你有没有想过我的感受？这叫什么，你知道吗？你这叫'凌迟'。"

电话那头一阵沉默。

李西风接着说："既然分了，就别打扰各自的生活。"

"分手就不能做朋友吗？"电话那头有了哽咽。

"不能。"

"那好，不勉强你。你终于开始恨我了！"

凌云的哽咽让李西风的心一紧，"再强调一遍：我没恨过你，之前没有，现在也不会，以后更不会。"

"那行吧，就这样。"听筒里传来嘟嘟的电音。

放下手机，端起咖啡，杯体尚有余温。窗外的雨拍打在玻璃上，形成水珠向下滑落，李西风的心情跟水珠一样向下滑落。他以为自己已经放下，路子文也以为他已放下，所有人都以为他已放下，可刚刚听筒里传来哽咽声，他还是有明显的反应，心揪不是错觉，是真实的知觉。回避，是回避不了的，也许就因为自己刻意地回避，才不敢再次面对凌云，可能真正去面对的时候，大概也就放下了。

他并没有意识到，此刻的他竟然在劝自己。

想到这，他再次拿起手机给凌云发了一条信息："周五BEST咖啡馆七点见。"

他偷偷去蛋糕房预订了一盒蛋糕。周五下班后，推掉了公司的周末聚餐，便匆匆赶往蛋糕房取了蛋糕。在车上的时候他一直在想，要不要去买个礼物，当作纪念也好，当作生日礼物也好。转念一想，又有什么意义呢？就在这种自我矛盾中到了BEST咖啡馆。

侍者走过来，在李西风面前放了一杯柠檬水，"您好先生，请问要喝点什么？"

"来杯蓝山吧。"

"好的，请稍等。"

凌云走出电梯，一身浅灰色风衣，头发披着，有点凌乱，在不停地用手划拉。

看到凌云走进来，他站了起来，为了让凌云看到自己，好知道桌子的位置。两个人没有说话，相视一笑，随即坐下。

坐下之后又是对视，像是要看穿对方的眼睛，然后嵌进瞳孔。咖啡馆里的暖气虽然已经开启，但空气跟凝固一般，这种尴尬的状态使秒针足足空转了三圈，谁也不知道该怎么打破沉默的局面。

他看到凌云从包里掏出一根扎头发的皮筋，便刻意问道："外面风大？"

"嗯，起风了。"凌云微微一笑，李西风的心随之一颤。他竟然看得愣神，那笑，也很美。

侍者给李西风送上咖啡，转头问："您好女士，请问您要喝点什么？"

"随便，要不，你帮我点吧。"凌云一边扎头发一边对着李西风说。

"好吧。那个……来杯玛奇朵吧。谢谢！"

"好的，请稍等。"

"等一下，帅哥。"他说完接着问凌云，"你想吃点什么？"

凌云看了一眼静静躺在桌子上的蛋糕，"吃比萨吧。一会儿还要吃蛋糕，吃简餐怪怪的。"

李西风点点头，"那就比萨吧。"

"好的先生，请稍等。"

"气色好多了，好像还有点胖了，是不是？"凌云扎好头发说。

李西风点点头，"歇了半年能不胖嘛。"

他端起面前的咖啡，"最近怎么样？"

"我跟二姐闹翻了。"

"怎么了？"

"还不都是因为你。"

"我？"

"记得夏天的时候我给你连续打电话吗？那段时间，我想你想得快要崩溃了，然后被她发现我还在跟你联系，就跟我吵架，把手机砸了。"

李西风点点头。

"可是，低声下气地给你打电话，你那样对我，我当时难过到不行。我觉得你在报复我，你又不恨我，又不让我打电话，我就想着我要把亏欠的还给你，不然，我活不下去。"

李西风平静地说："你不欠我的。"

"欠不欠，我自己知道。所以，我就……"说到这，凌云眼底略微有些湿润。

李西风蹙眉等着凌云下面的话。

她调整一下哽咽地嗓音，叹了口气，"没什么，都过去了。你呢？身体恢复得还好吗？"

看她不愿意再说下去，李西风也不想再追问。本来这个见面就带着一种内心的交代而来，或者说是对一段情感的安放，过多的苦苦追问只能说明自己还放不下，在这个女人面前万万不能表现出来。这似乎关系到一个男人的自尊，当然，也可能是自卑。

"不管怎么说，还是那句话，感情里没什么欠不欠，在一起的时候无论深浅那爱也是真的；不在一起的时候，那就感谢互相曾经给予的爱。谁也不能否认，彼此的感情。"李西风并没有正面回答她的问题，而是接着刚才那个话继续说道。

"那就谢谢你的爱。不过，我还是要告诉你一句话：从今天起，我不欠你的了。"

从她不断重复、强调所谓"欠不欠"的话题，可以看出在凌云的心里压着多重的一块石头，背着一堆多累的心理包袱。每次她重复这句话的时候，都带着色彩浓重的仪式感。

"那就好！"李西风接着问，"然后就去杭州了？"

凌云点点头。

"折腾这么一圈有什么收获？"

"不知道。不过，想明白很多事。"

"这也是收获。"

"在杭州做什么？你这算不算也是逃避？"李西风接着问。

"怎么一直问我？你呢？出来工作啦？"

"这不是随便聊吗。"李西风接着说，"工作有一段时间了。"

"在一个同学的化妆品公司帮忙，打发时间，她也知道我是去散心的。对了，路子文、顾好他们还好吗？"

"顾好不是你朋友吗？你们没有联系？"李西风故意试探道。

"我都不知道怎么跟她说。她肯定恨我，至少是怪我。"

"所以你就跑到杭州，希望谁也找不到你，是吧？"

"你说这里的服务生会觉得我们俩是什么关系？"凌云刻意转移话题，生硬地问道。

"一男一女过生日，你说什么关系？"

"不一定啊，兄妹也可以过生日。"凌云强词夺理地说道："而且，我们现在也不是情侣。"

李西风嘴角牵动了一下，眨了眨眼，望着凌云没有接话。两个人突然陷入长久的沉默，像是沉入大海的石头，急速下坠。

"答应我一件事可以吗？"凌云端起玛奇朵，喝了一口，打破了凝固的空气。

"要看什么事。"

"你先答应我。"

"有些事，我即使答应了也未必能做到。还是要看什么事。"

"一会儿吃了蛋糕，以后我们就是朋友，做一辈子的朋友，可不可以？"

李西风长舒了一口气，"朋友很多，一辈子的能有几个？你敢轻易说，我不敢轻易答应。各自安好，也许最好。"

"你当真舍得不再见我？"

"当真舍不得！但，必须舍得。世间那么多'舍'，我们终不见'得'。"

李西风点了蜡烛，凌云双手合十，虔诚地许了个愿。他举起咖啡说："Happy birthday to you！"

"不想说点别的？"

"呃……你许了什么愿？"李西风突然想开个玩笑，又觉得好像神经病，转念一想，"还是祝你平安喜乐吧！"

两个人走出电梯，一阵冷风扑面而来，凌云抓住风衣的领子，"谢谢你给我过生日。"

"这么客气不太习惯。"李西风强颜欢笑。

"再说会儿话吧。"

"好。"

"照顾好自己，别喝酒。找个人早点结婚，你爸爸妈妈年纪大了，别再让他们操心。"

"好。"

"那……你先走吧。"凌云克制地眨着眼睛，她想让泪水在与空气的接触中稀释掉。

"让我再抱你一次吧。"李西风张开双臂，秋夜的风把他的头发吹散在面庞，他有些看不清凌云的脸。

"好。"

他抱着凌云，头发的味道是那么熟悉，"你要好好的，你要幸福。"

"好。"

"还是你先走吧。"

凌云紧紧地抱着没有要撒手的意思，李西风拍了拍她的背，"我看着你走。"

"不。以前每一次送我回家，都是我看着你走的。"凌云终于松开了紧拥的双臂。

"所以，这一次换我看着你走。"

凌云不再坚持，转身快速离去。无论李西风怎么强忍，怎么克制，眼泪还是在凌云转身的那一瞬飘了出来，完全不受眼肌控制，"亲爱的，你要好好的。"

李西风那句脱口而出的话，促使凌云眼眶里一直旋转的泪终于滑出眼睑，接着从喉咙深处挤出一句，"我听见了！"

终究是抵挡不住情绪的汹涌，李西风只能承认一刻也未放下过凌云，再高超的演技骗得了所有人，也骗不了自己。过了路口，毓龙路那一排鲜花店里的音响正播放着一首过气的老歌，老板娘40岁左右，一看就知道是位情怀尚存的女人，眸子里都是故事。李西风像一具风干的走兽一般，这街头的一切都与他无关，他多想从明天起喂马劈柴，周游世界，再有一所属于自己的房子，面朝大海，春暖花开。然而，在这街头的歌声里，眼泪却无声地溢出，越过眼眶、湿了鼻翼、滑过下巴、贴着脖子，一路来到锁骨，蜿蜒成河。这一刻，他崩溃得像一块被挤压的海绵，不知道身体里哪来那么多水，穿越在热闹的街头，偶尔，有路人像在看电影桥段一样好奇：这人怎么哭成这样？泪水随着风四处滑落，他开始奔跑，也许是因为速度的原因，他似乎闻到喉咙泛出血腥的味道，夹杂着耳膜的呜咽与发动机的轰鸣，跟洪荒莽原上孤独奔跑的野马一样，追逐久久不能散去的离愁，身后传来花店老板娘挚爱的歌，古老又破碎。

走着，哭着，哭着走着，又到了一个酒吧前，李西风稳定一下情绪，推门进去。

"Jason，来杯Vodka！"李西风对着酒保喊道。

"吖，风哥，没见你喝过这么烈的酒哎。"Jason关照地回道。

"人有时候需要一点点刺激嘛！"

"OK！"Jason说着夹了一块冰落在杯中，顺势推到他面前。

"人有时候还需要一点点打击。"李西风顺着话音把头扭过去，右侧隔了两张椅子的位置上，一个留着黑色长发的女人捏着高脚杯盯着他。

"呵，看来你深受其害啊。"李西风端起杯子挪了过去。

黑色长发女人抿嘴苦笑，"不，应该是同是天涯沦落人。"

"还会念诗呐！敢问小姐芳名？"

"你才'小姐'呢！"

"好好好，我错了我错了，用词不当。Action重来一遍：敢问这位女士怎么称呼？"

"还晓羽，叫我晓羽就行。"黑色长发女人说着举起酒杯跟李西风示意。

"李西风，东南西北风的那个西风。"两个人的杯子在空中碰了一下，发出"叮"的一声。

趁着酒劲，李西风就跟还晓羽开始天南海北、天花乱坠地一番胡吹神侃，听得还晓羽是云山雾罩。不过，他哪知道还晓羽的酒量是那种深不见底的级别呢。他一直想不通的就是身边任何一个女人都比他能喝，这条毫无逻辑的规律已迫使他败在了很多女人面前，不知道这一次能不能幸免。当然，还晓羽也不知道他这么喝酒所为何事，表面上能看出来的东西往往都是假象。李西风现在想做的就是把自己灌醉，忘了凌云、忘了人间、忘了洪荒、忘了疼痛，甚至可以说他想堕落到死。

三杯酒下去，两人有了大致的了解。还晓羽在上海工作、生活，老家是盐海，父母还住在西郊的乡下，她虽多次提出带二老去上海生活的建议，但父母却一再推辞说住在大城市不习惯，还是乡下好。没办法，还晓羽只能每个月回一次盐海看看父母，陪他们吃个饭。跟所有的大龄女青年一样，还晓羽的爸妈也为她的婚姻操碎了心。每次回家重复的话题一定是什么时候带个女婿回来。她不知道该怎么跟父母交代，每每想起必定头痛，这一头痛就来喝酒。她也明白这是逃避，根本解决不了问题。但是除了酒精能让她暂时轻松，她一时找不到其他可以替代的方式。

还晓羽在上海跟朋友做了个外贸公司，做日本条码打印设备。但是电子商务接触的人群有限，更多的则是通过网络便把一单生意成交。何况，还晓羽还是个外貌控。有时她也会反思，除了生活圈狭窄，是不是也有自己主观能动性太差的原因，导致对爱情、对婚姻越发失望。不熟悉她的人，看到她都会认为这个女人活得无比洒脱，二十七八岁有着自己的公司，发不了大财，但也有了基本的保证。但是她自己也清楚，找个三观一致的男人比赚钱要难得多。面对父母施加的压力，她只能口头妥协，每个月回家的流程当中就有相亲这一项。相亲的次数越多，内心的失望越大。随之而来的疲惫感淹没了一个女青年该有激情。看上去是眉眼欲动的年龄，言谈举止却修炼得跟三四十的少妇一般怨忧。长期的这种相亲消耗战弄得全家筋疲力尽，她就想不通一件事：这天下的好男人都去哪了？怎么自己就一个也碰不到？难道真是自己有问题？她陷入了一种自我怀疑，怀疑生活，怀疑爱情，怀疑人生，她也无数次问自己：我究竟想要什么样的男人？可是，每次都没有确切的答案。直到，看见这个陌生男人，这个跟酒保要Vodka的男人，瞳孔忽然闪了光，像是相识多年的故人。

"你说你多大？"李西风舌头微微发硬，叼着烟，咧着嘴问。

还晓羽撩了一把头发，端起酒杯就跟他碰杯，"你管得着吗，反正比你小。"

"玩色子耍赖，回答问题也耍赖？我告诉你啊，你别以为你喝多了就就……就能跟我耍赖。小心你出不了这门。"这时的李西风已经处在半醉半醒的状态，早就不顾礼义廉耻。

"嘁，就你？小心我打得你满地找牙！"还晓羽也算是喝通了，长期积累的郁闷无处发泄，正好遇到这个让她心悸的男人，她得主动出击，一杯接一杯地喝，指望能套一套这男人的话，听听这男人的故事。奈何，这家伙虽然喝成大舌头，但嘴依然挺硬，愣是没倒出个子丑寅卯来。心想：既然你不肯说，公平起见，那我就拿你开开心，大家算扯平。

"功夫这么好呐？说得我真想试试。"李西风邪恶地哈哈大笑。

"哼，就怕你没这个胆！"

"谁怕谁孙子！"

"快，叫姑奶奶！姑奶奶放你一马。"

"讨我便宜是吧？好。那咱就找个地儿领教一下你的功夫。敢不敢？"

"你不怕我把你废了？"

李西风头一昂，翻了翻白眼，"怂了吧？现在认输还来得及啊妹妹。"

"行，走。"还晓羽特别干脆地回道。这让李西风心里咯噔一下。

"好……"李西风故意拖了个长长的音，"你说去哪。"

还晓羽冷笑着哼了一声，"去你家。"

李西风眼球上下左右转了一圈，把自己从半醉半醒里拉回来，"我家？"

还晓羽点点头。

"确定？"

还晓羽还是点点头，一副慷慨就义的神情。

李西风一把抓住她的胳膊，"走！"

"我认输，开玩笑的！"

就这样，李西风与还晓羽开始相识并产生了爱恋。

相处的时间虽短，但一个人的品性通过言行举止就看得出来。还晓羽身上的那股爽朗的劲头正是李西风所欠缺的状态，并且这种爽朗的性格并没有遮蔽她骨子里散发出来的温善，这种温善也许才是李西风内心的渴求。

李西风看着眼前这个姑娘，心想：真是个可爱的姑娘啊，从哪突然掉下来的，这是上天的恩赐吗？走掉一个疼痛碎裂的，却来了一个温暖美好的。这世间的相遇真是奇怪，这该是一个怎样的安排，难道上天真的是负责平衡这个世界的吗？

还晓羽趴在李西风怀里，手指从李西风的刀口处一排一排地划过，"给我讲讲她的故事吧。见到你的第一眼，我就知道你是个有故事的人，现在看到这个，确定了我的判断。"

"过去的事讲了干吗？"

"我先申明，不是好奇。就是想知道你都经历了什么疼痛。"

"从哪开始讲呢？太长了，你确定要听？"

"确定。你慢慢说，我静静听。"还晓羽摩挲着深红色的针眼。

李西风一万个不愿意把伤口翻出来晒一遍，每过一遍都像是把伤疤揭开然后等待下一次的愈合。可眼前这个女人似乎可以治愈自己，而且她看到刀口的针眼能体悟或者感知到他曾经的疼痛，这正是李西风空了的心，急需填补的空缺，他需要这样的滋养，他愿意敞开心扉。

"还疼吗？"还晓羽眨着湿润的眼睛说。

李西风嘴角微微上扬，摇了摇头。

"恨她吗？"

李西风依然嘴角上扬，摇了摇头。

"抱紧我……李西风，你记住：以后，我不会让任何人再伤害你。"

带还晓羽见朋友，对于李西风来说没什么忌讳。但是，他没想好该不该叫上顾好。毕竟他明白顾好对他还是心存希望的。突然冒出个女友来，恐怕顾好难以接受。

思来想去，他还是叫上了顾好。

"我先来给大家介绍一下：还晓羽，西郊人，现在上海做外贸。"李西风指着身边的还晓羽跟路子文他们说。

"大家好，很高兴认识你们。感谢大家对李西风的长期照顾，我才能遇到他。"还晓羽落落大方地说。

"见外啦见外啦。都是兄弟。之前也没听他说起过你啊？风子，你这个不对啊，跟我们来突然袭击，还真不太适应。那个……晓羽，你以后得好好管管他，越来越不上路子。"路子文半开玩笑地数落。

"风哥，你这神速啊，保密措施做得可真好。"小瞿咧嘴附和。

从李西风说请大家吃饭的那一刻开始，顾好就内心充满欢喜，甚至兴奋得睡不着觉，因为李西风当时说了一句话，说要宣布一件事。等走进"聚点酒楼"的包厢时才发现一个陌生的女人站在李西风的身边，她的心一下子凉了半截，一阵一阵揪着疼。她明白，这一次，自己是彻底没了希望。李西风亲手打碎了她心存的梦想。其实，她早该领悟的，在那个酒夜一切就早已有了定数。只是，她没想到这破碎来得这么快。虽然心如死灰，但作为女人，她还是拿自己与还晓羽作了一番对比，除了身高比自己高一点，没发现其他特别的优势。不过，她跟还晓羽属于两个不同的类型，她是文艺青年型，还晓羽是成熟干练型。此刻，她才明白：外貌的优势并不能赢得一个人的心，真正能俘获对方的是那种不可言说的感觉。

"你好，我叫顾好。在公司负责方案执行，李总监是我领导。"顾好努力使自己平静，微笑着跟还晓羽打招呼，在说出这句话的时候，她感觉自己的心在怦怦跳，简直要蹦出来，像是做了亏心事一样。

"你真漂亮！名字也好，听着让人喜欢。什么领导不领导的，在外面都是兄弟姐妹。就他那臭脾气，没少挨他骂吧？"还晓羽一个劲儿地夸着顾好。

"别聊啦，开动吧，菜都凉了。我就不介绍自己了，吃货一枚——玫玫。"

还是玫玫有眼力见识，一看顾好的神情，就知道苗头不对，赶紧打岔搞气氛。她断定，李西风没跟还晓羽坦白跟顾好的事，这个女人最大的缺点就是太聪明。

"来来来，我们大家先干一杯，恭喜风子早生贵子。"路子文举杯提议。

李西风笑着对还晓羽说："互相开涮是我们的正常环节，你慢慢习惯，习惯就好了。"

"开动开动。"李西风夹了一块卤牛肉，愣是没吃出味道。皱了一下眉头，心想：大厨今天做得不入味？于是，又夹了一片剁椒鱼头，还是没尝出任何味道，心里咯噔一下：剁椒鱼头这么辣都没吃出味道，奇了怪了，便又换了一道菜，夹了一筷子肉末粉丝，这一次有了粉丝浸透肉汁的味道，难道刚才两道菜是自己出现了幻觉？

他心里有些嘀咕。

第十四章

波波搬进海华银座的办公室之后，并没有接到许大基承诺给他的设计案。这时他才意识到被许大基忽悠。许大基实际上是利用他在盐海设计圈的名号，扛着波波小有名气的设计大旗，为自己忽悠更多的项目。但是既然已经成了许大基的合伙人，也就无路可退。

路子文一心想着怎么报那个釜底抽薪的仇，后来慢慢沉淀，才想明白合作是两相情愿的事，波波选择退出是他的自由，虽受人蛊惑，退股的时机不太合适，他还是表示理解。

晚上李西风跟还晓羽视频聊天，两个人之间并不像一般恋人那样腻歪，而是像相识多年的老友，说说工作与日常。平时除了隔三岔五通个电话，更多的是在周末的晚上坐到电脑前视频连线，以解思念之情。

对于还晓羽这样长期相亲的人，李西风谈不上是金龟婿，但至少在她心里是百分之百的认可，内心的认同感有时候占据上风会覆盖其他方面所谓的缺憾。所以，她对李西风更多的是精神上的依赖或托付。

搁在李西风身上则变成了一种填补的缺。他也问过自己，还晓羽是不是凌云的替代品？还是所谓的一见钟情。可是他已经顾不了那么多，心上荒芜得长草，他需要还晓羽给予的滋润，否则一把火就能烧了那片草原。还晓羽像是从天而降的春雨，润物细无声地渗入土壤，激活他那颗干枯的心，使其萌动发芽，他才听到了一点点春雷的轰隆。所以，他固执地认为还晓羽不是替代品，而是他新生的土壤。

可是这土壤也绝非万能。毕竟还晓羽远在上海，两个人分隔两地，远水解不了近渴。实际上还晓羽比他更无法忍受异地恋情，总觉得不踏实、不现实，听上去就特别虚幻，之前听别人说起异地恋倒没觉得什么，落在自己身上犹如蚂蚁噬心。所以，她多次提议让李西风去上海陪陪她。每一次李西风都以工作忙走不开的借口推辞。次数多了之后连他自己都不信这样的鬼话，自言自语地说："好了，终于成了自己讨厌的人，终于堕落成混蛋。"

还晓羽偶尔也会问："你是不是一点儿也不在乎我？"这样的话。看李西风都以沉默应对，便会连珠炮地发问："你是不是就当我是个替代品？你是不是对我毫无感觉？"然后，又会以自问自答的方式跟李西风说，"对不起，我太激动了，你别怪我，是我太爱你了。你知道吗？我真的很爱很爱你……我也不知道为什么在你面前就变成这样，以前我不这样的。"

每当这种情况发生时，李西风总是柔声细语地用开玩笑的口气说："羽姐，你想多了。怎么会怪你呢，想你都来不及。"

还晓羽就会迫不及待地的反问："真想我？"

好在还晓羽每个月都回盐海看父母，两个人就有机会在一起待三五天。李西风会提前买好新鲜的牛柳与南美白对虾，等还晓羽回来时，亲自下厨做杭椒牛柳与白灼虾给她吃。这一次没等到月底，还晓羽突然从上海杀了回来，半夜给李西风打来电话。

"睡了吗？"

"怎么了？大半夜的什么情况？"李西风迷迷糊糊地反问道。

"我在医院呢。"

"啊？"

"我在市三院呢，我妈住院了。"

"你回来啦？什么时候回来的？你妈什么情况？严重吗？"李西风不安地连续问道。

"晚上刚回来，下午我爸给我打电话说我妈头晕呕吐。"李西风能听到听筒里还晓羽疲惫的嗓音。

"那现在什么情况？"

"在挂水。医生说是高血压所致。可能诱发糖尿病，检查结果明天才能出来。"

"你妈一直有高血压吗？呕吐还是挺危险的，有可能是高血压导致的脑梗。"

"有两三年了。"

"平时没服药吗？"

"服的，就是她不按时吃。血压降下来就停药，升上去就继续。"

"怪不得。这是拿自己开玩笑。一旦脑梗那就麻烦了。"

"啊？这么严重，那怎么办？"

"别急别急，等明天的检查结果出来再看，听医生的。"李西风忽然意识到自己弄得跟官方记者会一样不近人情，立即转念道，"我现在过去看看你妈妈，你别着急，挂着点滴暂时应该没事。我一会儿就到。"

没想到还晓羽说："那个……那个西风，你今晚还是别来了，我俩儿的事还没跟他们说呢，你先等我探探他们的口风，然后明天再来也不迟。"

"那个，你别怪我啊，我是没想好怎么跟他们说。所以……"还晓羽补充道。

"那你晚上怎么休息？点滴结束你来我这睡吧。"

"算了，累了，懒得动。就在椅子上将就一晚吧。"

李西风没想到还晓羽一直没跟她父母说两人恋爱的事，按照还晓羽之前说的相亲经历，应该迫不及待地跟父母讲才对。为什么避而不谈？难道是还晓羽对两个人的感情没有信心？这又与她平时的一言一行相违背。既然还晓羽有顾虑，李西风只好说："那你照顾好自己，随时给我打电话。"

李西风在办公室等了一天，也未等到还晓羽的电话。打过去几次也无人接听。直到晚上快下班的时候，还晓羽才回电话。李西风已经从焦灼变为坦然，焦灼的是要见还晓羽的父母，多少有点紧张，像面临审讯一样，跟他们的女儿恋爱，就如同偷了他们家的宝贝，做贼心虚就是这个情形。坦然的是事情既然已经发生，就要勇敢去承担，没什么好怕的。

他用了一个上午在考虑是否去买个乌鸡给她妈煲个营养汤，要知道这个人可能会成为自己的丈母娘，必须讨她的欢心。最终目的就是要达到：丈母娘看女婿越看越喜欢。到了中午时分，他又自我否掉。觉得那样太过突然，不能拍马屁拍到马腿上，毕竟她妈还是病人，如果看他不顺眼，再气出个好歹来，得不偿失。下午的时候，他又在想总不能空着手去。要买箱牛奶，再带个果篮，这两样是看望病人的标配。可是左等右等都没能跟还晓羽通上电话。是不是她探口风的结果不太顺利，转念一想，干脆不去吧。如果还晓羽口风探得不顺，去了，不但得不到丈母娘的欢心，反而产生不必要的麻烦。这所谓的麻烦，李西风没跟其他人讲过，只有路子文知晓，因为每次遇到一个女人，路子文都会啰唆一句话："要晓得自己几斤几两，门不当户不对，没有结果。"他明白自己是个打工族，还买不起房子，人家好歹是个小老板，拿什么跟人家结婚？关于这个问题，他跟还晓羽坦诚地聊过。还晓羽表示："我看中的是你这个人，不在乎房子与票子。"可是，她爸妈未必这么想，谁不想让自己的女儿嫁个好人家。而李西风一无所有。俗话说：腰杆子不硬，走到哪都抬不起头。想到这，李西风潜意识里那个自卑的分子一股脑全冒了出来，他已经没有了上午那种焦灼等待的热情，随着时间的推移，到傍晚时分，去医院见还晓羽父母的热情就跟下山的夕阳一样，只剩余晖而已。

"下班了吗？"手机里终于传来还晓羽的声音。

"就准备下班。给你打了好几个电话都没接，什么情况？你妈今天怎么样？"

"今天好多了，可以喝点粥。对不起啊，上午忙着各项检查没空接，后来手机被你打没电了。"

"哦……你吃了吗？累了吧？我给你送点吃的，想吃什么？"说到这李西风发现自己好像言不由衷，于是话锋一转，"要不要给你妈煲个汤什么的？她喜欢吃什么？"

还晓羽回道："那个……不用了。还要去菜场，挺麻烦的，等你煲好都半夜了……西风，你要不要来看望一下我妈？我爸也在。"

"你跟他们说了？他们都什么反应？"

"没什么反应。就说认识这么长时间怎么不早说。"

"还有呢？"

"问了问你家的情况，几口人什么的。"还晓羽避重就轻地回道。

"没啦？"

"没了。"

"我不信。"

"呃……还问有没有房子，我跟他们说了，我不要房子，以后我们自己赚钱买。"

"他们怎么说？"

"他们说那条件不算好啊。我是不是不该告诉他们？"

"不是不是。应该实事求是。"

"你是不是不想来？"还晓羽似乎感觉到了什么。

"不是不想去。是觉得在医院里见家长不太好。你觉得呢？实话告诉你吧，我有点紧张，怕尴尬。"

"你没见过家长？"

"没有。"李西风条件反射似的肯定道。

"你真不想来？"还晓羽追问他。

"你妈什么时候出院？等出院去你家吧，你说呢？"

"好不好？"李西风又强调一句，试图证明自己想见她父母而只是地点不合适。

还晓羽颇为失望地叹了口气，"那……那好吧。不勉强你。"

"是不是对我挺失望的？对不起，希望你能理解我。"

还晓羽在电话那头轻轻地"嗯"了一声。

住了三天医院，还晓羽的妈妈康复回家。

她没作停留，便回到市区，扎到李西风的怀里。

李西风摸了摸还晓羽的脸，把组织了好几遍的话说出来："说真的，那天没去看你妈，是不是特别失望？"

还晓羽枕着李西风的胳膊，数着腹部的针眼，说："还好。不过，我妈挺失望的。"

"他们怎么说？"

"我爸倒没说什么。我妈说，架子蛮大的，来见我们还嫌地方不好。"

"你怪我吗？"

"嗐，别说这些了。我知道爸妈他们的想法，他们就盼我早点结婚，给他们生了孙子。"

李西风沉默不语。

"西风，我们结婚吧。"

"现在？"李西风惊讶地反问。

还晓羽点点头，"你不愿意？"

"我当然也想结婚。可是，你知道我现在的情况，一无所有，我拿什么娶你？"

"那你什么意思？"

"能不能再给我两年时间？就两年。虽然你不跟我要房子、车子，但是也要给你个像样的婚礼。你今年27，再等两年29，结婚也不迟。"

"可是我现在特别想结婚。"

李西风完全理解还晓羽的这句话。

她想结婚，不单单是因为看到父母年纪大，身体不好，自己等得起老人却等不起；更重要的一个因素是她好不容易遇到一个自己喜欢的人，且这个人也同样喜欢她，她想拼命地抓住李西风这根救命稻草。在她想自我放弃的时候出现在她面前的人，她认为这是上苍给她的恩赐，无论如何都要牢牢握在手里。

从那一夜酒吧的相遇开始，她便抓住这根稻草爬上了岸，上岸之后抖落身上的水，开始对李西风有了依赖。她终于看到黑暗里的一丝亮光，看到了橘色的晨曦，看到路边茂盛的青草，身上开始暖和起来，情欲开始觉醒，张开双臂准备迎接新的人间。当蜷缩在李西风的怀里，数着那一排排参差不齐的针脚时，她豁然开朗，迎接她的不单是温暖的怀抱、崭新的人间、晨间的露水，还有疼痛里蓬勃生长的坚韧。

还晓羽看上去性格爽朗，对待感情反而内敛。说出的话要是没有得到回应，便不再提。但不提不代表内心没有期许，然后就会陷入反复地自我纠结。她努力不让自己陷进这种恶性循环，即便没有得到李西风同意结婚的答案，也对自己说："爱他，就要给他时间。"

除了一无所有的缘故，李西风又多了一个无法回避的顾虑。在多次失去味觉之后，他一个人悄悄去医院做了检查，血液、超声、淋巴统统查了一遍，得出的结论是：各项指标正常。医生认为这是一种应激机能失控造成的结果，医学上称之为"味盲"。换句话说，就是受了某些严重的刺激之后，大脑负责控制味觉的那个神经突然罢工。追根溯源，他所能想到的也就是那一晚的分别。不过，他坚持认为跟分别无关，而是跟那晚在酒吧喝Vodka有关，医生对此不置可否。李西风追问："怎么治疗？"得到的回复是："目前尚无可用药物。现在是偶然现象，或许某一天就能突然恢复，也可能愈发严重。至于是哪一天，谁也无从知晓。"李西风拿着几张化验的单据，平静地走出医院，再也没有一年前的那种激烈，他发现，自己一下子像是过了十年。

在路边点了根烟，猛吸了两口，吐出长长的烟雾，深深地叹了口气，然后撕碎了手上的化验单……

第十五章

对路子文而言，苏莉给他的三个月期限如同一个假设，他想着的是如何在这三个月之内做一个合格的老公、负责的父亲，只要能在这个期限之内得到苏莉的认可，那等于就是重新获取了老婆的信任，解除了离婚这颗炸弹。

可这次，幸运并没有站在路子文这一边，善用逻辑的他这一次输在了逻辑里，生活里发生的事儿看起来都匪夷所思，用逻辑无法解释清楚，但那就是事实。他千算万算也想不到刘眉眉一刻也没有放弃过跟他结婚的念头。不但没有放弃，而是沉寂了三个月之后，再一次主动出击。没有从路子文那里下手，这一次她换了一个对象。事先做足了准备，先给自己做了一套以假乱真的医院检查报告。

她在QQ上明目张胆地约了苏莉，说要跟她深入地谈一次以做个了结，并且强调这事关乎路子文、苏莉和她三个人的幸福。苏莉早已从当初的激烈，修炼得平静如水，就算有一些微澜，那也是对希望的一丝怜悯，谈不上荡漾，更非波澜壮阔。于是，她心平气和地按时赴约。

东亭湖商圈，周边围绕着一圈高档的住宅小区，三家商业MALL分别坐落在北、东、西三个方向，刘眉眉她们约在一家名叫"月光码头"的咖啡馆，港式风格，落地窗外就是东亭湖的湖水，可以看见湖中央那座丹顶鹤造型的喷泉不停地变换着造型。

苏莉并没有刻意打扮，只是简单地化了淡妆，一袭黑色的羊毛大衣搭配一条淡紫色的围巾，她向来走的就是内敛成熟的路线，看上去气场十足。如果说刘眉眉是一把钢刀的话，那么她就是一汪清水，以柔克刚的功力，恰好阐述了"抽刀断水水更流"的画面。

两个人见面之后，陷入尴尬的沉默。刘眉眉事先准备得滚瓜烂熟的台词，一下子忘了一大半，这与她的性格不符，多少有点做贼心虚的意味。

"怎么……约我来不会是单纯地喝咖啡吧？"她没想到苏莉先开了口。

刘眉眉努力让自己看上去平静些，缓缓地说："你应该知道我要跟你谈什么。"

苏莉不动声色地反问："我为什么应该知道？即使知道，那也应该是你跟他的事，与我无关。"

"不，与你息息相关。"刘眉眉摇摇头。

苏莉啜了口卡布基诺，抬头用疑问的眼神等待着刘眉眉下面的答案。

"我怀孕了！怀的是路子文的孩子。"刘眉眉脱口而出。

苏莉微微皱了一下眉头，及时调整了面部的表情，"是吗？那……跟我有什么关系？"

听到苏莉冷漠的反问，刘眉眉准备好的词卡在嗓子眼，不知道该咽下去还是继续往下说。

"所以，你必须尽快跟他离婚，要不然我肚子里的孩子就是私生子。"刘眉眉强势地说。

"离不离婚是我跟他的事，用不着外人指手画脚。私生子是你们的事，我也不想参与。"苏莉肯定道。

"我们俩不用这么针锋相对。其实，你们之间早就没有感情了，一直维系你们关系的就是你儿子，与其两个人干耗着，不如趁早放手，寻找属于自己的幸福。你是个聪明的女人，知道这样拖着得不偿失，对他、对你都是一种伤害。即使这样捆绑在一起生活，彼此耿耿于怀，也不利于孩子的成长。难道你不希望给你儿子一个良好的生活环境吗？他这种两三个月都不归家的男人恐怕不是你可以忍受的吧？我也是女人，我知道那种没有爱还睡在一张床上的痛苦，我跟之前的男友就是这种状态。所以，我坚决地选择了分手。很庆幸我能遇到路子文，他是我理想中的男人，不敢说百分之百，他身上所有的特质几乎都是我喜欢的，包括你眼中的缺点，你无法接受，但我完全可以包容。甚至，在我眼里，那些都不能算是缺点。比如喝酒。一个在外面创业的男人怎么可能没有应酬呢？"刘眉眉一口气说了长长的一大段，把她平时在案场里用在客户身上的三寸不烂之舌表现得淋漓尽致。

"痛苦也好，失望也罢，都是我自己的选择，就像你选择了他一样。你既然知道他是个有家庭的男人，为什么还要去破坏别人的家庭？是，不错，我们都是女人，那你应该知道，你这样做，伤害的是另一个女人。这算什么？无耻还是自私？"苏莉继续反问。

刘眉眉侧过腿，黑色的丝袜在冬日午后的阳光里增添了一层吸引眼球的光泽，然后往后一仰，靠在沙发上，抿了一小口咖啡，"你不认为爱情就是自私的吗？"

"自私就可以无耻？自私就可以伤害？自私就可以破坏？"

刘眉眉被她噎得一时语塞，勉强挤出一点点笑容，连自己都觉得好假，"爱就应该不顾一切！这就是我比你勇敢的地方。你这样死死抓住不放就是跟自己过不去。"

"那是我自己的事。你的话分明就是谬论。"

"呵……你能不能不这么固执。我可以肯定地告诉你，这个孩子我是必须要生下来的，因为医生说，我不能再堕胎了，否则以后再也要不了孩子了。"说到这，刘眉眉的眼底开始微微发红。

苏莉看上去依然平静，缓缓地舒了一口气，保持沉默。

"我知道你肯定不信，没关系，检查的化验单我都可以拿给你看。不是我逼你，也不要怪我心狠，就当我求求你，我们都是女人，你知道孩子对于一个女人的重要性，如果我把这孩子做掉，你让我下半辈子怎么活？就当是可怜我，放手吧。女人何苦为难女人！"刘眉眉有点动情地哽咽道。说完从包里掏出一叠化验单据，推到苏莉的面前。

苏莉瞟了一眼，她没想到这个女人用肚子里的孩子要挟她，"女人何苦为难女人？呵，这句话应该我对你说才对。你知道孩子重要，我也有儿子，我就不担心家庭的残缺影响他成长吗？既然我们都是女人，你有没有替我想过？"

"我知道你对教育孩子有自己的一套方法，这么多年路子文回家的次数屈指可数，但并不影响他的成长，父子俩的感情很好。你们离婚后，他还是可以经常带你儿子玩啊。而且，据我所知，你在股市和期货方面的投资颇有研究，生活品质要比一般人高出许多。"可以看出刘眉眉为了这次谈判收集了很多关于苏莉的资料，"当然，我会让路子文每个月给你们尽可能多的抚养费，这一点你放心，我也会拿你儿子当自己的孩子。"刘眉眉补充道。

"我自己的孩子不用别人养……看来，你都已经安排好了，真是费尽心机。"

"放手吧，不要再互相折磨了。"

"呵！"苏莉哼了一声，沉默地看向窗外的湖水，此刻的她犹如湖上的一叶小舟，微风下都会飘摇，一种碎裂的无助感油然而生，像是要把她往湖底深处吸入。窗外的暖阳温暖如初，窗内的气氛降至冰点，阳光照在苏莉的脸上，皮肤泛白，她想起初次见到路子文的时光，发现，岁月蹉跎得让她睁不开眼。

在上海出差的路子文接到苏莉的电话，意思直接明了：尽快办理离婚手续。路子文一头雾水，彻底蒙圈，他自认为这段时间做得面面俱到，处处谨小慎微，安全过渡应该没有问题。他思前想后，不知道究竟在什么地方出了差池，百思不得其解。苏莉的电话犹如晴天霹雳，打得他措手不及，一时乱了分寸，他不得不放下客户立马回家。在回程的路上问李西风，李西风说道："解铃还须系铃人。跟苏莉开诚布公地谈一谈，看看还有没有回旋的余地。"

本来所谓的观察期就是个回旋的余地，现在被刘眉眉掐住了他们两口子的咽喉，谁也动弹不得，你说要挟也好，说道德绑架也罢，反正这一次刘眉眉拿准了苏莉的软肋。她深知苏莉是个通情达理的女人，为了家庭可以牺牲一切，放弃了单位高管的职位，放弃了自己开店的梦想，一心做个家庭主妇。几年如一日，每天重复的生活就是买菜、做饭、带孩子，唯一无法忍受的就是背叛，她从未想过路子文有一天会出轨，更没有想到会养一个小三。也许，就是这种无原则的信任害了她。

刘眉眉明白只要把自己假怀孕这事做得天衣无缝，苏莉肯定会举手投降。她料定这个善良的女人是不会眼睁睁看另一个女人再也无法怀孕而不管不顾。从路子文之前的描述中刘眉眉得知，苏莉是一个即使自己痛得无法呼吸，也会成全对方的人。当然，这种成全并不伟大，但是人有时候会被自己的行为感动，以为成全也是一种爱。大多数时候，面对这种局面，当事人没有选择，她所能感知的，也许就是失去感知。

"奇奇睡了？"路子文瘫坐在沙发里，又给自己点了根烟，面前的烟缸里已经插满烟头，像一块块骇人的墓碑。

苏莉关上房门，轻声地回道："睡了。"她从酒柜里拿出一瓶葡萄酒，给路子文倒了一杯，"我们喝一杯吧，这还是结婚那年你从烟台港带回来的，一直舍不得喝，也一直没机会喝。"

"为什么？你不是答应给我考察期的吗？怎么反悔了？我哪儿做得不到位，你说。"路子文一口干了杯中的酒。

"我希望，今晚我们俩能心平气和地达成协议，而不是像那些打打闹闹、骂骂咧咧的离婚夫妻。"

路子文清了清嗓子，"对不起，我有点激动……那你能告诉我这是为什么吗？我哪里让你不满意了？"

苏莉抿了一口酒，"从结婚那天起，我就告诉自己，要细心呵护我们的爱情，该修剪修剪，该培土培土，该施肥施肥，婚姻就像一棵树苗，需要彼此共同养护，才能长成参天大树，树干结实，树叶茂盛，树冠遮风挡雨。我也知道修剪是疼痛的，我忍了；可是修剪不能一下子在树干上凿个洞，然后，让我假装不疼痛。"

路子文掐灭了手指的烟，接着又点了一根，好像只有烟才能减缓他内心深处的恐惧。

"我跟自己对话过无数次，我对自己说：婚姻里本来就有阵痛，你要适应这种残酷，要想安然度过七年之痒，必须学会包容与妥协。可是你知道我是个有情感洁癖的人，我可以包容你的一切坏毛病，唯独，对于刘眉眉，我过不了自己心里这一关。我做不到妥协，我试过，很疼，是那种撕裂的疼，我还是跨不过那道坎。为此我做了很多努力，最后一次努力就是答应你的缓冲期，我哄自己说，也许，男人就是个孩子，看到什么好吃的，都想要。我指望，你吃一次亏会学一次乖，会回到我们当初结婚时的样子，回到正常的轨道上来。可能是我们走得太远，远到我们忘了为何出发，远到我们找不到来时的路。就在一天前，我发现，我所有的努力都化为泡影，时代变了，变得我们连自己都不认识。所以，我只能放弃。也希望，你能放过我。"

"几个月前我就跟她分手了……你要相信我，有什么让你不舒服的地方，你要跟我说，要不然我连错在哪都不知道。就是死，你也让我死个明白。"

实际上，苏莉也想知道，如果路子文听到刘眉眉怀了他的孩子，他会是什么反应。是惊喜？是怨气？是无奈？还是恐惧？

"我承认，一路走到现在，对于我们的婚姻，我也有责任。我不够温柔，我不会应酬，我不懂撒娇。我还暗自庆幸，好像没有什么婚姻里的阵痛……这好像是个魔咒，我也不明白，是你的原因，还是我的原因。"

路子文把杯子里剩余的酒倒进喉咙，"鬼知道！我多怀念以前的日子，那时没有这么多形形色色的诱惑。"

"你怪我吗？"

路子文摇摇头，"是我的错，要怪也怪我自己。我活该，我自找的。"

"卡上有7万块钱，是这几年你拿给我的生活费余下来的；股市里的钱是我自己的；其他的没什么，就剩这房子，你看怎么分？"苏莉说着把银行卡推到路子文的面前。

"没有一点儿回旋的余地？"路子文盯着苏莉认真地问道。

苏莉摇摇头，"余地已经用完了。"

"奇奇怎么办？"

"你不会跟我争儿子吧？"苏莉有些紧张地反问。孩子才是她的生命，她可以放弃一切，都不会放弃孩子，否则，她会去死。

"还是跟着你比较好，我是个不合格的爸爸。跟着我，那是毁了他。我是说，他假如问起来怎么办？总有长大的一天。"

"长大的事长大再说。我相信，我教育的孩子会理解爸爸妈妈的决定。我也会给他最好的成长环境，这一点你放心。还有，你每个月、每个周末都可以带他出去玩，只要我们给予的爱没有减少，他不会感到自卑，不会有爱的缺失，他的人格会跟所有的孩子一样健全。"苏莉利落又自信地肯定道。

"所有的东西都归你，房子你们踏实住着，卡你也拿着。另外，我每个月再给你打3000块钱当生活费。你看行吗？"路子文又点了根烟，接着说，"我那辆车就不给你了，公司还要用。"

"谢谢！"

路子文苦笑了一声，"现在就开始跟我生分了？"

"真心的。感谢你这五年多的陪伴与照顾，忍受我的坏脾气，每天为这个家辛苦打拼。我知道，这几年你压力非常大，你常常喊累，我知道那是心累，而我，并没有做到一个妻子该做到的坚强后盾，我连你的疲惫都没能化解。这是我作为一个妻子最失败的地方。"

"不要这么说，都变成自我反省了。你没错，一切都是我造成的。说到底，是我对不起你跟奇奇。"

说到这的时候，两个人都有点哽咽，路子文的鼻腔发麻，一个劲儿地给自己灌酒，一个劲儿地抽烟，用来掩饰湿润的眼眶。而苏莉也在极力控制自己的情绪，她又给自己倒了一杯酒，仰起脖子倒进喉咙，盯着天花板的吊灯，努力不让眼泪掉下来。不管怎么说，两个人一起走了五年多，早已把爱情走成亲情，这泪水里包含的是对爱的怜惜、爱的失望、爱的疼痛，唯独，没有爱的未来。

"刚才你说你一天前才做的这个决定，我还是想知道一天前发生了什么？你是不会无缘无故做这种决定的。"

"刘眉眉又怀孕了。"

"怎么可能？我发誓，我们早就已经分手了，这几个月我都没联系过她。算了，现在说这些还有什么用。"路子文惊讶又无奈地说道。

"是三个月前的事，我看了B超单，已经四个月了。而且……"苏莉欲言又止。

路子文皱着眉问："而且什么？"

"医生说因为之前她多次堕胎，如果这个孩子流掉，她以后就再也不能有孩子了。"说完之后，苏莉深深地叹了口气。

这时，路子文才茅塞顿开，他一下子明白了苏莉为什么一定要跟他离婚。

路子文忽然有一种无力感，整个身体被扯得七零八落，像是零件散落一地的机器人，怎么也拼凑不起一具完整的身心。他仿佛听见心脏爆裂的声响，血光四溅，比起眼前这个女人，他就是一团烂泥，怎么扶都扶不上墙。他想把四处流淌的血液埋进土壤，然后长出一具鲜活的自己，重新做人。可是，一回头发现，一切都已来不及，婚礼的烟花已经走远，初生的啼哭已经走远，共枕的缠绵已经走远，时光的脚步已经走远。

他想把自己埋进花盆，不再动弹。

因为苏莉的电话，路子文他们放弃了上海的客户，虽然已经跟客户做了提案，并初步得到客户的认可，正准备沟通关于设计费用的问题，刘眉眉在后院放了一把火，把路子文烧得焦头烂额。本来李西风还打算跟还晓羽碰头，以解两人的相思之苦，也只好在回程的路上给还晓羽打个电话，说明情况，求得她的理解。从情理上讲，还晓羽是肯定能理解的，但再怎么说，她毕竟是个女人，还是在电话里责怪了李西风一番，李西风也只能点头哈腰频频说是，以取得还晓羽的谅解，他甚至发现，平时看起来干练成熟的还晓羽耍起小性子来还挺有一番味道。

自从上次没去医院看望她母亲那件事发生以后，李西风总是觉得心里像堵了一块东西。说是愧疚感也好，说是负罪感也罢，在还晓羽面前多少有点理亏，抬不起头来。于是，他跟还晓羽说，等到春节的时候，去她家拜年，就当新女婿上门。还晓羽听到这话乐得合不拢嘴，回了一句："你可想好了，去了就跑不掉了。"

上海客户的VI设计案耽误了谈价格的节点，再等李西风提醒路子文跟踪具体情况的时候，已经被深圳一家4A公司签掉。眼看项目流产，加上离婚的事，路子文的情绪一落千丈。李西风本以为他要跟刘眉眉质问一番，大吵一架，但他却一反常态，安静地坐在办公室抽了两根烟，打了三个电话，然后套上羽绒服拿起车钥匙，一个人出了公司。担心他做出什么激动的事，小瞿问李西风要不要跟着，李西风也不置可否，想了想，说："还是让他一个人静静。"

路子文没有去别的地方，而是直奔刘眉眉的公寓，他倒要看看刘眉眉还要耍哪些花招，他可以肯定的是，刘眉眉绝对没有怀孕。

刘眉眉见到路子文出现，惊喜之余更多的是窃喜，她认为自己已经取得了初步胜利，最起码，路子文肯出现在自己面前了。

路子文并没有着急揭穿刘眉眉的谎言，而是亲自烧了一桌菜，这一次，他想跟刘眉眉做个了断。

两个人的酒杯在桌子上空碰了一下，路子文缓缓地说："你就别喝了，对肚子里的孩子不好。"

刘眉眉看他这温和的样子，心里也有些过意不去，"你这么细心我都不习惯。今天这是怎么了？怎么突然想起我了？"

路子文嘴角上扬地说:"没什么,就是感谢你之前那么长时间跟着我,我却什么也给不了你,让你受委屈了。"

"我看不像。"

"你……"路子文捏着酒杯,一时却不知道该怎么往下说。

"行了,有话直说吧,你这样,我真不习惯……我替你说吧,我知道你怪我去找苏莉,我这也是没办法的办法。不这样,你是不会回头的。可我呢,我怎么办?这肚子里的孩子四个多月了,我没法等,也等不起。"

"不怪你。我就是有一点想不明白,怀孕这么大的事,为什么不事先跟我说呢?"

"怎么跟你说?我都能想到结果,跟上次一样。你知道医生怎么说吗?医生说,我不能再流产了,否则,我以后再也要不了孩子了。你知道这对于一个女人意味着什么?"

路子文抬抬手,做了个少安毋躁的手势,"好好,别激动,你别这么激动。我不是要跟你吵。不过,还是要感谢你曾经给予我的一切。毫不夸张地说,我曾经把你当作减压阀,以缓解我的压力,所以谢谢你。"说完,路子文又灌了一口酒。

刘眉眉被他这一段话说得云山雾罩、不明就里,只好直愣愣地盯着他。

"这张卡里有3万块钱,你拿着。"路子文把银行卡放到刘眉眉的酒杯旁边。

刘眉眉心里有些不安,"你什么意思?"

"什么意思,我想你应该明白。"

"我不明白。"

"好。你就没什么要跟我说的吗?"

"说什么?你想听什么?"

"说你该说的,听你想说的。"

"拿这钱施舍我?跟你在一起我是为了钱吗?你这是恶心我,不用你可怜。"刘眉眉一气之下把银行卡折断。

路子文沉默不语，又给自己倒了杯酒，一口气倒进喉咙。

"是，不错，我撒谎了，我骗了苏莉。可你怎么不想想我为什么要这样做？我这样做还不是因为我爱你吗！我离不开你，我想跟你结婚，我想跟你有个家，我想跟你生个孩子。过分吗？过分吗？"刘眉眉有些歇斯底里。泪水顺着假睫毛流下黑色的泪，粉底也像浸了灰的泥，一路蜿蜒到雪白的脖子。

路子文走了，从此与刘眉眉再无联系。

第 十 六 章

>>>

整个春节期间李西风都没出门，一心待在家里陪伴父母。从大年初一到初九，左脚没迈出他们家院子的左墙，右脚没迈出院子的右墙。

而在与还晓羽结婚见家长的事情上两个人再次没有达成共识。

李西风强调的还是那句话："再给我两年时间，我不想在一无所有的情况下结婚，那样既对你不负责任，也对婚姻不负责任。结完婚就要面临生孩子，抚养孩子是不是需要存一笔钞票放在那？这空中楼阁式的婚姻，你安心吗？没有经济基础的婚姻是你想要的吗？海市蜃楼看上去很美，但那又能持续多长时间？"

"我有钱。我可以把保险退了，作为我们婚礼的费用，余下的钱足够养孩子。这样，解决你的后顾之忧了吧？"

"我不要你的钱！我一个大男人怎么能用你的钱？怎么能让你养家？"

"你看，你就是不想跟我结婚。找各种理由，莫名其妙的理由，你根本就不爱我！"

沟通到这，两个人已经无法再把对话进行下去。还晓羽极其失望地回到西郊的家里，过了一个焦虑且忧伤的春节。可以想象，当李西风在家晒太阳的时候，她正承受着怎样的煎熬。

每个凌晨她都辗转反侧，眼看就到30岁，她特别想在30岁之前把自己嫁出去，这种强烈的渴望占据了她80%的生活重心，自己所做出的努力与妥协，李西风也应该可以感受得到。但是李西风的表现令她疑惑不已，难道真的是因为天生的"大男子主义"吗？还是对她的爱本身就不够深切？爱的方式与爱的形态有千百万种，还晓羽不确定李西风的这一种爱，算不算是爱，还是单纯的像一个过客，临时靠在自己的港口，他所谓的爱也许只是一时的靠岸，他累了，他乏了，他需要停下脚步歇一歇，而自己恰好从天而降，出现在他面前。

可是，有些爱，就是一个装满了风声的布帆，尘埃斑驳、时有呜咽。

初十的中午，李西风接到一位顾姓朋友打来的电话，说是城南的环保工业园区有家公司要做整合营销，问他有没有兴趣谈一下。这位顾姓朋友实际上也是个广告界的掮客，大名叫顾绯，在业界以强抢业务出名，熟悉的人都称他为：绯子，但是做事的风格比许大基要好出一大截。李西风在做地产项目"时代旺角"的时候与他打过几次交道，此人以精明著称，专业知识一窍不通，但是在客户沟通方面是个人精。所以，他懂得资源调配，知道叫上李西风谈这家公司的业务，容易说服客户，成功的把握更大。李西风看在有利润的分上，便一口答应。赚钱对他来说，是当务之急。

城南是个新区，本是郊区的农业用地，随着房地产的蓬勃发展，围绕着"南星湖"竖立着二三十座塔吊，都是闻风而来的外地开发商新建的住宅小区，周边的房价也随之翻了两番。在靠近南环路的附近，是规划中的环保园区，除了引资而来的环保企业，还有国际创投中心与南星湖生态公园，按照新闻上所说，是要把城南这一片打造成一座立体的生态智能化科技中心，兼具人文环境与工业生态的平衡发展。

李西风和绯子两个人在国际创投中心与那家纺织公司谈了一个下午，从品牌的重建，到视觉系统的更新迭代，延伸到对目标客户群的黏性分析，再到推广策略与传播手段的调性，逐个跟客户进行了思维对接，基本掌握了客户的内心需求与服务框架。

从纺织公司出来，天色已经擦黑。绯子提议两个人找个地方吃个晚饭，慰劳一下自己的胃，也对得起一下午的口干舌燥。于是，从南环路拐到"星湖鹿苑"，这个小区除了38层的高层住宅之外，还配套做了一百多户的独栋别墅与联排别墅，是盐海最大最高端的小区。李西风只有望楼兴叹，觉得自己是个彻彻底底的失败者，连个房子都买不起，连婚都不敢结。

他们选了一家叫"湘地传说"的湘菜馆。整个店面的装修风格照搬了湖南当地的元素，竹子、蓑衣、木刻、瓦当，食客一进去就有一种身临其境的错觉，虽然远在南环，但是并不影响他家的生意，晚上九点多食客还是络绎不绝，李西风留意了一下，不到两个小时，就翻三次台。快要吃完的时候，绯子出去接了个电话，然后跟李西风说临时有点儿事不能送他回家，李西风笑着回道："没事儿，你先忙，我自己打车。"

李西风一手提着电脑包，一手夹着烟，从"星湖鹿苑"的大门口向南环路的对面走去，他要走到路的对面打车才是回家的方向。初春的夜特别黑，目及范围有限，他小心地看着来回穿梭的车流，找了个间歇，左右环顾一番，快速走到路的对面。正当他站稳脚跟，准备侧身巡视有没有的士的瞬间，一股强有力的冲击把他撞倒在地，还没有来得及呼救，就晕死过去，所能记得的就是鲠在喉咙的半个"啊"字。

他发现自己特别快乐，那种极致的愉悦，通体舒泰，平静安详。此刻的天空是亚灰色，路上的行人是昏黄色，那一排排树木与一栋栋房子都是黑白色，身体里有一股说不出的力量，摸上去全身都软绵绵，仿佛躺在云朵里，被温暖包围。整个身体轻盈得像是飞鸟，能从空中俯瞰整座城市，万家灯火、车水马龙、人海熙攘，唯独看不见自己可以栖所的那盏灯火。但是，这并不影响他轻盈地飞翔。他又回到中午在家吃饭的场景，吃的那道妈妈拿手的酱烧鲫鱼，无论他在外漂泊多少年，依然喜欢妈妈烧菜的那个味道，哪怕是一道简单的焖豆腐。他忽然有点伤感，爸妈一直期望他能早日结婚，但是他却一直辜负，眼看父母日渐苍老，眼看父母生出白发；这种无力感促使他继续往前飞，他又回到午后坐在副驾驶的位置，连跟绯子的对话都听得清清楚楚，他发现绯子一口县城方言，说话挺逗；稍做停留，飞到了国际创投中心的上空，他拥有了特异功能，可以穿透楼层，看见自己正在跟纺织公司的老板沟通着关于Logo的视觉调整，绯子在一旁泡着茶；他张开双臂，扇动翅膀，悬停了片刻，又来到那家"湘地传说"，他点烟的时候，绯子出去接了个电话。回来跟他说，临时有点事不能用车送他回家。于是，他一个人提着电脑包往"星湖鹿苑"的大门口走去，趁着车流的间歇，快速移动到路的对面，刚一转身，一股强有力的冲击撞到后脑勺，他本能地吐出半个"啊"字，睁眼一看，一圈人正围着自己，有穿白大褂的，有穿警服的，人们正七嘴八舌地讨论着什么。他觉得后脖颈有点潮湿，便坐起来，伸手摸了一把，定睛一看，是红色的血。转眼再看周边的树木与房子，竟然一下子变成了彩色，他紧张地纳闷起来："这是什么地方？我怎么在这？你们是谁？"一连串的问题说得特别流利。

"你叫什么名字？感觉哪里不舒服？"一个身穿白大褂的人问。

他木讷地、谨慎地看了看周围，两个穿警服的人沿着他躺着的地方画了一圈白线，然后对几个穿白大褂的人说："大家先让一下，我们拍个照。"闪光灯闪了几下，射进他的瞳孔，他觉得有点干涩，几个身穿白大褂的人又拥上来，问："还能站起来吗？"

他点点头，双手一撑试图站起来，半途中小腿一软差点儿又倒下去，于是两个身穿白大褂的人左右架着他的胳膊。他还扭过头左右看了一下自己的衣服，发现一点儿也不脏，不过，还是伸手掸了几下。四周模糊不清，周围好像都是围观的人群，一片嘈杂。他很好奇这是什么地方，自己怎么在这，着急地问道："这是什么地方？我怎么在这？我怎么什么事都想不来。"

"没事儿，没事儿，现在就送你去医院。"左边的那个人回道。

"还可以，看上去好像没什么外伤，思维好像好点混乱。"右边的人自言自语。

"你叫什么名字？"一个穿警服的人问。

他"嗯"了一声，有点懵懂。

"来来来，抬脚……哎，对，抬腿抬腿。好。"一个身穿白大褂的人温柔地说。

他虚着眼瞄了一下车顶的灯，是红蓝相间的光在闪烁，身后传来一个声音："直接去三院吧，我们在后面跟着。"他转头环顾了一圈，发现到处都是红蓝相间的光在闪烁，有点儿站在舞台中央的意思。

"别看了，躺下躺下。"另一个身穿白大褂的人边说边检查他后脑勺的伤口，指了指破裂的口子，示意对面的同事，"这口子还蛮深的，还在出血，先包扎一下。"

"你感觉有什么不舒服的地方吗？"

"没有。你们是医生吧？谢谢你们啊。"

"你叫什么名字？记得吗？"

"我叫李西风。东南西北风的那个西风。"

"家是哪的？"

"家是……家是乡下的。"李西风似乎有点喘不上气，思维咯噔一下暂停了两秒。

120救护车踩了一脚刹车，车身晃动，他越发感到胸闷，两侧的医生也在视线中旋转，"我喘不上气了，喘不上气了……"

"别急别急，这就给你插氧气管。插完氧……"医生后面的话，李西风没有听到，晕死过去。

他再次恢复意识，是从CT室被推出来。医生对着警察说："目前问题不大，没有发现颅内出血，有点血肿与脑震荡。去手术室把伤口缝合一下，然后打点滴消炎，等过了24小时之后再做一次CT复查一下，预防颅内出血。"警官点点头，说看一下伤口，要拍个照。闪光灯再次闪烁，"李西风，你看清是什么人撞的你吗？"

"没有……"

"那个……警官，他这个伤口不像是被撞的，应该是钝器所伤。你看啊，它是爆裂状，伤口不规则，成倒立的'之'字形；如果是被撞，车子从他身后冲击，应该是腿部首先着地，然后是面部或者前额受伤才对。而他，除了后脑勺这个伤口之外，一切完好。"一个戴黑框眼镜的中年医生根据自己的经验判断道。

"现在没法确定啊，南环路那个路段监控还没装好，无法调取视频。只有'星湖鹿苑'保安室那里有一个监控，可是天那么黑，隔了一条公路根本看不清。"

"你们破案多年，经验丰富，这样的伤口一看就明白。"中年医生再次强调。

警官点点头，"嗯，这伤口应该是钝器造成的。"

"你有什么仇家吗？或者说，工作上、生活里跟什么人发生过矛盾？"警官接着问李西风。

他转念一想，好像没跟什么人有矛盾；深思，就觉得两侧的太阳穴一阵痉挛，"好像没有，一时想不起来。"

警官看他这副样子，便说："你先接受治疗，明天我们再过来给你做笔录。如果想起什么可疑的人来，随时给我们打电话。"说着把一张警民联系卡递给李西风。

进入手术室的时候，中年医生跟他说："一会儿可能略微有点儿疼，你忍着点儿，千万不能动。"

李西风听着这话，感觉相当熟悉，他忽然想起住院部8楼的那个金丝眼镜医生，也是同样的口气。心想：难道医生都喜欢这么说话？

"不打麻药吗？"

"这个头部缝合术啊，我们一般不建议用麻药，因为头部血管丰富，神经众多，即使用了麻药还是会疼。"

"一点儿作用也没有？"

"有是肯定有的，但是效果不明显。你要用，那就给你用，不过我可告诉你啊，头部打麻药是很疼的。"

"比缝针还疼？"

"差不多。"

李西风心凉了半截，"今天算是撂在这了。"没办法，跑都跑不掉，只能硬着头皮等待蹂躏。他紧张得都能听见自己的心跳，不觉已是一身虚汗。因为是后脑勺受伤，所以趴在手术床上，望着地面冰冷泛灰的光泽，一股油然升起的孤独感将他包围，这时的他想要好多好多安慰。

"那就开始啦，你千万别动啊！"

"等一下，我能不能先打个电话？"

"缝完打吧。"

"不行，我就想现在打。能不能请你帮我拿一下手机？"

中年医生咂咂嘴，无奈地从李西风裤子口袋里掏出手机递给他，"长话短说。"

"晓羽，你在哪呢？我受伤了。"

还晓羽在电话那头吃惊地说道："啊？怎么了？"

"我被人袭击了，正在南郊医院缝针呢，你赶紧过来吧。"李西风说完就挂了电话。

"现在可以开始了吧？"中年医生有些不耐烦。

"再等一下，我还要打个电话。不好意思啊，谢谢。"

他又给路子文拨通电话，通知路子文到医院来。

路子文与小瞿很快赶到医院，在缝到第四针的时候，还晓羽也到了手术室的门口。一帮人就听见李西风在里面像猪一样嚎叫，听得人心惊肉跳。

"等一下，等一下。"他再次跟中年医生说。

"又怎么了？你这缝一针就要歇五分钟，一共也就七八针，这都过去半小时了。你好歹也是个男人，就不能忍着点儿？""疼得实在吃不消啊！这麻药怎么一点儿作用也没有？"李西风能感觉到自己的内衣已经全部湿透。

"一开始就跟你说了。头部的神经比较多，相对其他地方就比较敏感。"

他两手使劲抓着手术床两侧的护栏，咬咬牙关，"继续。"可能因为中年医生刚才的话，之后的四针他一声未叫，结束的时候，身软如泥。

移到观察室开始输液，还晓羽给他擦了脸，担心颅内出血，所以禁止喝水。路子文与小瞿抽完烟从门外进来，问道："还疼吗？"

"疼，怎么可能不疼。"他有气无力地回道。

"风子，你够厉害的啊，这刚装了拉链，现在钢盔又戴起来了。你这是变形金刚啊。"路子文看他头上裹着的纱布，忍不住笑出声。

"你知道风哥现在像什么吗？绝对是中东地区的石油大亨！有钱，特有钱。"小瞿对着路子文说。

"你们两个不拿我开涮会死啊。"李西风没好气地笑着。

"实话实说啊。晓羽姐，你说，你说像不像？"小瞿笑着问还晓羽。

"你别说，还真是。"还晓羽认真地看了一眼，也跟着呵呵笑道。

"你说你这运气怎么就这么差呢？"

"谁知道。"

"是不是人家看你提着个笔记本电脑，抢劫啊？"小瞿分析道。

路子文若有所思地摇摇头，"肯定不是，电脑不是在这嘛。还能抢一半，回心转意？"

"我想到个事儿，有可能是那孙子干的。除此之外，你回来之后也没跟什么人发生过冲突。"

"谁啊？"小瞿好奇地问。

"什么事？"李西风追问道。

路子文缓缓地说："许大基。"

"还真没准是他。因为波波的事情我们和他撕破了脸，而且我们抢了他大部分项目，以他小肚鸡肠的性格，他肯定记恨我们。"李西风恍然大悟。

"对对对，肯定是这孙子。"小瞿补充道。

路子文他们虽然是猜测，但是从破案角度来说，许大基至少是嫌疑人之一，他具备了作案动机。

事实果然如他们猜测的那般，最终警察查到了真相，行拘了许大基和其他同伙。

自打项目频频被抢，许大基就发誓一定要找个机会报复路子文和李西风。这不，那天正好有了机会。

至于他为什么会知道李西风从"星湖鹿苑"出去，实属巧合。绯子与许大基都是广告界的掮客，两个人干的是同一个买卖，很多信息互通，基本可以实现共享，属于臭味相投。当许大基听到国际创投中心有一家纺织公司在找服务商的时候，就给绯子打来电话，绯子顺口就说正在"星湖鹿苑"跟李西风吃饭，并把下午跟李西风去纺织公司的情况说了一遍，同时申明，这活已经拿下，他许大基就别来掺和。其实，绯子就是想在许大基面前摆摆谱，一来显得自己有面子，二来证明自己的业务能力比他强。但是许大基听到他跟李西风在一起，精神抖擞地说："我保证不掺和。但是你得请我泡澡，怎么样？"绯子为了安抚许大基，便一口答应。就这样，支走了绯子，许大基随即叫上人直奔南环路口。

李西风穿过南环路的时候，辅道的黑夜里一个矮个子男人正鬼鬼祟祟跟骑在摩托车上的人窃窃私语："看见了吧，就是过马路的那个人，直接给头一棍子就行。"开摩托的人加了一把油门，刚要冲出去，那个矮个子男人又补充了一句，"别打死啊！"

摩托车开出去，那个矮个子男人一直握在手中的手机传来震动，他低头看了一眼，屏幕上来电显示"绯子"。

出院之后，还晓羽照顾着李西风的饮食起居，因为耳鸣、失眠，他的脾气偶尔变得暴躁。还晓羽一直忍气吞声，但是一说到结婚的话题，两个人难免还是会争论几句。不过，辩论她哪是李西风的对手，更多的时候，都是以还晓羽冒出一句"你除了狡辩就是狡辩"作为结束。接着就是持续半日甚至一天的沉默，两个人都用一种钻牛角尖的态度面对问题，谁也说服不了对方。李西风就不明白还晓羽为什么不能等两年；同样，还晓羽也无法理解李西风的固执。这样的争论，久了之后就会产生莫名的无力感，两人都感到身心俱疲。待李西风拆线之后，还晓羽便收拾行装踏上了去上海的车。望着还晓羽离去的车轮掀起纷乱的灰尘，李西风忽然感到一种孤独在蔓延，鼻腔瞬间涌上一股酸麻，他想要抓住什么却又好像在失去什么，顿时成了一个矛盾的混合体。

回家的路上，他收到还晓羽的一条短信："西风，车子发动的那一刻我就想你了。可是，我们俩都是固执的人，在爱情上也许都不够聪明，或者说，我们都不会爱。所以，我决定从现在起，我们半年之内不要有任何联系，给彼此半年的冷静时间，如果半年之后，你愿意跟我结婚，并且我还愿意嫁给你的话，我相信，我俩的感情会更加结实，会经得起任何风雨。"

重复看了三遍这条短信，李西风的心脏随之紧皱，一股凉意由胸腔蔓延至腹腔，腹部的刀口一阵阵痉挛。他把头转向车外，深深地吸了一口气，不觉，视线渐渐模糊起来。

顾好递了辞呈。理由极其简单：想换个环境，去南京。走之前，她约李西风见了个面。

"你还记得一年多之前，也差不多这个季节，也是个午后，我们在这喝咖啡吗？"顾好拿着银质的调羹在杯子里滑动，视线却目不转睛地盯着李西风。

"当然记得。"

"还不错，没忘干净。"

李西风微微一笑。

"你知道一个女人表白之后被拒绝，有多痛苦吗？"

李西风还是微微一笑。

"你知道一个女人被闺蜜抢了喜欢的男人，有多郁闷吗？"

李西风依然微微一笑。

"你知道一个女人看着自己喜欢的男人闪电式地跟陌生女人相爱，会有多少怨恨吗？"

李西风这次点点头，"刻骨之恨。"

"对吗？"他又补了一句。

这次轮到顾好微微一笑，"你知道，你什么地方最让人讨厌吗？"

李西风摇摇头。

"太容易体谅别人。"

李西风点点头"这是病，得治。"

"估计你这辈子都难以治愈，还是趁早学一学'心狠手辣'吧。否则，总有一天会遍体鳞伤。"

李西风似乎想说点什么，话到嘴边又咽了下去。于是，端起咖啡啜了一口。

"去南京有什么打算？工作找好了吗？"

"就想换个地方，这个城市走到哪都有你的影子，你让我怎么活下去？"

李西风叹了口气，"看来，我罪孽深重。"

"你肯定是上辈子辜负了太多姑娘，这辈子在劫难逃。"

李西风点点头，"有道理。"

"所以，我就不在这个城市给你添堵了。所有的怨啊恨啊都是我自找的，不能怪你，只能怪我命中无你。我走了，这些情啊爱啊也就随风消散了。走之前，我要给你留点纪念，本来我不想留的，可是那一晚在你家，伤我太深。"

"报复我？"

"你还记得你在家休养的那段时间，夜里经常接到的陌生电话吗？"

"那是她打的。"

"没错。不过，我也打过三回。"顾好抿了一口卡布基诺，点点头肯定道。

"这就是给我留的纪念？"

顾好摇摇头，"不，我要说的是她打电话被她二姐发现，两个人大吵了一架。一气之下，她就拎着行李准备离家出走，当晚就住进了你出事的那家酒店，不知道哪根筋搭错了，对着淋浴房的台阶就把自己狠狠地往上面摔，然后晕了过去。万幸的是，她醒来的时候知道给我打电话。也算她命大，去急诊检查之后没发现什么大问题，就是腰部有点儿皮下血肿。"

"她为什么这么做？就因为跟她二姐吵架？"

顾好又抿了口咖啡，缓缓说道："我也是这么问她的，她的回答却让我瞠目结舌。"

李西风疑惑地盯着顾好，等待她下面的话。

"她说，她想把脾还给你。"

李西风头皮一紧，颧骨的皮肉阵阵抽搐，灵魂出窍，眉目僵硬。抖了抖指间的香烟，故作镇定地端起面前的咖啡，喝了一口，亦无味道。

2017/3/27/05:00于李公馆

2019/8/8/03:39二稿于苏北

2020/1/9/02:58 终稿于苏北